날치

날치

최규익
CHOI KYU IK

삼산책방

목차

외로움과 괴로움과 즐거움 등의 낱말이 와락 달겨든다. 근래의 소설에서는 느낄 수 없는 원초적인 문학 생명과 맞닥뜨린 때문일 것이다. 더군다나 소설은 내 고향이기도 한 강릉을 무대로 하여 나를 끌어당긴다. 작품을 펼쳐보며, 인구 비례로 보아 퍽이나 많은 소설가들 가운데 강릉을 직접적으로 다룬 사람은 별로 많지 않다는 사실이 새삼스럽게 다가왔다. 오래 전부터 이방인인 나는 고향 이미지에 동화되며, 한편 길항(拮抗)한다. 고향은 자기 연민이며 또한 자기 혐오이기 때문이다. 그러니까 동화와 길항, 이 두 갈랫길에서 나는 이 소설들을 향한 이정표를 읽는다.

그러나 어느 편인가, 그는 소설에 의하면, 결코 고향을 떠나지 않는다. 그것은 겨울이면 어김없이 경포 호수에 날아오던 고니의 모습으로 강렬하게 표상된다. 주인공은 '경포 호수의 새 관찰자'로 '흰 새'를 살핀다. 그런 그의 옆에 크리스틴이 있다. 어느 해 겨울이 지나도 시베리아로 돌아가지 않은 수컷 고니를 발견한다. 수컷은 암컷의 주검을 맴돌며 떠나지를 못 하고 있는 것이다. 주인공은 이 사실을 이미 한국을 떠난 크리스틴과 교감하며 자연과 인간의 혼연으로 승화시킨다. 아무리 멀리 떨어져 있어도 사랑은 '흰 새'의 운항처럼 강릉 호수를 떠나지 않는다. 아니, 그곳에 전부를 다 바친다.

크리스틴은 사막을 130km로 달리다 말고 텅 빈 평원 어디쯤에서 무슨 소리를 들었던 것 같다. 점점 더 그 소리는 크리스의 가슴을 스쳐 지나가는가 했더니 그 소리는 그녀의 심연의 안쪽에서부터 폭발하듯 터져 나와 순식간에 검은 문을 '쾅' 소리 나게 터트리듯 열어젖힌다. 열주들이 줄지어 서 있는 검은 문 속이 그녀의 시야를 꽉 메운다. 무적(霧笛)이 그녀의 몸 전체를 '뚜우우'울리며 들이닥치고 있다. 그녀의 목숨을 경험하는 그 소리는 그녀를 싣고, 동시에 그녀를 통과하면서 대평원의 먼 곳까지 전속력으로 알 수 없이 거대한 빛의 바퀴처럼 질주하고 있다.

'나'와 크리스와 백조가 번갈아 화자가 되어 결말에 이르는 과정은 앤티 클라이맥스에서 클라이맥스로 이르는 길의 '으아아아악'으로 표기되는 새 울음소리와 함께 읽는 이의 가슴을 울린다. 오염되지 않은 아름다운 언어의 시(詩)가 사랑의 울림을 읊는다. 서정과 서사가 합류하는, 흔치 않은 귀일은 읽는 이조차 자신이 사람인지 새인지 모를 혼융의 세계로 이끌어간다.

이러한 합일 혹은 변용이라는 장자(莊子)적 미학의 발로는 여러 작품에서 핵심 사상으로 반추된다. 세상을 해석하는 방법을 여기에 두고 결말을 에두르는 태도가 다소 철학적이지만, 그 힘듦이 소설 미학을 한결 순실(淳實)케 하는 미덕이 있다.

사내는 숨을 진정시키자마자 범나비처럼 그 꽃 위에 날아 올라가 가만히 앉았다. 그는 발가락으로 단단히 꽃의 수술을 움켜잡고 날개를 오므렸다 펴서 균형을 잡았다. 〈신공생대〉

그의 소설을 읽으면 시종 '순수'를 생각하지 않을 수 없다. 그것은 독처럼 그의 뼛속에 스며 있어서 남에게까지 '인(燐)불'을 옮겨 붙인다. 때묻지 않은 이 세계에 이제 당혹스럽지 않은 자 몇 있으랴.

　　오래전에 〈강원일보〉신춘문예로 문단에 나온 그가 뒤늦게 내놓는 이 작품집에서 한 순정한 인간의 모습과 그가 인류적으로 고뇌해온 극복, 초월의 문제를 다시금 생각한다. 비상(飛翔)에의 의지가 순수결정(純粹結晶) 속에 살아 있는 풍경이다. 이 '막다른 골목'은 강릉 중앙시장에도 있고, 대관령에도 있고, 광화문에도 있다. 그래서 그의 신분이 수상 안전원이든 군인이든 노숙자든 무엇이든 그는 항상 꿈꾸는 자일 뿐이다.

　　이 소설들에서 그가 카일라스, 수미산으로 향하는 모습을 보는 건 어려운 일이 아니다. 그것이야말로 그의 꿈을 완성시켜줄 길이기 때문에 그는 고행길에 서 있다. 고행길? 그러다가 나는 그만 고향길을 떠올린다. 고향길에 서 있는 그가 내게는 더한 아픔을 준다. 수미산으로 가던 발길은 멈추지 않았는데, 그가 아직도 가는 길은 내 고향 강릉길.

　　나 또한 강릉의 강문 바닷가 진또배기를 바라본다. 신성한 솟대가 서 있는 곳이다. 그도 나도 그곳을 저버리지 못하는 데서 우리의 운명은 묶여 있다. 그의 소설에서 동류항으로서의 연민을 느끼는 것이 내 몫인 것을 깨닫고, 나는 또 다른 그가 되어 대관령과 수미산을 향하여 새로운 길을 떠난다. 그의 소설이 내게 보내준 길라잡이를 앞에 세우고.

크리스틴

크리스틴

크리스틴은 앉아 있다.
그녀는 떠 있는 듯이 앉아 있다.

새처럼 높은 머리를 한 생래적인 은발을 머리에 이고, 눈에는 산 감나무의 홍시 같은 주황빛 윤채를 두르고 모든 것이 고정된 채로 크리스틴은 꼿꼿이 앉아 있다.

그녀는 미국 어윈(Irwin)시의 중산층을 위한 노인 요양원 건물의 3층, 한국식으로 말하면 금란실이라고 이름 붙일 수 있는 곳에 있다.

3층 높이의 허공에 떠서 그녀의 상체를 받쳐주는 옹이가 박혀 있는 투박한 나무 의자에 보드라운 먼지처럼 앉아 있다. 그리고 크리스틴은 의자와 꽤 떨어진 거리에 있는 한국의 비천상이 새겨져 있는 나무 경대를 보고 있다. 그녀는 맑은 거울 속에서 자신의 모습이 수면에서처럼 서서히 떠오르게 하고 있다. 어떤 때에는 경대 속에 비친 자신의 모습이 거울 속에 잠수한 듯이 사라져서 '앗' 하고 놀라는 순간이 요즘엔 꽤 늘었다. 그러나 다시 그 '앗' 하는 놀라움을 관통시키고 나면 그녀의 초상은 아주 멀리 나아갔기 때문에 아주 늦게 돌아온 메아리처럼 서서히 되돌아와 햇빛 속의 먼지 같이 일렁이며 점점 더 뚜렷한 형체로 착상되곤 한다. 그럴 땐 왼쪽 눈이 우선 돌아온다. 그리고 오른쪽. 그다음엔 60년대 말부터 거의 변화를 주지 않았기 때문에 우아하긴 하지만 아주 구식인 머리선, 그리고 뒤늦게 목 아래의 동체가 늦은 이삿짐처럼 돌아온다.

그녀의 긴 목 아래로 흰 바탕에 가는 초록과 회색의 체크무늬가 성기게 그려져 있는 남방셔츠와, 베이지색의 주름치마와 소박한 흰 실내화 차림의 그녀는 키가 크고, 마르고 아주 기품 있게 낡은 모습을 한 채 거기에 있다.

"오, 크리스틴!" 크리스틴은 경대 속의 자기 자신을 살짝 불러본다. 그녀는 남방셔츠의 단추를 하나, 둘, 셋, 넷. 네 개만 풀어본다. 브래지어를 풀고, 팔을 셔츠에서 꺼내 셔츠와 브래지어를 허리께로 내려놓는다. 작은 가슴이 드러나고 두 젖가슴 사이에도 주름이 잡혀가는 모습으로 그녀는 거기에 있다. 그녀는 눈을 감는다. 조금 열어둔 창 너머로 옅은 미풍과 다갈색으로 물들어 가는 노을의 빛이 환하게 찍혀 오는 것이 느껴진다.

공기는 차갑지도, 뜨겁지도 않다. 옆방의 제레미가 국제통화를 하는지 뭐라고 옅게 놀란 소리를 지르다가는 조용해진다. 대기가, 바람이 흘러와 돌아나가지 않고 방안을 아주 천천히 맴돈다. 바람이 맴돌다가는 쌓이고, 쌓이면서 녹는다. 바람은 투명한 물처럼 변하고 있다. 그녀는 그 물속에 앉아 있다. 물속으로 변한 방에 못 보던 검은 문이 그녀의 상상 속에 나타난다. 문은 십자 무늬가 세 층으로 되어 있고 참나무 재질이어서 매우 견고하다. 이미 상체를 벗은 그녀는 헤엄쳐서 그 문에 다가간다.

물속에서도 전혀 숨이 막히지 않고, 부력 때문에 수면 밖으로 이끌려 나갈 필요도 없어서 그녀는 자유를 느낀다. 그녀는 검은 문의 손잡이를 두 손으로 잡고 비틀어 본다. 문은 잘 열리지 않다가 어느 순간 아주 쉽게 — 누가 안에서 열어주기라도 하는 것처럼 열린다. 그 안은 한동안 빛이 없는 것처럼 어둡다. 그녀는 잠시 망설인다. 그 안은 필시 이 방에 맞닿아 있는 바닷속의 자연 동굴과 연결되어 있으리라는 엉뚱한 환상이 찾아온다. 이곳에서는 바다가 멀다. 그러나 그 안쪽에서 깊은 골의 냉기가 풍겨 나온다.

그리고 얼핏 수십 미터는 됨직한 바위 열주들이 절벽을 이루고 있다.

그 아래쪽의 깊은 회랑 어디쯤에서 비쳐오는 빛의 파편을 받아 회랑의 바위 열주들이 한번 어둡게 번쩍인다. 그리고 먼 해산에서 바위가 구르는 듯 장중한 소리가 울려온다. 오직 하나의 음만이 다른 박자와 톤으로 끝없이 깊이 있게 연주되는 파이프 오르간의 진동이 울린다.

그녀는 매혹을 느낀다. 그녀는 지금 이 물속이 어디인지 안다.

물의 속이며 바람의 속인 곳에서 다시 미풍이 인다. 그녀는 이 세계를 느낀다. 그러나 그녀는 결심한 듯 다시금 무쇠보다 검고 짙은 참나무로 된 검은 문을 봉인한다.

문이 천천히 벽으로 돌아간다. 창 너머로 다시 지상의 옅은 바람이 먼 곳에서 온 해풍에 섞여 밀려들고 있다.

오랫동안 쉬지 않아도 좋았던 숨을 그녀는 길게 들이쉬고 내쉰다. 그녀는 삼십 년 전 처음 개통된 스위치 백신 기차를 타고 황지에 갔었던 기억을 떠오르는 대로 수용한다. 그곳에서 처음으로 태백산에 올랐었다. 문수봉 아래 천년을 살아 속이 텅 빈 주목의 속으로 들어가 나무의 속이 되어 가만히 서 있어 보기도 했다.

허공으로 화한 나무의 속이 뿜어내는 향기 없는 향기를 크리스틴은 지금 다시 음미한다. 그녀는 그때 사람을 받은 그 살아있는 나무가 전율하는 것은 보지 못했었다. 다만 탄산을 머리에 쏟아부은 것같이 시원해지던 그 나무의 울림만이 다시 전해져 오는 것을 느낀다.

"크리스!"
"크리스!"

나는 그녀를 불러본다. 크리스는 크리스틴의 애칭이다. 진땀으로 범벅이 된 혼몽한 잠 속에서이지만 꿈속에서 부르는 소리를 꿈 밖에서도 들을 수 있다. 동대문 밖에 전차가 굴러다니던 시절이 언제인가. 가끔 그녀는 사십도 훨씬 넘은 내가 여덟 살 때 처음 아버지와 함께 서울 구경을 하던 어린애의 눈으로 딱 한 번 보았을 뿐인 그 전차의 탑승객으로 등장한다. 항상 초겨울쯤, 그것이 아닐 땐 초봄의 빛 밝은 날에 그녀는 회색 바바리코트를 입고 (언제나 목밑까지 단추를 꼭 채운 모습으로) 스코틀랜드식 버버리 문양이 들어있는 머플러를 단정하게 두르고 백팔십에 가까운 큰 키에, 굽 낮고 검은 깨끗한 단화를 신고 — 녹색 띠를 두른, 이제는 이야기책에나 나올법한 구식전차에 탑승하고 있다. 빈자리가 있든 없든 언제나 그 자리 — 중간석 보다는 약간 앞쪽의 창가에서 동향을 한 채 손잡이를 잡고 서 있다. 투명한 창을 당신 앞에 세우고 꼿꼿이 서서 — 시선에 아무런 동요도 없이 왜일까?

"크리스!"
"크리스!"

예고도 없이 제레미가 문을 광 소리 나게 열며 들어온다. 제레미는 크리스틴의 벗은 모습에 깜짝 놀라 방문과 말문을 모두 채 닫지도 못하고 "오 마이……." 한다.

크리스틴이 눈을 뜨고 제레미를 돌아본다. 샤워 가운 차림의 제레미는 무슨 반가운 소식이라도 전하러 왔었겠으나 지금은 그저 놀란 눈을 하고 그녀를 쳐다만 보고 있다. 그러나 크리스틴은 마음속으로 '여보세요. 누구세요?' 하고 차분하게 되묻고 싶다. 왠지 처음 본 느낌. 그것도 만나서 이야기해 본 경험조차 없는 남성적인 식물 같은 느낌. 한국 동해안 강릉시 인근 관동대학의 서남쪽 야산. 그냥 투박해서 세련될 것도 없는 구정면 근처의 야산이 좋아 그곳을 걷다가 우연히 발견하고 감탄했던 산감나무의 주황색 감 같은 윤채가 칠십을 바라보는 나이에도 크고 힘찬 제레미의 눈빛에서 타오르고 있다.

제레미는 숫제 팔짱을 끼고 그러한 크리스틴을 무우 감보듯 하고 있다. 제레미는 매우 역동적이면서도 느긋하다. 그런가 하면 또 치밀하고 꼼꼼하여 모든 남자들이 그녀를 흠모하지만, 어떤 남자도 그녀를 다 감당할 엄두를 내기 어렵다. 그러나 아직도 미혼인 그녀는 인제나 당당하다. 그녀는 요즈음 비트겐슈타인에 심취해 있다. 한 손으로 양치질을 하면서도 다른 한 손으로 비트겐슈타인을 놓지 않는다. 비트겐슈타인은 슈라이더에게 화가나 치켜들었던 벽난로의 부지깽이로 제레미를 유혹하고 있다. 제레미는 실은 자신도 모르게 그 부지깽이의 불과 쇠에 이끌리고 있다.

둘 다 평화봉사단원 출신이고 함께 한국에서 근 삼십 년을 복무한 이력이 있지만 제레미는 크리스와는 아주 성격이 다르다. 그러나 제레미에 비해 다소 차갑게 보일 만큼 크리스는 깔끔하고 흐트러짐이 없다.

제레미의 소년 같은 쾌활함이 조금은 심각한 것으로 바뀌는 사이 크리스틴은 벗은 몸에 조금 한기를 느끼며 다시 브래지어를 차고, 셔츠에 팔을 끼우고, 마지막 단추를 막 채우려다 말고 손을 다시 아래로 내려뜨리고 제레미를 쳐다본다. 제레미의 눈빛을 통해서 문득 조금 전 상상 속의 검은 문을 열었을 때 느꼈던 어떤 소리들이 자신의 잊혔던 체험 속에서 다시 생생하게 떠올라왔기 때문이다. 삼십 년 전 처음 미선계 대학이었던 관동대학의 영어과 강사로 부임 받았을 때 인근 마을과 산하를 순례하듯, 그러나 이국의 시골 생활이 주는 생생한 호기심에 이끌려 강릉시에 이웃하는 어촌 주문진에 처음 들어섰을 때였다. 일본인들이 지었다고 하는 고풍스런 읍사무소 건물과 하얀 운동장을 가진 초등학교 교정에는 한결같이 미모사들이 자라고 있었다. 6월의 맴을 도는 듯한 지열이 트이는 쪽을 찾아 항구로 통하는 골목길을 막 통과하자마자 다른 세계에 온 듯 바람이 바뀌고 비릿한 해풍이 확 끼쳐왔다.

그때였다.

크리스 바로 뒤쪽의 황톳빛 언덕 위에서 온 마을을 들었다 놓을 듯한 굉음이, 누가 귀에다 대고 뿔나팔을 불어대는 듯한 강도로 "뚜우우" 울리기 시작했다. 크리스는 그 충격에 잠시 그 자리에 가만히 서 있다가 뿔나팔 소리가 울려 나오는 언덕을 향해 몸을 돌렸다. 빛이 안 통하는 안개 자욱한 바다에서 큰 소리로 어선들이 돌아올 방향을 알려주는 무적이었다. 크리스는 이제 그때의 자기 자신에게 —

친구에게 하듯 말해본다.

"글쎄 그것이 과연 듬직하게 몸통이 꽉 찬 하얀 등대이기만 했을까?"

"글쎄 그것이 과연 신적 남성성이기만 했을까?" "그것이 신의 몸통이었을까?"

그 몸통은 곧…… 절규이다. 절규하기 위해 태어난, 절규로 구성된, 바다로 향한 자식들에게 한 번도 눈 떼어 본 적이 없는, 감아지지가 않는 눈을 부릅뜬, 그들에게 잘 보이게 하기 위해 희디희게 언덕 위에 자신을 세운 그것은 소리 내지 않아도 절규, 모습만으로도 절규이다.

크리스는 그때 그 항구에서 처음으로 항구 밖을 감도는 장막 같은 안개와 아직 안개에 덮이지 않은 무섭도록 짙푸른 힘으로 터질 듯이 꽉 찬 짙푸른 하늘을 보았었다. 심장이 얼어붙을 만치 무서웠다. 그러한 하늘을 뚫고, 그 소리는 닿을 곳에 닿을 때까지 가고 있었다.

무적, 그 소리의 한자 발음이 무적이라는 것은 십 년이나 더 지나 그 지방 출신 시인의 글에 의해 알게 되었다. 그리고 지금 상상 속 검은 문의 안쪽 바닷속에서 울려 나오던 장중한 해저 음의 원천을 느낀다.

그 무지막지한 뿔나팔 소리. 바로 그때 그녀의 양쪽 귓

구멍 속이 서로 전류로 이어져 한 선으로 통하는 듯한 자극에 온몸이 부르르 떨린다.

제레미가 놀라서 다가오고 있다. 그러고는 크리스틴의 머리를 자신의 배와 가슴으로 꽉 안는다. 크리스틴의 눈에 조금씩 눈물이 고이고 있다. 태어날 때부터 백발에 가까웠던 그녀의 머리가 듬성듬성 빠진 채 내부의 격정 때문에 흔들리고 있는 것을 제레미는 내려다본다.

크리스틴은 한번 배어본 적도 없는 자신의 아기를 모르는 날, 모르는 곳에서 낳아버린 듯한 형언할 수 없는 느낌. 지구 밖으로 뛰쳐나가 낮과 밤이 꼭 같은 값으로 공존하는 우주 창공에 처음 서 본 느낌. 그리고 그곳에서부터 귀환할 수 없는 우주비행사처럼 혼자가 되어 한 발씩 더 뒤로 멀어지고 있는 듯한 느낌. 저 혼자만 새파란 지구에서 멀어지고 있는 듯한 느낌. 이대로 영영 지구가 시야에서 사라질 때까지 떠나게 될 것이라는 느낌. 그리고 무어라고 설명할 수도 없는 손에 잡힐 듯한 우주의 생생함이 서로 어울려 북극오로라의 흔들림처럼 어떤 춤처럼 크리스의 가슴속을 미어지게 만들고 있다. 제레미는 한 빈도 머리카락을 늘어뜨리는 것을 본 적이 없는 크리스틴의 목덜미로 흩어져 내려온 머리카락을 쓸어주고 셔츠 깃을 손으로 잡아 끌어올려 준다.

　제레미는 크리스틴의 금방 번개가 지나간 듯한 깨끗한 오열을 의아하게 여기면서도 단호하게 그녀를 꽉 끌어안고 있다. 그녀는 문득 한 섬. 그리고 한 번도 본 적 없는 어떤 흰 나무의 결, 혹은 커다란 흰색의 깃털 같은 것을 느낀다.

　크리스, 그녀는 나를 모른다. 우리는 이십 년 동안 거의 매해 겨울마다 두세 번씩. 아주 멀리. 혹은 가까이에서 서로 지나쳤지만 한 번도 그 흔한 눈인사조차 해 본 적이 없다. 그러나 나는……. 어찌 됐든 우리는 70년대 중반에서 고니가 날아오기를 그친 90년대 중반에 이르기까지 근 이십 년에 걸친 경포호수의 새 관찰자이다.

　그것도 고니가 날아오는 12월 초순에서 그들이 시베리아로 돌아가는 2월 말까지 크리스는 당연히 아무 약속도 없이 호수의 겨울 인간으로 나타난다. 얼음이 꽝꽝 얼기만을 기다리는 스케이트 꾼들이나, 얼음 낚시꾼들과는 달리 우리는 혹한으로 호수가 조그만 숨구멍만 남기고 다 얼어붙을 때면 오히려 시무룩해져 입을 꾹 다물고 그곳을 뜬다. 그렇게 되면 큰고니들은 얼지 않은 또 다른 호수나 소택지를 찾아 이곳보다도 더 아래쪽으로 남하하기 때문이다.

새들이 돌아올 12월 초순쯤 특히 북북동 방향에서 힘 있는 바람이 불어올 때쯤이면 나나 크리스 같은 이들은 벌써 마음이 설렌다.

11월 말이면 벌써 마음이 싱숭 거려 무슨 추운 밤 잡화점(당시에는 슈퍼가 없었으므로)으로 종종걸음을 치는 때에도 밤의 대기 속에서 이미 바뀌기 시작한 북쪽 바람의 동향을 이리저리 읽기 시작한다. 북만주 너머 동부 시베리아 쪽의 고니들도 길고, 강한 북북동향의 바람이 올 때쯤이면 그 바람을 타기 위해 블라디보스톡 인근의 해안으로 모여든다.

큰 비행을 앞둔 그들은 근 이백여 마리로 늘어난 무리가 된다.

그리고 천공을 집중하여 관찰하며 그들을 남으로 분명하게 실어줄 수 있는 바람을 찾는다. 중도에, 가령 38° 선 훨씬 이북의 원산이나 함흥 쪽으로 한반도가 잘록하게 파인 동해 깊숙한 곳을 나를 때 바람이 중도에 끊어진다면 날개의 힘만으로 내륙의 해안에 닿기는 힘들기 때문이다. 그들은 강한 새이다. 날개 길이는 2미터에 이르고 큰놈은 초등학교 입학할 즈음의 애들 몸무게 같은 15kg 가까이 나가지만(실제로 70년대 초 나무지게 막대기로 무장하고 고니를 때려잡으려던 한 늙은 초부가 저항하는 고니의 날개에 맞아 팔이 부러진 일이 지역방송에 보도된 적도 있다.) 또한 그 강력함을 받치는 무게를 제비처럼 가볍게 받쳐 들 수는 없는 노릇이다. 그래서 그들에게 바람에 대한 헤아림은 그들 종족 자체의 생존이며 그 결과 얻게 된 앎은, 오! 감히 말하건대 신적이다. 그때 그들이 가늠하는 작고, 엷고, 길고, 큰바람은 다 각각의 의지체이다. 그것을 헤아리는 무리의 수장의 눈을 한 번만이라도 어느 정도의 거리에서 들여다본 적이 있다면 오! 그 깊은 주황색의 윤채가 감도는 그 시선의 명철함과 힘을 한 번만 바라보기라도 한다면……

그들 무리를 모두 태워 갈 만한 튼튼한 말이며 수레인 바람이 오면, 그때 수장 새는 저것이 백조의 소리인가 싶은 괴성을 있는 힘을 다해 소름 끼치도록 질러댄다. 한 밤을 꼬박 새우고 새벽이 시작되기 직전까지. 그러면 자신도 모르게 타오르는 생명 때문에 힘이 약한 바람에도 날개를 들썩이던 젊은 새들과, 침묵을 지키던 늙은 암컷들도 그 수장의 울부짖음을 신호로 극악하다는 느낌이 들 정도의

크리스틴

괴성을 토해내는 것이다. 그때엔 늙고 젊고도 없다. 모두 다 자기의 힘으로 큰 바다를 비행해야 할 타오르는 불이니까. 서로에게 힘을 더하고 또 더하는 그 소리. 밤새도록 무리 모두가 모두에게, 힘에 힘을 보태는 그 소리 속에서 그 광경을 지켜본 사람이면 그 누구라도 행복과 연민과 그리고 새도 나도 함께 이 세상에 살아 있다는 말할 수 없는 감동에 휩싸여 똑같이, 속으로든 겉으로든 울부짖으며 눈물 흘리지 않을 수 없을 것이다.

"아아아아악."

"아아아아악."

소리 지르면 지를수록 그들의 육체는 다른 전율로 충전된다. 열이 기화되며, 그들의 전심전력의 초점에서 기화된 열은 전기로 화하고, 그 전류가 다시 열이 나온 새들의 육체로 되찾아 들어 충전된다. 그리고 전류로 변하는 자신의 힘을 무리 전체에 쏟아붓는다. 그러면 그들을 감싸고 있던 허공의 대기가 자세히 보면 보이기도 하는 아주 작은 수많은 번개 같은 전선을 띠게 되고 그것은 이윽고 무리 전체를 감싸는 빛의 띠로 바뀐다. 그들은 그들 자신에 의해 번쩍이기 시작한다. 그렇게 빛으로 가득 찬 흰 새는 탄생한다.

그리고 얼음과 눈뿐인 해안의 절벽에서 창공으로 날아오르는 것이다. 크리스와 나는 바로 그 새들 속에 섞여 있다.

우리는 언제나 다이아몬드 형태를 이루는 무리의 중간쯤에서 보호받곤 한다. 우리의 날개는 돋아난 지 얼마 되지 않아 투명하지만 아직 약하기 때문에 어린 고니들과 같이 앞장선 무리의 리더와, 바깥 열을 지키고 선 성숙한 암컷들과, 맨 뒤쪽의 젊은 수컷들 사이에서 보호받으며 날도록 배려되어 있다.

우리는 오호츠크해와 이어지고 인적이라곤 없는 연보랏빛 시원의 해안선을, 이제는 먼 데서 바라보며 꽁꽁 얼어붙은 몇몇 동항과, '꾸지직'거리며 서로 부딪치고 더욱더 얼어 가는 해빙의 바다를 「야아」하는 탄성을 지르며 지나친다.

갈매기들도 한두 마리 우리 무리의 앞. 뒤. 좌우로 따라붙다가는 배를 뒤집어서 사선을 그으며 우리 행렬에서 벗어나고 있다. 가까이 날면서 바라보는 갈매기의 눈은 표정 없이 꽁꽁 뭉쳐있는 작은 불꽃 같다. 생각건대 그들에게 비치는 우리 무리의 눈은 그들의 입장에선 다른 종과 같을 것이다. 적어도 큰 바다를 건너는 비행 중에는 그들이 우리를 적으로도, 같은 새로도 받아들이지 않을 거라는 것을 느낀다. 우리의 비행 높이는 최하 삼백 미터에서 수 킬로미터까지 확장될 수 있다. 춤을 추듯 유동하는 큰바람의 결대로 더 오를 수도 더 내릴 수도 있다. 그러나 삼백 미터 아래로 내려가는 법은 없다. 바람의 층을 많이 딛고 있는 것이 유리해서이기도 하지만 바다 표면 가까이에는 삼각 파도를 솟게 하는 짓궂은 작고 매운바람의 희롱이 있기 때문이다.

십여 개에 이르는 다이아몬드 형태를 이루는 우리 모두는 가장 앞선 다이아몬드의 침인 수장의 리드를 따라야 한다.

오, 크리스도 나도 그가 누구인지를, 무엇을 하는 누구인지를 안다. 그에게는 큰바람과 거의 대각선을 이루면서까지 하늘길을 우회하고, 돌파하며, 또 돌파할 힘이 있음에도 일부러 먼바다까지 밀려가야 하는 매 순간순간에 대한 치밀한 계산이 상황마다 꼭 맞게 들어차 있다. 리드를 따르면서 안다. 바람의 길에도 주선과 부선이 있다. 주선을 잃어버리면 부선이 포함하고 있는 난풍에 휘말려 무리는 바다에 떨어질 수밖에 없다. 우리 무리는 더 가까이 해안을 향해 날고 싶었으나 수장은 그것을 일고의 여지도 없이 거절하고 우리 무리를 순한 바람을 박차고 더 높이 날아오르게 하고 있다. 크리스와 나도 기를 쓰며 사, 오백 미터를 더 상승해야만 한다.

그 위치에서 수장은 갑자기 날개를 활짝 펼친 채로 날개의 힘을 쭉 빼고 45° 정도로 편각 비행을 하며 수 킬로미터를 미끄러져 가도록 무리를 독려하고 있다.

우리 바로 곁을 스치듯 날아가는 어린 고니의 두 눈에도 광채가 난다. 녀석의 날갯죽지에 크리스탈 같은 얼음이 송송 맺혀 있다가 인사하듯 반짝 빛난다. 크리스와 나도 바람에 안기듯 밀려가고 있다. 한없이 큰 바다로 시간 개념도, 마음의 졸임도 없이 우리는 나아가고 있다. 크리스의 하얀 얼굴이 옛 시골 아이들의 볼처럼 빨갛게 달아오른다. 높이 오를 때엔 숨도 못 쉴 기압의 팽팽함 속에서 외침처럼 눈을 부릅뜨지만, 날고 또 날면서 점점 우리는 느낀다.

거대한 선박조차 쿵쿵 소리를 내며 항로를 벗어나 게걸음 치게 하는 강력한 바람 속에서 바람에 볼을 맞대고 있는 동안 우리는 느낀다. 바로 그 바람결을……. 우리가 빗겨 날아야만 했던 이유인 ― 다가와 부딪치지 않고 우리 무리 곁을 스쳐 지나가는 큰 먹구름의 상부에서 구름의 안을 확 밝히는 번개를……. 차디찬 살아있는 바다와 물고기떼들의 날렵한 회전을……. 그들 모두의 몸속 끝까지 관통해 있는 새파랗게 높이 높이 솟아오르는 목숨을…….

동해바다는 검푸르고 거대한 물의 덩어리다. 바다의 육체를 느끼면서 그 위아래가 따로 없는 동해 상공의 속을 날면서 오, 생은 강력해진다. 수장의 힘을 조절하는 미묘한 날갯짓의 유동을 따라 크리스와 나는 우리의 두 팔 벌려 이룬 날개를 같은 모양새로 만들고 있다. 정신을 잃을 만큼 바람은 차고 강하다. 갑자기 밀어닥치는 강한 바람에 한동안 숨을 쉬지 못하고 이명으로 머릿속이 멍멍해 갈 동안, 더욱더 살아있기 위해 생을 조일대로 조이는 동안 우리는 새가 아니고, 인간도 아니며, 빛이고 빛의 씨이다. 그렇게 살아있는 동안만 — 빛을 내는. 빛 중의 가장 강력한 살아 있음 — 큰 바다 위를 날고 있으므로 우리는 침묵하고 있으나 — 우리는 '아아아아악' 소리치고 있다. 가장 크게. 살아있는 것 중에 가장 큰소리를 내며…….

이른 봄볕을 받아 개암나무 가지의 끝마다 물이 오르고 있다.

크리스는 체스판 같은 흑백의 격자무늬가 정확한 대비로 깔려있는 긴 복도를 다소 느린 걸음으로 혼자 걷고 있다. 초현실주의 작품들만 선별해서 전시한 어윈시의 시립 박물관 이층 복도는 그녀의 구둣발 소리를 냉랭하게 고스란히 되살려서 구둣발 소리를 내는 장본인으로 하여금 마치 자신의 존재가 낭하 전체로 확장된 듯한 기분이 들게 한다. 그러다 그 소리를 줄이고 조금 천천히 걷기 시작하면 그 구둣발 소리의 존재감은 갑자기 축소되고 그 느낌 때문에 걸음을 멈추고 제자리에 서면 또 왠지 그 발자국 소리의 주인공이 자기 자신의 육체 보다 약간 뒤쪽에 다가와 가만히 머무르는 듯한 인상을 받는다. 그러다 복도 중간쯤, 양쪽 기둥이 다 거울로 장식되어 있는 기둥 앞에서 크리스는 발걸음을 멈춘다. 그 거울을 보기 위해 그녀가 꼭 이곳에 온 것은 아니다. 그러나 그녀는 이 거울을 보아야 했다. 거울 속에 비치는 자기 자신이 자꾸 사라지는 것에 대한 이유를 그녀는 이미 알고 있다. 그러나 동시에 확인해야 할 것도 있다. 사, 오 미터 거리를 두고 서로서로 비추도록 고안되어 있는 두 거울 기둥의 벽면 앞에 각기 하나씩의 촛불이 놓여 있다.

거울 안을 들여다보면 이 촛불과 저 촛불이 서로를 반사하고, 그 반사된 촛불을 다시 반사시켜 무한히 생산되는 무한소의 촛불 행렬이 보인다.

그것들은 영원토록 소실점을 향해 나아가면서 그 너머의 너머와 닿아있다.

그녀가 보다 젊었을 때 두 번이나 가본 루브르 박물관의 복도에서도 본 것이지만 크리스는 그 유리 기둥 속에 자신의 모습을 잠깐 세워본다. 별 감흥이 일지는 않았으나 그녀는 그곳에 잠깐이라도 육체를 놓아 두어보는 그녀 자신에게 조금은 새로운 호기심을 느낀다. 그녀는 다시 그녀특유의 걸음걸이 — 키 높은 장대를 길바닥에 똑바로 눕히고 그 위를 전혀 흔들림 없이 빠르게 걸어 나가는 걸음으로 낭하를 울리며 복도 끝으로 걸어 나간다.

그러나 긴 세로의 복도 끝도 전면이 거대한 거울로 장식되어 있다. 그리고 거기에는 초가 놓여 있지 않다. 그 복도끝까지 누구라도 걸어가 보면 그의 등 뒤로 무수히 많은 자기 자신이 복도 끝에서 끝까지 꽉 채워져 있다는 것을 느낄 것이다. 크리스는 간단하게 복도 끝까지 가기 직전에 놓여 있는 계단의 입구를 빠른 속도로 통과해 버림으로써그 심연을 버린다. 복도가 심연을 향해 밑으로 툭 꺼진다. 크리스는 미술관 밖으로 나간다. 위도상으로 아열대 지역에 가까운 어윈시지만 봄의 느낌은 미묘하게도 크리스를 움직여서 은근히 체스판의 말이 되도록 사람을 위치시키

는 이 전위적인 미술관까지 방문하게 만들었을지도 모른
다. 크리스는 이 미술관 전체가 하나의 속임수임을 안다.

  그리고 어떤 비상식적인 감흥을 유발하는 그 장기판을
전혀 돌보지 않는 방식으로 통과해 나온 것에 의외로 다소
경쾌한 기분을 느끼고 있다. 졸업을 앞둔 마지막 겨울방학
의 강제성도 없는 숙제를 마감한 소년처럼…… 크리스는
뒤를 돌아볼 필요조차 느끼지 않는다. 가끔 그녀 자신을
거울에 비춰볼 때 그랬던 것처럼 미술관 전체는 그 내부부
터 소실되어 사라져 없을 것이기 때문이다.

  96년 이후 경포 호수엔 고니가 날아오지 않는다. 고니
가 깃들어야 할 갈대밭을 준설선이 다 제거해 버렸으므로.
  그러니까 고니가 마지막으로 날아오기 바로 전해인 94
년 겨울. 크리스틴은 그런 사실을 다행히 맞지 않고서 한
국을 떠났다. 그녀가 독신인 채로, 65세 되던 해이고, 영문
과에서 가르치던 일을 정년퇴직했고, 마지막으로 95년 2
월 26일에 있었던 그 대학의 졸업식장에서 학생들과 기념
촬영을 했고, 30년 전 처음 신앙심에 가득 차 낯선 이 나라
에 찾아와 마음속으로 독신 서약을 했을 때처럼 달랑 두
개의 트렁크만을 들고 목덜미며 귀밑까지 환히 드러나는

높은 머리를 꼼꼼히 챙기고서 그녀는 떠나갔다.

나는 당신이 떠난 것을 한 고교 후배 영문과 졸업생으로부터 다음날 들어 알게 되었다. 그리고 아마 그다음 다음 날쯤 그러니까 2월의 마지막 날, 흰 새들 또한 미구에 닥치게 될 미래를 아는지 모르는지, 이 호수를 떠나갔다. 나는 예기치 못한 당신의 출국 소식 속에서도 어떤 나만의 이별식을 갖고 싶었다. 새들을 실어 보낼 바람의 역류가 시작되고 있음을 느끼면서 그러나 언제나 그랬던 것처럼 당신이 호수 어딘가에 있을 것이라는 환상조차 더는 가질 수 없는 채로 새들에게로 걸어 들어갔다.

영동지방의 소택지 여기저기에 이삼십 마리씩 가족 단위로 흩어져서 모여 살던 고니들이 다시금 경포호수에 모여들어 있었다. 한 이백여 마리쯤. 그리고 이번에는 그들을 대번에 연해주 혹은 캄차카반도 안쪽까지 실어다 줄 바람 수레를 기다리고 있었다.

그대가 서울로 이동해서 막 김포공항을 뜨던 비행기 편과 비슷한 시각이었을 것이라고 짐작한다. 밤새 울부짖던 고니들은 해가 떠오르고 사면이 밝아오자, 약속이나 한 듯이 소리를 뚝 멈추었다. 그들은 늘 그러하듯이 아침 상공에 상승기류가 형성될 때까지는 해가 떠오르고도 서너 시간을 조용히 쉰다. 그들은 끼리끼리 맑은 호수 이곳저곳을 헤엄치며 먹이를 먹고 또 이곳저곳을 물 위에 떠서 흐르는 꽃 이파리처럼 흘러 다닌다. 그러다 오전 열 시쯤. 상승 기류가 날개로 디뎌도 좋을 만큼 탄탄해지기 시작하면 이삼십 마리로 이루어진 무리 단위로 수면을 박차면서 날아올라 다이아몬드 대형이 완성될 때까지 호수 상공을 두세 바퀴 돈다. 이윽고 대형이 완전히 짜이면 당신도 익히 알고 있는 것처럼 한 바퀴 더 그들이 살아냈던 호수를 선회하고는 곧장 날개를 부풀려 양력을 잔뜩 받으면서 서서히 고도를 높인다. 그러고는 곧장 바다를 향해 돌진한다.

한 그룹, 또 한 그룹. 십여 개의 다이아몬드 대형이 그들의 날개 면으로 햇빛을 엷게 투과시키면서 솟아올라 항로의 윤곽을 전 무리가 가늠할 때쯤이면 우연히 해안가에서 그 광경을 목격한 사람들은 "야아, 야아." 환호성을 지른다. 이미 다른 종으로 변한 새들은 조금도 동요되지 않고 놀랍도록 가뿐하게 허공의 계단을 바꾸어 오르면서 더욱더 서서히 고도를 높이며 곧장 수평선 끝까지 일직선으로 날아간다. 한 십여 분쯤이면 그들 무리는 가물거리는 점으로 변하고 이윽고 그 점마저 소실되듯 '팍' 하고 사라지고 만다. 그렇게 그들은 갔다.

그리고 이곳엔 초봄이 왔다. 초봄! 느린 듯하지만 시작하면 걷잡을 수도 없는 봄. 그 어느 날 봄밤. 그해의 봄은 초당의 늦은 매화와 시내 몇 양지바른 골목의 목련이 함께 피며 함께 지고 있었다.

나는 헐린다는 소문이 나돌던 영춘 여인숙 옆 목련 나무 밑에서 서성거리다가 시내 용강동 시장의 진부식당으로 갔다. 쓸쓸함과 목련의 술렁이는 기쁨이 한데 섞여 들어 어디 금광리쯤의 버려진 농가의 건초더미 위에라도 쓰러지고 싶었지만, 그날따라 동갑내기 주모가 가끔가다 들러 한 잔씩 따라주기도 하는 막걸리라도 마셔야 했다. 식당에선 나와 같이 집도 절도 없이 부랑과 막노동을 하고 싶은 대로 하는 것보다는, 막노동에 가까워 보이는 두 사나이가 교도소 시절의 무용담을 주고받고 있었다.

뺑끼통에 처넣는다느니…… 어쩌느니 하면서. 자세히 보니 낯이 익었다. 필경 어릴 적 강릉국민학교 운동장에서 자치기하거나, 동네 형들이 이따금 굴려주는 가죽 공 얻어차는 재미에 천방지축 날뛰던 윗말, 아랫말 시절의 당신들인가 싶었으나 그들은 과장되게 두 다리를 쩍 벌리고 앉아 매서운 눈으로 나를 노려보곤 했다.

어색한 주점 분위기 때문인 듯 동갑내기 주모가 잘 켜

지도 않던 겉모습만 빨간 흑백 TV를 탁 켰다. 11시의 지방 뉴스가 나오고 있었다. 나도 아는 경포 번영회 신 회장이 갑자기 들이댄 마이크에 입이 얼어 그 어색한 넥타이만큼이나 어색하게 개발 제한 지역 철폐와 재산권을 주장하는 광경이 나오더니, 강릉시에 크리스와 나 말고도 또 다른 새 관찰자들의 집단일성싶은 강원 조류협회 강릉시 지부가 제보했다는 내용이 뒤따라 나오고 있었다.

수컷 고니 한 마리가 시베리아로 떠나지 않았다는 것이다.

이를 기이하게 여긴 조류협회 사람들이 보트 타기가 금지된 호수에 배를 띄우고 가까이 다가가 본 결과 그 수컷의 짝일성싶은 늙은 암컷 고니의 사체를 수컷 고니가 머무르던 그 갈대숲 사이에서 찾아냈다는 것이다. 그리고 강원 조류협회 강릉시 지부는 그 늙은 암컷 고니를 박제로 만들어 그 갈대밭 곁의 나지막한 한 바위 위에 세워 놓았다는 것이었다. 나는 하마터면 들고 있던 막걸릿잔을 떨어뜨릴 뻔했다. '안 돼!' 하는 소리가 나도 몰래 입 밖으로 새어 나왔을 것 같다.

"오! 크리스. 그 이후 그 수컷 고니는 어떻게 되었는지 아는가?"

"오! 그놈의 저주받을 조류협회 강릉시지부라니……."

이 이야기는 짧게 하련다.

왜냐하면 진부 식당의 탁자에서 슬그머니 일어나 셈을 치르고 인적 끊긴 시장 바닥으로 나섰을 때 허공에선 봄비가 는개에 싸여 듣기 시작하고 있었고, 바람에 어두운 가게의 채양들이 무슨 말을 하듯 펄럭펄럭 소리를 내며 뒤집히기 시작했고 한적한 큰길에 거의 모든 택시들이 빈 차인 채로 외계의 전령처럼 빠른 속도로 나타났다가는 사라졌고, 옛 중학교 동창생 이상철이가 살던 집으로 가는 골목에서는 머리에 기와를 얹은 흙 담벼락에서 메주냄새 같이 비릿하면서도 들큰한 입김이 배어 나오고 있었기 때문이다. 대관령과 바다 사이의 모든 허공이 다 시커먼 입속이었다.

택시에서 내려 추위 속에 종종걸음을 치며 그곳. 호수의 서남쪽 갈대밭에 다가갔을 때 어둠 속에서 누가 박제이고 누가 살아 있는 놈인지 분간할 수도 없이 똑같은 자세로 비 내리는 초봄의 암흑 속에서 언제까지나 그렇게 할 것처럼 그들은 그렇게 함께 서 있었다. 깜깜한 호수 한쪽 귀퉁이에 그 암컷 고니는 박제가 되어 똑바로 바위 위에 서서 비 내리는 호수를 언제까지나 살아 있는 것처럼 쳐다보고 있었다. 호수 건너편을 굽이쳐 도는 자동차 헤드라이트의 섬광에 늙은 암컷 고니의 머리 위로 빗방울이 튀고 있는 것이 보였다. 크리스! 점점 더 세차게 내리는 비속에 그 바위 위에 있는 새는 실로 두 마리였다. 천지간에 아무도 없을 듯한 그곳의 암흑 속에서…… 세차게 내리는 빗속에서…… 나란히 선 두 덩어리의 살아있는 화석같이…… 꼼짝도 않고서.

크리스틴은 남부 캘리포니아에서부터 시애틀로 북상하는 먼 도로 여행 중이다. 그녀는 처음 제레미의 90년식 청색 볼보(VOLVO)를 빌렸고, 오랜만에 손수 운전을 마다하지 않았고, 채식 위주의 식사를 하는 그녀였지만 낯선 고속도로 휴게실에 들어가 방부제가 잔뜩 발라졌을 고기를 끼운 2불 50센트 짜리 햄버거를 먹는 것도 사양치 않았다. 그녀는 시애틀에 꼭 황급한 볼일이 있는 것도 아니다. 같은 봉사 단원이었고 지금은 폐암 선고를 받고 지정병원에 오래 누워있는 사촌을 방문한다는 것 이외에 25t 화물트럭 이외에는 차량도 뜸한 길 위에서 그녀는 막연히 반달의 흐름을 좇아 북쪽으로 가야만 하는 사람처럼 북으로 가고 있을 뿐이다. 한밤중에 그녀는 4,000m가 넘는 서스터 산을 지나쳤고, 모히브 사막을 130km의 속도로 관통했다. 그녀는 느낀다. 무엇인가가 더 분명하게 그녀의 얼굴 윤곽과 볼 한복판을 화석처럼 단단하게 금 그어놓고 있음을.

　그녀는 쉬지 않고 네댓 시간을 달리던 차를 사막이 끝나고 또 다른 평원이 시작되는 곳에서 멈춰 세운다. 그녀는 고개를 차량 등받이에 한껏 젖혀서 검은 하늘을 본다. 사람보다 큰 선인장인 조슈아트리들이 길 너머 대 평원의 곳곳에 신호등처럼 서 있다. 사위는 물샐틈없이 조용하다. 상상 속에서 보았던 해저의 바위 열주 같은 거대한 사암 기둥들이 평원 한쪽에서 신전의 기둥처럼 하늘의 한쪽을 쳐 받들고 서 있다. 그녀는 차에서 내린다. 제자리에서 한 바퀴 빙그르르 돌아본다. 원을 그리듯 맞물려 도는 지평선에 걸리는 것은 아무것도 없다. 그녀는 사막 안쪽으로 걸어 들어간다. 자갈이 섞인 모래가 발밑에서 자박자박 소리를 낸다.

　키를 넘는 모래톱이 나타난다. 그녀는 이름 모를 보라색 꽃이 피어있는 그 톱을 우회해서 그 너머의 평원을 한참 더 걸어본다. 그러고는 뒤돌아서 그 톱 위로 올라간다. 그 톱 위에 그럴 리는 없지만 누군가 누워있다가 생겼을 것 같은 등신대의 약간 움푹 파인 공간이 있다. 그녀는 그곳에 앉는다. 그녀는 그곳에 눕는다. 별들이 더 가깝게 다가와 제각각 조금씩 빙글빙글 돈다. 땅 냄새가 걷힌 사막의 밤공기가 그녀의 한 번 크게 들이쉬는 숨에 섞여 폐 안으로 들어온다. 그녀는 코트 깃을 한 번 더 바싹 여미고 그곳에 가만히 누워있다. 짙고 검푸른 사막의 밤이 눈으로, 몸으로 만져진다. 이유도 없이 눈물이 흘러내리고 있다. 아쉽게 돌아볼 이유는 없던 삶이었다. 그리고 거의 일생 내내 그 누구도 그녀에게 큰 잘못을 저지른 적은 없다. 구성원 대부분이 전직 평화 봉사 단원들인 지금의 요양원에선 그 누구랄 것도 없이 모두가 다정하다. 그녀 또한 평생토록 딱히 누구에게 큰 실례를 범한 적도 없다. 아주 젊었을 적 한 때의 불꽃 같은 연애 시절을 제외하고는 특정한 사람에게 깊이 마음을 주어본 적도 없다. 근래에 들어 흘려보는 이러한 눈물은 크리스의 전 생애에서 볼 때엔 의아한 것이긴 하나 그녀는 느낀다. 그 눈물 속의 형용할 수 없는 다정함을······.

슬픔도 없이, 그렇다고 마구 흥분되는 기쁨도 아닌 것이 자꾸만 눈물이 되어 흘러내리려 한다. 들꽃 몇 송이가 바람에 조금 고개 숙여 인사하듯 몸을 흔들고 있다. 그녀는 왜 그녀가 북쪽 여행을 가야만 한다고 생각했는지 이제 그

크리스틴

결심의 속내를 느낀다. 그녀는 눈물이 계속 흘러내리도록 내버려둔다. 그러다가 한참 후 이번에는 소리 내어 운다. 조금 전의 그 형용할 수 없는 다정함에 대한 그녀 자신의 보답처럼…….

그녀는 북받쳐 오르는 오열 속에서 타인에게 하듯 여러 번 자기 자신의 이름을 부른다.

크리스는 의자에 앉아 있다

크리스는 낡아 가면서도 꼿꼿이 앉아 있다 박제된 털이 숭숭 빠져나가는 채로

크리스는 죽은 다음에도 늙어가고 있다

크리스는 죽은 다음에도 몹시 낡아 가고 있다

크리스는 나의 별이다

나는 병에 걸렸다. 강건한 몸이었지만 7월의 장마가 오기 전까지 호수 바깥의 논이 새파랗게 자라올라 오더니 열매 맺기 시작하는 것을 바라보는 동안 나는 병에 걸리고 말았다. 내 동족들은 한 번도 경험 못 했을 이 더운 땅, 이 더운 계절이 주는 병.

뜨거운 여름 내내 나는 호수 여기저기에 솟아난 커다란

연꽃 잎사귀가 아니면 어디 숨을 곳도 없었다. 간혹 뜨거워진 물의 열기가 온몸을 타고 올라오면 나는 고개를 가누기도 어려웠었다.

쏟아지는 혼몽한 의식 속에 뜨거운 물 속으로 아주 들어가 버렸으면 좋겠다고 생각하다가도, 또 실제로 코가 물속으로 잠겨 들다가도 슬쩍 시선을 옆으로 옮겨보면, 오 크리스!

완강하고 강력한 크리스가 저 처음 경험해 보는 열기 속에서도 꼿꼿이 바위에 서 있는 것이 보였다. 나는 물속으로 빠져드는 고개를 옆으로 휘저어 다시 잘 펴지지 않는 고개를 다시 세우려 안간힘을 썼다.

다행히도 7월의 큰비가 근 이 주일이나 쏟아졌기 때문에 나는 조금 기력을 회복하였다. 오랜만에 나는 빗속에서 몇 번이나 발을 헛디뎌 다시 수면으로 흘러내리기는 했으나 크리스가 있는 얕은 바위 위로 가까스로 기어 올라가 볼 수도 있었다. 오 크리스는 더없이 완강하고 강력하였다. 나는 내 목을 크리스의 목에 기대고 내 부리로 크리스의 목을 간질여 볼 수도 있어 매우 기뻤다.

크리스의 목에서는 이제 군데군데 털이 빠져나가서 옛날의 생기를 느낄 수 없었지만 그래도 그녀는 부동의 자세를 한 번도 풀어버리는 적이 없다. 밤이 되자 갑자기 비가 그치고 큰 달이 떴다. 나는 머리를 바위 위에 내려놓고 크리스 곁에서 잠이 들었다. 언뜻 눈을 떠보면 크리스의 날씬한 머리가 내 눈앞에 있다. 나는 그 다리를 내 부리로 두 번, 세 번 쓸어 본다. 뜨겁고 다정한 것이 그곳에서부터 내 가슴으로 넘어오는 것이 느껴진다. 나는 길게 한숨을 한번 쉬고 이제 잠으로 빠져들어 간다. 나보다 더 나 자신일 것 같은 어떤 덩어리가 가물가물 나에게 손짓하며 사라져 간다.

코스트산맥을 넘어 막상 시애틀에 도착해보니 사촌은 오히려 병세가 호전되고 있었다.

"크리스는 갈수록 젊어지네. 시집가야겠는걸."하는 농담도 코에 산소 호흡기를 낀 채 잊지 않았다.

크리스는 안도감과 함께 잠깐 막혔던 숨이 다시 쉬어지는 듯한 자연스러운 무상함을 느꼈다. 무상함과 더불어 또 다시 이어지는 삶이란 것의 자연스러움이 마치 너무 익어서 막 삭아가기 시작하는 멜론 맛처럼 느껴졌다.

크리스는 한나절을 머물다가 저녁이 가까울 무렵 며칠 더 머물고 가라는 사촌의 만류를 한사코 물리치고 귀행길에 올랐다. 왠지 조금 급하다는 느낌. 왠지 조금은 서둘러야 한다는 느낌 때문에.

나는 죽지 않는다.

지독하게 쇠약해졌지만 죽지 않을 자신이 있다. 여름 내내 해변에서 폭죽을 터뜨리며 쿵쾅거리는 소리를 끊임없이 쏟아내던 이곳 사람들의 무서운 여름밤의 축제도 꿈결인 듯 사라져 갔다. 눈앞의 벼들은 익어서 누렇게 변하고 어느 날 사람들에 의해 깨끗이 잘려 나가 없어져 버렸다. 주위의 초목들이 붉고 누르게 변해가기 시작했고 이윽고 거무죽죽한 검붉은 테만 남기고 있다. 들판 그대로만 남은 들판에서 이따금 옅은 서북풍이 부는 것이 바라보이기도 했다.

추위가 다가오고 있다.

우리의 계절이 다가오고 있다.

그때까지 나는 죽지 않을 자신이 있다.

겨우 물에 빠지지 않고 숨 쉴 수 있게 머리만을 갈대밭 옆 눅눅한 곳에 옮겨 놓을 수 있을 뿐이지만.

회색빛 시간이 뭉텅뭉텅 구름처럼 뭉쳐 들었다가 누가 잘라버리기라도 하는 것처럼 뭉텅뭉텅 잘려 나가곤 했다.

언제 해가 뜨는지 언제 새벽이 오는지 알 수 없는 시간이 지나가고 있다. 몽롱한 가운데서도 유혹처럼 시원한 구멍이 시간 속에 드러나 있는 게 보인다. 지금도 거기에 빠져들고 싶다. 나는 이미 한 반쯤 검은 문 속에 들어와 있다. 참나무 재질로 되어 있는 검은 문……. 본능적으로 안다. 그것이 실은 모든 것을 일시에 해결해 줄 또 다른 세계로 통하는 '열려있음' 그 자체인 것도 안다. 그러나 이 회색빛 시간의 이편에. 그렇다. 크리스가 있다. 나는 그곳에 들어가지 않기 위해서, 죽음의 평화를 받지 않기 위해서 기를 쓰고 그 문의 유혹을 외면하고 있다. 또 얼마나 시간이 흘렀는지 알 수 없다.

나는 아주 쇠약해져 있다. 아주 쇠약해져서 살아 있기가 너무나 힘이 든다. 자꾸만 살려는 의식조차 새어나간다. 크리스가 곁에 있음에도 불구하고.

눈을 떠보니 겨울이다. 눈을 떠보니 겨울이 저의 눈을 뜨고 나를 빤히 쳐다본다. 순한 짐승 같은 이곳의 겨울이 내 눈을 뜨게 한 것 같다. 우리의 계절이 드디어 내 코앞에 당도해서 그 검고 맑은 눈동자로 기쁜 호기심과, 연민이 꽉 찬 채로 내 얼굴을 빤히 쳐다보고 있다. 또 있다. 무엇이 오고 있다. 내 본능이 먼저 알고 비상한 기운이 몸 전체에 이상하게 제 의지대로 떠돌아다닌다. 먼 데서부터 거리에 전혀 구애받지 않고 바로 도달한 어떤 전류가 하나씩 둘씩 몸속에 장착되어 온다.

"그렇다. 그들이 온다." 나는 의식만으로 큰 산을 넘듯 가슴을 불쑥 들어 올려 본다.

날개는 조금도 펴지지 않으나 가슴이 조금 들썩거려진다. 오랜 시간 끝에 가까스로 목이 세워진다. 그들이 왔다. 나는 그 직감을 그냥 호흡한다. 그러자 몸에 새로운 전류가 들어온다. 그랬다. 눈을 들어보았을 때 동쪽 바다에서부터 곧장 새하얗고 거대한 새들이 들이닥치고 있다. 우악스러운 날개의 힘을 있는 대로 쫙 펼치고서 한 떼, 또 다른 때 내게로, 얼어붙기 시작하는 호수로 들이닥친다.

주체할 수 없는 열정이 몸속 깊은 곳에서 올라온다. 나는 남아있는 모든 힘을 모아 목을 쭉 편다. 그리고 곧 전신이 모두 불타오르는 뜨거움에서 마치 빠져나오려는 듯이 "으아아아악." 소리친다.

크리스틴은 사막을 130km로 달리다 말고 텅 빈 평원 어디쯤에서 무슨 소리를 들었던 것 같다. 점점 더 그 소리는 크리스의 가슴을 건드리고 스쳐 지나가는가 했더니 그 소리는 그녀의 심연 안쪽에서부터 폭발하듯 터져 나와 순식간에 검은 문을 '꽝' 소리 나게 터트리듯 열어젖힌다. 열주들이 줄지어 서 있는 검은 문 속이 그녀의 시야를 꽉 메운다. 무적이 그녀의 몸 전체를 '뚜우우' 울리며 들이닥치고 있다. 그녀의 목숨을 경험하는 그 소리는 그녀를 싣고, 동시에 그녀를 통과하면서 대평원의 먼 곳까지 전속력으로 알 수 없이 거대한 빛의 바퀴처럼 질주하고 있다.

그녀는 액셀러레이터를 약화시킬 필요도, 더 누를 필요도 느끼지 않는다.

그녀는 뜨거운 눈물 속에서 눈을 꼭 감는다.

해류

해류

해풍이 점차 거세게 일었다.

날씨는 일주일 내내 한여름의 무더위답게 해변을 온통 가마솥처럼 펄펄 끓게 만들어서 백사장은 맨발로 수월하게 걸어 다닐 수도 없는 형편이었다. 잔잔하던 바다가 오후 네 시께가 되면서부터 물결이 조금씩 불규칙적으로 솟아올랐다. 이런 때가 우리 수상 안전원들로서는 가장 많이 신경을 써야 하는 때였다. 파도가 규칙적으로 밀려오는 것이 아니라 이렇게 파상적으로 불쑥불쑥 솟아오를 때는 수영하는 사람들로서도 가장 위험한 때고 더군다나 이렇게 해풍이 갑작스레 불어올 때면 해류는 항상 안목 쪽에서부터 사천 북방으로 흐르는 속도가 빨라지는 것이었다. 그것은 장관이면서 또한 엄숙한 사도의 행렬 같기도 하였다. 바다엔 급작스런 파도의 변화로 벌써 물가로 뛰어나오는 사람들이 여기저기 눈에 띄었다. 제이, 제삼 경비 탑의 수상 안전요원들도 조금씩 긴장하고 있을 것이다.

"어이! 저 친구 안 되겠는데."

옆에서 몸 전체가 숯덩이처럼 까맣게 그을린 채 눈알만 반짝이고 있던 종우가 말했다. 그가 쓴 모자의 채양이 햇살에 반짝 빛났다.

"어디야, 어디?"

"저기 두 번째 부표로 다가가려고 애쓰는 친구 있잖아!"

종우가 가리키는 손끝에 빨간 기를 꽂아놓은 제이 부표가 보이고 그 십오 미터쯤 뒤에 한 사내가 그곳으로 다가가려고 애쓰고 있는 것이 보였다. 허둥대는 것을 보니 벌써 한두 번 정도는 물을 먹은 모양이었다.

"그렇군! 아예 준비를 해두는 게 좋겠는데."

나보다 종우가 먼저 오리발과 수경을 집어 들고 경비 탑을 내려갔다. 삼 년째나 수상 안전원 생활을 하는 가운데 붙은 경험이랄까, 우리는 수영하는 사람의 영법만 보아도 그가 위험한 상태인지 아닌지를 구별해낼 수 있게 되었고 대개의 경우 그 추측은 맞아 들어가기 마련이었다. 특히 저렇게 고개를 빳빳이 쳐들고 수영하는 패들은 십중팔구 오래 수영을 하지 못했다. 우리가 물가에 다가가서 발에다 물갈퀴를 끼우는 동안에 이미 그 사내는 기진맥진해서 물속을 몇 번이나 오르락내리락하고 있었다.

"비켜요, 비켜!"

종우가 소리치면서 후다닥 물로 뛰어들었다. 사람들이 놀라는 표정으로 비켜섰다. 종우의 물갈퀴가 지느러미처럼 요동치기 시작하면서 몸 전체가 앞으로 쑥쑥 나아가기 시작했다. 그의 굳센 어깨와 팔이 힘차게 물을 긁어냈다. 나도 곧 뒤따라 물로 뛰어 들어갔다. 물이 가슴에 선뜻했다. 사람을 구조하기 위해 수영해 나가는 동안은 시간관념을 잃는다. 손발은 기계적으로 움직이고 뇌 기능은 잠깐 멍청한 상태에 들어간다. 얼마를 그렇게 헤엄쳤을까? 점점 그 사내가 시야에 가까워지기 시작했다. 종우는 이미 그 사내의 등 뒤로 돌아가고 있었다. 그 사내에게 삼사 미터가량 접근해 보니 그는 벌써 한 반쯤 눈이 뒤집힌 상태였다. 조심해야 한다.

우리는 눈짓으로 그 말을 교환했다. 그는 무척이나 억세고 강건해 보였다. 그는 필사적으로 물을 긁어대고 있었다. 제대로 숨을 쉬지 못하고 바닷물만 입으로 들어가는 바람에 꺽꺽하는 괴상한 신음소리가 그의 입에서 흘러나왔다. 이런 때 섣불리 정면으로 다가들다가는 둘 다 물속으로 잠겨 들 것이 뻔한 노릇이었다. 우리는 잠깐 그 주위를 선회했다. 종우는 등 뒤로 돌아가고 나는 좌측으로 가까이 접근해서 왼손을 슬쩍 내밀어 보았다. 손이 나가기 무섭게 그는 필사적으로 손을 덮쳤다. 나는 얼른 손을 거두어들였다.

만일 손을 잡혔으면 그는 곧 나의 어깨며 목을 잡으려고 재차 손을 뻗치고 그렇게 되면 상당히 곤란한 지경에 이를 것이다. 내가 시야를 고정시키는 동안 종우가 뒤쪽에서 그 사내에게 슬며시 다가가서 갑자기 그의 목 부위를 감싸안았다. 순간 그의 몸이 잡힌 채로 뒤집혔다. 타이밍을 잘못 잡은 탓이었다. 그 사내와 종우가 정면으로 마주 보게 되었다. '목을 잡히면 큰일이다.' 종우가 재빨리 몸을 웅크려서 목은 잡히지 않았으나 그의 손은 이미 종우의 어깨를 부둥켜안고 있었다. 이런 경우 대개의 미숙한 수상 안전요원들은 당황해서 허둥대다가는 몇 번씩 물을 먹기 마련이었고 혼자인 경우 까딱하면 목숨까지 잃는 수가 있었다. 종우의 어깨를 잡은 그 사내의 손은 필사적이었다. 입은 한껏 벌려지고 눈은 충혈돼 있었다. 그의 손이 목으로 올라왔다. '아차' 하는 순간이었다. 여차하면 내가 물속으로 들어가서 그들 둘을 모두 수면 위로 내몰아야 한다. 종우에게 숨 쉴 겨를을 줘야 하기 때문이다. 그러나 종우는 목으로 오는 손을 양손으로 잡고 멋지게 물속에다 그를 곤두박질 시켰다. 그의 동체가 물속에서 한 바퀴 빙그르르 돌았다.

'이때다.' 나는 종우와 동시에 떠오르는 그의 어깨를 한쪽씩 잡아 올렸다. 그가 몸부림쳤다. 그는 일단 구조되었다. 이젠 그를 안심시켜야 한다.

"이젠 됐어. 가만히 있어요! 좀 가만히 있으란 말야! 제기랄!"

그의 요동이 서서히 약해졌다. 거의 마지막 발악을 한 뒤이고 또 자신이 구조되었다는 것을 알아차린 모양인지 그는 곧 축 늘어졌다.

"이 짜식! 좀 조용히 있었으면 어때! 까딱하면 나까지 물귀신이 될 뻔했잖아."

종우가 투덜거렸다. 기실 그것은 힘든 작업이었고 이렇게 억센 사내의 경우 구조하는 쪽에서도 보통 신경을 써야 하는 일이 아니다. 이젠 그를 물 밖으로 끌어내야 한다. 어쨌거나 이럴 때는 힘이 솟는다. 멀리 해안에는 벌써 모래알처럼 많은 구경꾼들이 모여 서 있었다. 아마 우리의 격투를 봤을 것이다. 종우의 숨결이 턱에 차 있었다. '살풋한 여자였더라면 구조하기도 훨씬 쉬웠을 텐데……' 하는 쓸데없는 생각이 잠깐 스쳐 지나갔다. 사람들은 좋은 구경거리가 생겼다는 듯 꾸역꾸역 모여들었다. 사람들은 물에 빠졌던 그 건장한 사내와 우리들을 번갈아 바라보며 두려운 시선을 굴리다가는 흠칫 바다를 바라보곤 했다. 백사장에다 사내를 내려놓자 사내는 썩은 나무토막처럼 옆으로 쓰러졌다. 종우가 그 사내의 입에 제 입을 대고 인공 호흡을 시작하려 하자 곧 그는 심한 구토를 하기 시작했다. 역겨운 냄새가 풍겼다. 그 정도면 오래지 않아 회복될 것이다. 나는 종우에게 그 일을 맡긴 채로, 혼자 바다로 들어갔다. 될수록 빨리 헤엄을 쳐 먼바다로 들어가고 싶었다.

이상하게도 그곳에 모여든 사람들은 모두 사람 같아 보이지 않았다. 시체를 끌고 나오는 경우에는 더욱 그랬다. 그 앞에서 사람들은 개성을 잃는다. '두려운 눈을 가진 살덩이들.' 항상 느끼는 것이지만 사람을 구하러 물에 들어갈 때와 그렇지 않을 때는 피부에 와 닿는 물의 감촉이 전혀 달랐다. 하긴 사람을 구하려고 들어가는 판에 감촉이고 뭐고가 있을 리 만무하겠지만 여하튼 겨드랑이에서 허리 근처로 와 부딪는 물결은 청량하고 부드러웠다.

얼마나 나왔을까? 뒤돌아본 해변엔 까맣게 사람들이 모이고 태양이 수많은 파라솔 위에서 홍시처럼 빨갛게 익고 있었다. 눈이 부셨다.

물속으로 잠박 질을 했다. 물속에도 바람이 일었다.

그건 해류였다. 해류에 검고 큰 해초 더미가 가을 나뭇잎처럼 흔들렸다. 마음이 편안해졌다. 위로는 수면이 하얗게 빛났다. 그것은 누군가의 눈빛 같았다. 누구였을까? 아무 소리도 들려오지 않았다. 내 팔과 다리는 나의 것이 아닌 듯 푸른빛을 띠운 채 부단히 옴지락거렸다. 물속은 물 밖하고는 전혀 다르게 신선한 햇살이 빛난다. 바닷속은 지상하고는 다른 하나의 새로운 외계였다. 전혀 새로운 감각으로 그 내피를 드러내는 것이었다. 그곳은 어느 때는 인간을 용납하지 않을 수도 있었다. 나는 그때를 알고 있었다. 인간이 용납되지 않는 오만의 때를……. 그곳은 일당 삼천 원도, 회색빛으로 암울하게 빛나는 내 미래의 자화상도 보이지 않았다. 차라리 이곳에서는 그건 하나의 웃음거리였다.

나는 그 바다의 비웃음이 좋았다. 그 비웃음으로 나는 내 연약한 스스로의 약속에서부터 자유로워질 수 있었다. 최소한 나는 그것들에게서 떠나있다. 숨이 차왔다. 가만히 있으면 몸은 서서히 수면 위로 떠올랐다. 가쁜 내 심장의 고동이 똑똑히 느껴왔다.

햇살이 점점 가까이 왔다. 머리가 수면 위로 불쑥 올라가면서 시야가 확 트였다. 참았던 숨을 뱉어내자 시원한 공기가 '픽' 하고 허파에 찼다. 물 밖은 여전히 한가롭고 언뜻 보기에 평화스러웠다. 멀리 제일 경비탑에서 종우가 손짓하는 모습이 보였다. 아까 그 사내를 인공호흡 시켜 놓고는 줄곧 나를 지켜본 모양이었다. '건방진 자식, 나를 감시하고 있었다니.' 해가 조금 기우는 듯했다. 해변의 백사장 너머에서 마른 북을 두드리는 둔탁한 소리가 들려왔다. 천막 고고장에서 벌써 사람을 부르는 모양이었다. 나와는 상관없는 외곽지대, 가깝고도 먼 다른 세계였다. 그곳과 그곳의 사람들은, 그곳은 하나의 성 같기도 하였다. 우리는 그 성의 무도회에 한 번도 초청돼 보지 못한 그 성의 파수꾼들인 셈이었다.

종우와 나는 말없이 소주잔을 비우고 있었다. 녀석도 별하나 없는 이런 밤은 울적한 모양이었다. 녀석의 혀가 슬슬 꼬부라지면서 또 아프리카에 간호사로 가 있는 동옥의 이야기를 끄집어냈다. 그다음엔 듣지 않아도 환한 일이었다. — 동옥은 얼마나 고운 애인지 모른다. 살이 좀 찌긴 했지만 깔깔거리며 횡단보도를 뛰어 건너가는 그 보통보다 조금 넓어 보이는 엉덩이가 이상하게 매력적이었다. 그

러던 그 애가 점점 수척해지고 말수가 적어지더니 급기야
는 자원해서 아프리카로 떠나갔다 어떻게 된 일인지 그 후
론 통 소식이 없었다. — 등등……. 앞뒤가 잘 맞지 않는
흔해 빠진 스토리이긴 했지만, 그 말끝에 항상 녀석은 쪼
그라뜨린 무릎 위로 고개를 떨어뜨리곤 했다. 기실 그 애
는 우리에게 바다와 같은 존재였다. 아니, 커다란 손과도
같았다. 우리 둘의 심장을 동시에 잠재워줄 수도 있는 손,
우리는 그 손의 주름이 되고 싶었다. 나는 알고 있었다. 그
매력적이라는 엉덩이가 마른 명태 조각처럼 찌들어간 이
유를……. 소의 눈망울처럼 죄 없이 커다랗던 눈에 항상
무거운 그늘이 드리워진 이유를. 세상은 동옥에게도 역시
자비로운 눈길을 돌려주지는 않았다. 누군가가 우리들에
게서 동옥을 빼앗아 갔고 그 후 동옥은 쓰레기장의 오물처
럼 버려졌다. 동옥을 우리에게서 빼앗아 간 것은 미남의
청년도, 돈 많은 나리님도 아니었다.

　어쨌거나 스스로의 생활과 자신을 잃었고 그 잃어버린
생을 위해 아프리카는 동옥에게 적절한 곳이었는지도 모
른다.

　그런데 하필 종우는 횡단보도를 건너는 동옥의 건강한
엉덩이에 매력을 느꼈을까. 혹시 녀석은 그 횡단보도에 장

승처럼 서 있던 굵고 붉은 횡단표지판의 평행선을 가슴에 넣고 다닌 것은 아니었을까? 종우는 일찍이 그 붉은 횡선의 표지판에서 동옥의 엉덩이가 형편없이 말라갈 것이라는 사실을 예감하고 있었던 것은 아닐까?

모질지 못한 까닭에 가장 모진 곳에 내팽개쳐진 그 애의 운명을 예감하고 있었던 것은 아닐까? — 횡단보도와 엉덩이, 굵고 붉은 평행선과 엉덩이, 말라빠진 엉덩이와 아프리카, 아프리카와 평행선과 두 개의 엉덩이, 엉덩이! 엉덩이! — 손에 든 비닐 잔에서 술은 이리저리 비틀거리고 있었다. 사홉 짜리 소주 두 병이 덩그러니 빈 병으로 남아졌다. 고개를 숙이고 있던 종우가 갑자기 일어나더니 빈 병을 멀리 바닷속으로 집어 던졌다. 바다 멀리 오징어잡이 배의 불빛이 빛났다 거대한 발광 대회를 이룬 어선의 행렬은 그 맹렬하게 밝은 집어등의 불빛으로 해서 신기루처럼 타오르고 있었다. 인도양에도 저 불빛을 보여주고 싶었다. 백사장 여기저기에서 숨이 찰 만큼 꼭 붙어서 해변을 거닐던 젊은 남녀들이 그 불빛을 보고 탄성을 질러댔다.

"개자식들! 오징어 배나 한번 타보고 나서 저런 지랄 맞은 소리를 할까."

종우가 옆에서 투덜거렸다. 이틀 전 오징어 배를 타고

나간 순철이 생각이 났다. 녀석도 저기 어느 쯤에 있을 것이다. 시들어 빠진 상춧잎에 막장과 보리밥을 비벼 입에 쑤셔 넣어 가면서 졸린 눈으로 밤새 낚시를 감아올리고 있을 것이다. 오징어의 인광이 묻은 손끝에서 파랗게 불을 일으켜 가면서……. 그러나 기실 그 불빛은 아름다웠다. 그것은 순철의 노고의 불빛이었다. 밤이 이슥해지면서부터 해변은 거의 광란의 장소로 변해간다. 벌거벗은 사람들이 모두 바닷가로 몰려들어 고고 리듬에, 블루스 리듬에 엉덩이를 흔들어 대는 것이었다. 여름밤의 해변은 얼핏 보아 우애스러워 보이는 동굴이었다. 끈끈한 점액질의 액체가 넘어나는 동굴, '쿵작 쿵작 쿵자작 쿵작' 밤새 어둠의 저편 끝에서 나는 것 같이 가슴을 울리는 북소리가 아득하게 환상처럼 들려오다가는 사라졌다.

오전 내내 숨 막히는 열기로 가득 찬 습한 바람이 불어왔다. 오전에는 간단한 사고가 두 건 있었을 뿐이었다. 종우는 어제 마신 술이 아직 덜 깬 모양인지 고개를 연방 앞뒤로 끄떡여댔다. 한가한 때에 얼른 가서 점심을 먹고 와야 하겠다고 마음먹고 막 몸을 일으키는 참에 경비 탑 밑에서 다급한 목소리가 들려왔다. 얼굴이 하얀 젊은 장발의 청년이었다.

"이봐요! 빨리 어떻게 해 줘요! 친구가 없어졌어요. 내가 보는 앞에서 물에 들어갔는데 보이지 않아요."

"좀 차근차근히 말해 보시오. 그 친구 물에 들어간 것은 확실한가요?"

그 청년은 거의 울부짖듯이 말을 이어갔다.

"그래요 설마 했는데 삼십 분이 지나도 나오지 않아요."

보아하니 상황은 상당히 급박한 것 같았다. 졸고 있던 종우도 예사롭지 않은 말투에 정신이 들었는지 고개를 꼿꼿이 세웠다.

"가봅시다."

하고 나는 몸을 일으켜서 바다 쪽을 둘러보았다. 마침, 경비선 조장인 김순경이 우리 탑에서 멀지 않은 바다에 있었다. 우리는 장비를 들고 서둘러 바다 쪽으로 뛰어갔다. 김순경이 우리가 뛰어오는 것을 보고 지레짐작을 한 모양인지 우리가 배에 오르기도 전에 이미 엔진에 시동을 걸어 놓고 있었다. 배는 전속력으로 그 청년이 가리키는 방향으로 달렸다. 청년은 이제 거의 흐느끼기 시작하고 있었다. 뱃전에 와 부딪는 파도가 흰 포말을 일으키며 부서졌다. 만약 그 청년이 말한 실종자가 물속에 삼십 분이나 버려져 있었으면 그건 거의 가망 없는 노릇이었다. 곁에서 키를 잡고 있던 김순경도 무감동하게 청년을 나무랐다.

"여보시오. 그럼 빨리 와서 신고를 하든지 해야지 삼십 분이나 지난 뒤에 와서 서둘러 봤자 뭘 어쩌겠다는 거요?"

청년은 거의 제정신이 아니었다. 뱃전에 발을 동동 구르며 눈물로 온 얼굴이 얼룩져 있었다. 배는 곧 청년이 가리키는 사고 해역에 이르렀다. 그곳은 해변에서 불과 얼마 떨어지지 않은 곳이었다. 물놀이를 즐기던 사람들이 두런거리며 물 밖으로 나갔다. 이렇게 해변에서 가깝고 사람 많은 곳에서 실종되었다면 실종자는 틀림없이 심장마비를 일으켰을 터이고, 그렇다면 살아있을 가능성은 희박할 것이었다. 사고 해역은 민물이 바다와 합쳐지는 곳에 위치하고 있어서 물은 몹시 탁하고 주변엔 작은 바위들이 많아 수색하기가 매우 힘든 곳이었다. 종우와 나는 곧 수색 작업을 시작했다. 물이 몹시 흐려서 제대로 앞을 분간할 수 없었으나 우리는 각자 한 열 번쯤의 잠박질을 되풀이했다. 있을 만한 곳을 아무리 찾아보아도 실종자는 나오지 않았다. 한 삼십여 분은 실히 더 수색을 했을 것이다. 우리는 추위로 입술이 파래진 채 배로 다시 올라오지 않을 수 없었다. 김순경이 다시 청년을 힐책했다.

"여보시오. 혹시 그 친구 어디 놀러 간 게 아니오? 저 호수 근처 풀밭이나 한번 뒤져보시지 그래. 여기 빠졌다면 대체 그 사람이 어디로 갔단 말이오?"

"아니에요. 분명히 물에 들어가는 걸 내가 이 두 눈으로 똑똑히 보았어요."

곧 실종된 그의 친구 조사서가 작성되었다. 성명. 서미숙. 성별 여. 주소 서울특별시 서대문구 서교동 XX번지. 생년월일 1957년 12월 3일. 직업 학생. 그 후 오후에도 두세 번 더 수색을 해보았지만 있어야 할 시체는 발견되지 않았다. 이런 경우는 임시 파출소에 실종자 보고를 하고 담당 시청직원인 박씨에게 몇 마디 꾸지람을 듣는 것으로 우리의 업무는 끝이었다. 우리에게 신고를 했던 청년은 서울에 전화를 걸어야 하겠다며 어린애처럼 엉엉 울면서 해수욕장에 임시로 설치되어 있는 간이 전신국으로 달려갔다.

다음 날 오후 5시쯤 갑자기 전 수상 요원에 대한 비상소집이 있었다. 그런 일은 삼 년 동안 당해 본 일이 없었다. 근무 중의 수상 안전원에게 비상호출이라니! 여기저기 경비 탑에서 동료들이 황급히 내려서는 모습이 보였다. 집합지인 임시 바다경찰서 앞에는 수상 안전원 외에도 수영복 차림의 해양 경찰과 회색빛의 제복을 입은 일반 치안경찰까지 나와서 근엄한 얼굴로 도열해 있었다. 종우와 나는 그 서슬에 잠깐 놀라며 뒷전에 의아한 얼굴로 서 있는 동료들 곁으로 다가갔다. 제이 경비 탑에 있는 동료가 한쪽 눈을 찡긋거렸다. 높으신 양반이라도 온 모양이라고 모두들 생각하고 있었다. 잠시 후 천막 휘장 속에서 장본인인 듯한 사람이 파출소장과 함께 나타났다. 머리에 새치가 희끗희끗하고 영양이 풍부한 얼굴을 한 멋져 보이는 신사였으나 웬일로 금테 안경 속의 눈빛은 어둡고 침울해 보였다. 그때 장내에서 "아" 하는 짧은 탄성이 터져 나왔다. 알 만한 그런 사람인 것 같았다.

"우리 미숙이를 찾아주시는 분에게는…….."

서필호 씨는 채 말을 잇지 못하고 안경 속으로 손을 가져갔다. 보상금 얘기에 이르러 사람들은 모두 몸이 움찔하는 것 같았다. 나도 가슴이 쿵쿵 쳐 왔다. 서필호 씨는 잠시 후 조금 침착해져서 만일의 경우 시신만이라도 꼭 찾아 달라고 애원하고 있었다. 제일 경비 탑으로 돌아오는 길에 종우가 내 옆구리를 쿡 찌르며 낮은 소리로 말했다.

"오백만 원이란다. 오백만 원!"

"오백만 원이 아니라 오천만 원이라도 없는 시체를 어디서 찾냐? 그것도 망할 놈의 처녀 귀신을."

"하지만 우리가 확률이 높을 수도 있다. 어제 수색해 본 바위 근처를 다시 한번 찾아보자."

우리는 예상하지 않았던 오백만원의 무지갯빛 꿈에 잠을 설칠 지경이었다. 기실 귀찮아 팽개쳐 둔 실종 사고를 상금 때문에 잠을 설쳐 가면서 찾을 궁리를 한다는데 조금 양심의 가책을 느낄 법도 하였으나 그래도 서필호 씨 같은 유명 인사가 직접 우리에게 인간적인 호소를 했고 또 여느 때처럼 우리가 그런 엘리트의 자기 과시를 위해 필요한 우둔하고 재주 없는 대중에 속하는 것이 아니고 동등한 입장에서 간곡한 부탁을 받은 것을 보면 수상 안전원으로서 일종의 인간적인 사명감도 느낄 법하였다. 먼동이 트자마자 선잠이 깬 우리들은 거의 흥분한 상태였다.

시체를 찾는 일이 이렇게 기분 좋은 일일 수 있다니, 시체는 바위틈 어딘가에 있을 것이다. 우리가 사고 해역에 이르자 그곳에는 벌써 서너 명의 동료들과 해양 경찰 두 명이 수색 작업을 벌이고 있었다. 언덕 위에는 서필호 씨가 묵고 있는 호텔이 우람하게 버티어선 채 아침 햇살에 상앗빛 벽면을 신전처럼 빛내고 있었다.

우리는 누가 먼저랄 것도 없이 물에 뛰어들어 바위 틈서리로 다가갔다. 오리발의 고무 탄력이 발꿈치에 기분 좋게 느껴졌다. 간만의 차가 거의 없는 동해안이긴 했지만,

아침이라 그런지 민물이 많이 쏟아져 내려와서 시계는 전
날보다 더욱 흐렸다. 해저의 바위틈 사이를 뒤지는 종우
의 살결이 뿌얀 물속에서 시체의 그것처럼 푸르딩딩하게
보였다. 시체는 늘 그렇다. 구조선에 올려다 놓은 사망 직
전의 반 시체가 배 밑창에 가득히 뿜어 올리는 게거품. 보
라색으로 충혈된 채 부릅뜬 눈. 빳빳하게 경직되어서 청
동 인간처럼 푸른빛을 띠는 살결. 악다구니를 쓰다가 붕어
처럼 한껏 벌어진 입. 숨이 찼다. 물 위로는 종우의 두 다
리가 허공에 거꾸로 꽂힌 채 기묘하게 치켜져 올라와 있었
다. 얼마를 그렇게 찾았을까? 시체는 좀처럼 떠오르지 않
았다. 오리발을 신고 물에 오래 있었던 관계로 발가락에서
부터 조금씩 마비 증세가 오기 시작했다.

아까 기분 좋게 느꼈던 고무질의 탄력이 점점 부담스러
워졌다. 더군다나 바닷물에는 층이 있다. 같은 지역에라도
따뜻하거나 차가운 부분이 달리 있게 마련이었다. 그런데
우리가 있는 바위 쪽의 물은 이가 시리도록 차가웠다. 단
순히 물속을 뒤지던 사람들도 이젠 모두 우리가 있는 바위
쪽으로 몰려들고 있었다 마음이 초조해졌다. '빨리 찾아내
야 한다.' 이를 악물고 물속으로 다시 뛰어들었다. 단순히
시체를 찾는다기보다도 점점 그 시체의 얼굴이 보고 싶어

졌다. 죽어서 물속에 있는 서미숙의 얼굴을 한 번만이라도 본다면 소원이 없을 것 같았다. '서미숙! 제발 내 앞에 해신처럼 홀연히 나타나다오.' 피부가 점점 경직돼 왔다. 물속에서도 아래·위턱이 덜덜 떨렸다. 시계는 더욱 흐려졌다.

갑자기 물 밖을 뛰쳐나가고 싶은 충동이 일었다. 이곳은 나를 항상 자유롭게 만들던 바다가 아닐는지도 모른다는 생각이 들었다. 그곳은 밀림과도 같았다. 나는 어두운 숲과 암울한 늪 사이를 뛰어다니는 야생의 개였다. 그런 상태로는 도저히 작업을 계속할 수 없었다. 저만큼 떨어져서 잠수해 있는 종우에게 다가가서 그의 다리를 잡았다. 종우가 물안경 속의 오그라든 얼굴로 깜짝 놀라며 뒤돌아보았다. 손짓으로 나가자는 신호를 보냈다. 종우도 그 상태에서는 더 이상 작업을 계속할 수 없음을 느꼈던 모양인지 양미간을 찌푸리며 끄덕거렸다.

우리는 백사장에 무릎을 쪼그린 채 걸터앉아 덜덜 떨고 있었다. 종우나 나나 말이 없었다. 부들부들 몸을 떨고 있는 자신이 괜스레 치욕스러웠다. 무언가 분명히 잘못돼 있는 것 같았다. 그때쯤은 자랑스럽게 서미숙을 찾아냈어야 했다. 다른 구조요원들이 생판 강짜로 바닷속을 뒤지고 있을 때 우리는 바위틈 어딘가에 걸려있는 서미숙의 불어 터진 몸뚱이를 여기 보란듯이 발견해 냈어야 했다.

아니 서미숙이라기보다 서미숙의 몸뚱이와 대체되는 우리의 오색영롱한 꿈을 끄집어냈어야 했다. '이게 어찌된 일인가? 시체는 어디에 있단 말인가? 그리고 우리의 오백만원은.' 바다는 아침햇살에 새빨갛게 타오르고 있었다. 태양 빛살이 점점 바다에 넓게 핏빛으로 물들어 갔다. 다른 구조요원들의 힘찬 등 언저리와 잠수를 위해 여기저기서 불쑥불쑥 허공으로 치솟는 두 다리의 동물적인 꿈틀거림이 새벽이 막 끝나가는 동녘 하늘의 은밀한 적막감을 무참히 깨뜨려 버리고 있었다. 멀리 북쪽으로 일직선상에 거북의 등가죽처럼 퍼져있는 오리바위만이 햇살에 비쳐지지 않는 검은 그늘을 간직한 채 이제 세밀한 손금처럼 결이 부서져 가는 바다 위에서 어딘가 있을 서미숙의 시체인 양 음험하게 바다 한가운데에 누워있었다. 인근 해역을 뒤지는 사람들의 수는 점점 많아져 갔다.

개중에는 스쿠버 다이빙을 즐기려 이곳에 왔던 사람들까지 산소통을 걸며 맨 채 수색 작업을 벌이고 있었다. 이렇게 되면 얘기는 끝난 셈이었다. 어디에선가 서미숙이 맹렬히 우리를 비웃고 있는 것 같았다. 서미숙이 차가운 입으로 느물거리며 말하였다.

"나는 다른 사람의 품에 안기리라. 나는 다른 사람에게 내 부패해 가는 육체를 선물하리라."

우리는 포기할 수밖에 없었다. 종우와 나는 피차에 아무 말 없이 경비 탑으로 발걸음을 돌렸다. 그날은 하루 내내 원색의 수영복을 입은 늘씬한 여자들도, 내 분신인 듯한 종우조차도 보기가 싫었다. 청정하던 날씨가 정오를 지나면서부터 슬슬 흐려지더니 급기야는 빗줄기로 변해 쏟아져 내리기 시작했다. 수영하던 사람들이 서둘러 피신하는 모습이 보였다. 방수가 제대로 안 된 경비 탑의 간이 채양에 물방울이 거꾸로 떨어졌다. 순식간에 물에서는 사람들이 사라져 버리고 멀리 서미숙의 실종 장소에서만 그녀의 시체를 찾는 사람들이 법석거리고 있었다. 파도는 점차 높이 솟아오르고 있었다. 물속에선 온통 서미숙만이 요사하게 눈알을 반들거리며 쑥 내밀어서는 '어이, 못난 사람들, 나 여기 있어! 어서 와서 나를 데려가 보시지 그래.' 하고 비아냥거리는 것 같았다.

"에이, 씨이팔, 비는 웬 놈의 비야! 지랄맞게스리!"

종우가 점차 물안개가 스미는 바다에 대고 괜스레 분통을 터뜨렸다. 나 역시 무엇인가에 잔뜩 홀린 채 처음부터 끝까지 기만당한 느낌이었다. 수색 작업은 폭풍우로 변한 날씨 때문에 잠시 중단되었다. 물에서는 해송들이 풀잎처럼 잎 가지를 떨고 바다에서는 밤새도록 서미숙이 울부짖고 있는 것 같았다. '이것 봐! 익사한 것은 내가 아니고 너희들인 셈이야. 너희들이야말로 익사한 것이다. 나는 물 밖으로 나오게 되고 너희들은 영원히 나를 찾아서 바다를 떠돌게 될 것이다.' 미숙이 부패해서 일그러진 입으로 말하였다. 그 여자의 입을 찢어 놓고 싶었다.

— 제발 나를 놀리지 마라. 나는 일당 삼천 원과 엉덩이 큰애가 있는 아프리카의 환상이면 충분하다. 아프리카는 언제나 여름이고 나는 일 년 내내 수상 안전원 노릇을 해먹을 수 있단 말이다. 그리고 그곳에는 피 흘리면서도 수호하고 싶은 엉덩이도 있다.

들판엔 순리가 이어질 것이고 하늘에는 매일 새로운 별들이 뜰 것이다. 또다시 내 앞에 나타나지 마라. 주둥이를 찢어 놓기 전에. — 미숙이 다시 요사하게 웃으며 굳은 손발로 바다를 헤엄쳐나갔다.

벌떡 일어나 앉았다. 꿈이었다. 종우가 옆에서 무어라고 잠꼬대를 하고 있었다. 여기저기에서 칼날 같은 어두움이 날을 세우고 나를 위협하였다. 나는 동옥을 떠올리려 애를 썼다. 내게 수호할 대상이 있다는 사실은 분명 내게 힘을 줄 것이기 때문이었다. 자기 아이를 안은 어머니처럼 그러나 그것은 허사였다. 그녀는 너무 멀리 있었고, 또한 고개를 숙인 채 얼굴을 보여주지 않았다.

날이 밝자 폭풍우는 조금 약해져 있었으나 일반인들의 수영을 금지 시키라는 상부의 지시가 있었으므로 나는 경비 탑에서 물에 접근하는 사람들에게 거의 반말 투로 물 밖으로 나갈 것을 종용하곤 했다. 멀리 사고 해역에서는 다시 눈이 벌게져서 수색작업을 하고 있는 모양이었다. 종우는 시종 말없이 사천쪽으로 흐르는 해류의 대이동을 바라보고 있었다. 바다에는 슬금슬금 물안개가 끼기 시작하고 있었다. 안개는 해일처럼 솟구치면서 거대한 벽을 이루고 오리바위의 잔영을 허물어 갔다. 해류의 속도가 서서히 빨라졌다. 갈매기들만 높이 날아서 바다 주변을 서성일 뿐 해무는 무엇이든 근접을 허용치 않았다. 바다가 온통 일어나 하늘로 오르고 있는 것 같았다. 종우가 이상한 눈으로 나를 올려다보며 말했다.

"이것 봐 사고 해역은 민물과 합쳐지는 곳이지?"

"그런데?"

녀석의 말투가 조금 이상하다고 생각하면서 내가 건성으로 대답했다.

"그러니까 서미숙은 그 사고 해역에 있는 것이 아니라 그곳에서 상당히 멀리 떨어진 곳까지 흘러나왔을 게 아니냐?"

녀석의 눈빛이 달라졌다.

"그렇구나! 그래! 그렇다고!"

갑자기 종우가 소주를 병째 들이키기라도 한 사람처럼 얼굴이 벌게지며 흥분하기 시작했다.

"저 해류를, 봐! 저기에 나무토막을 집어넣으면 어디로 가겠냐?"

"그야 사천 북방으로 흐르겠지."

"그렇지?"

종우가 되물었다. 그제야 나도 무엇인가 집히는 것이 있었다. 갑자기 전율이 온몸을 엄습해 왔다.

"그러니까 중 바다에까지 민물에 떠밀려 흘러나온 시체가 그다음부터는 해류에 휩쓸려서 북쪽으로 흘렀을 거라는 말이지?"

"그렇지. 시체는 그 사고 해역에는 없는 거다. 그러니까 시체는 북방으로 흐르다가 우리 정면에 보이는 오리바위 틈에 걸려있을지도 모르지."

종우는 눈을 빛내며 오래된 성처럼 음울하게 빛나는 오

리바위로 눈길을 돌렸다.

"그렇지만 여기는 사고 해역과는 너무 멀리 떨어져 있잖아?"

"그건 어젯밤의 폭풍우가 운반 작용을 도와주었기 때문이야. 만약 저 바위에 없다면 시체는 지금쯤 블라디보스톡 앞바다쯤으로 흘러가고 있을지도 모르지."

"그렇구나! 그러니까 시체가 있을 데라고는……."

나는 심장이 멎어버리는 것 같았다.

"너는 천재다! 천재! 아니 만재다! 만재!"

어쩌면 우리는 그날 생애 최대의 날을 맞이하게 될지도 모른다는 기대감에 부풀었다. 비가 부슬부슬 쏟아지는 바다 위에서 물방울이 잘게 튀어 올라 얼굴에 와 부딪혔다. 콧김 때문에 물안경이 뽀얗게 흐려졌다. 그러나 그것은 아무런 문제가 아니었다. 차가운 물에서도 내 심장은 힘차게 쾅쾅 울렸다. 또한 나는 여태껏 내 보지 못한 큰 목소리로 외치고도 싶었다. ― 나도 저 고고장 주변의 사람들과 친구가 될 수 있다. 은어처럼 하얀 배를 가진 젊은 여자들과 해변을 거닐 수도 있다. 사철이 여름인 아프리카에서 살게 되는 셈이다. 어쩌면 우리는 파수꾼을 면할 수 있을지도 모른다.

파수는 또 다른 뜨내기 중의 하나가 대신하면 그만이다. 서미숙 기다려라. 네가 취해야 했을 영화는 먼 훗날 우리가 회상해 주겠다.

미숙이 해초 더미 어귀에서 쓰게 웃으며 몸을 숨기고 있는 것 같았다. 오리바위는 이제 우리의 지척에 있었다. 종우는 벌써 바위섬의 우측에 도달해 있었다. 한 떼의 짙은 안개가 바위섬을 스럭스럭 지나갔다. 그때 무엇인가 허벅다리 근처를 스치는 게 있었다. 깜짝 놀라 몸을 움츠렸다. 거대한 다시마였다. 15m까지 자라는 길고도 긴 나래를 기진 해초. 해초는 거센 파도 속에서 악마처럼 살아서 꿈틀거렸다. 나는 바위 주변을 좌측에서부터 수색하기로 마음먹었다. 종우는 바위 우측에서 벌써 잠수를 시작했는지 보이지 않았다. 틀림없이 서미숙이 이곳 어디엔가 숨어 있을 거라는 확신이 돌연히 머리를 스쳤다. 미숙은 숨어 있을 것이고 나는 찾아낼 것이다.

'서미숙! 더 꼭꼭 숨어라. 네가 모래 한 알로 변신한다 해도 나는 너를 찾아낼 것이다.'

바위에 와 부딪는 파도의 광란 때문에 물속에서 몸을 가누기가 여느 때보다 무척 힘들었다. 몇 번인가 바위에 머리를 부딪칠 뻔도 하였다. 물속에서 해초가 무섭게 일렁거렸다. 갑자기 동옥의 환상이 떠올랐다. 동옥은 웃지 않았다. 그녀는 슬픈 눈으로 나를 보고 있었다. 나는 발악하듯 동옥에게 소리쳤다. ― 지금 나는 너를 유린하지 못했던 것을 후회한다. 너는 내 손에서 버려졌어야 했다. 네가 그 우윳빛 환상으로 해서 우리를 떠나고 또 다른 우윳빛 환상을 가장한 엉터리에게 부서져 나가는 꼴은 그대로 지옥이었다.

차라리 넌 내 손에서 부서져야 했다. 그리고 피차에 저주했어야 했다. 그게 오히려 나았다. 서툰 내가, 또 서툰 네가 서툴게 무너져 내리는 것은 어쩌면 통쾌한 일일 수도 있으니까. 우리는 그 최후의 카드를 준비하고 있어야 하는 거였다.

― 이상했다. 왜 갑자기 동옥이 떠올랐을까? 여기에는 서미숙의 그 수척한 시신만이 살아 해류 속에서 일렁거릴 것이었다. 그때였다. 갑자기 밀려온 강한 파도에 휩쓸린다고 생각한 순간 어깨와 등 언저리에 격심한 통증이 왔다. 잠깐 방심한 사이에 당한 것이다. 나는 가까스로 정신을 가다듬었다. 바위에 부딪힌 부위가 격심하게 쓰라렸다. 흠칫 돌아본 어깨 부근의 살갗이 비수에 할퀸 것처럼 여기저기 갈라져 있었다. 핏물이 여리게 피어오르다가는

밀려오는 파도에 순식간에 갈갈이 찢겨져 나갔다. 숨이 차고 정신이 어지러웠다. 가급적 바위에서 먼 수면위로 발버둥 치며 떠올랐다. 싸늘한 공기가 허파 깊숙이 들어와 배겼다. 피가 씻긴 상처 부위가 새하얗게 되면서 금새 빨간 핏물이 다시 배어 나왔다.

어디에선가 서미숙이 표독하게 웃으며 내 피가 밴 제 손톱을 핥고 있었다. 빗물이 수경의 유리면을 때려서 얼룩져진 시야에 눈앞의 오리바위가 고래의 등가죽처럼 견고한 흑갈색의 빛으로 일렁거렸다. 그 위로 삼사 미터 높이의 파도가 날렵한 짐승처럼 바위 위로 뛰어오르며 강하게 부서졌다. 나는 숨을 모아 쉬고 다시 물속으로 잠수했다. 오리 바위의 해저 밑바닥은 수심 칠팔 미터에 가까웠다. 해류와 바위에 와 부딪는 격심한 파도의 돌진과 반사 작용 때문에 잠수하기는 무척 힘이 들었다. 상처 부위는 계속 쓰라리고 몸에는 한기가 돌았다. 전면 좌측의 바위 밑을 거의 수색해 보아도 서미숙은 나타나지 않았다. 나는 바위 뒷면으로 돌아갔다. 종우는 우측에 가 있을 것이다. 녀석과 나는 뒷면의 중간 부분에서 만나게 될 것이다. 서로 빈손으로 만나게 될지도 모른다.

그러면 그때는……. 서미숙은 혹시 정말 블라디보스톡

앞바다쯤에나 가 있는 것은 아닐까? 그러나 그것은 상상할 수 없는 일이었다. 그럴 리가 없었다. 우리는 서미숙과 만나게 될 운명일 것이었다. 나는 틀림없이 서미숙을 발견하게 되고 말 것이다. 설사 그녀의 환영을, 그녀의 혼을 만날지라도……. 바위 틈서리에는 조그마한 게들이 잔뜩 모여서 꼼짝도 하지 못하고 있었다. 흠칫 뒤를 돌아보았다. 아무것도 보이지 않았다. 물속에서는 가시거리가 지극히 한정된다. 단지 막막한 물빛과 어른거리는 견고한 바위섬만이 눈에 띌 뿐이었다.

또한 어떤 소리도 들려오지 않았다. 다만 파도의 윙윙거리는 진동음만이 겨우 귀에 울려오는 정도였다. 그것은 듣는 것이 아니라, 느끼는 소리였다. 파도가 밀려와 내 귀청을 밀어젖히는 소리였다.

수면위로 떠올랐다. 물 밖은 수없이 안개가 밀어닥치고 파도는 거세어져 가고 있었다. 갑자기 엄청난 공포가 밀려왔다. 이곳엔 나 혼자뿐이다. 아니 서미숙의 부패한 몸뚱이와 귀신의 머리카락처럼 산발된 채 흩날리는 해초와 모든 익사한 자의 혼들이 쏟아내는 윙윙거리는 소리가 이곳의 전부였다. 눈이 뒤집힐 것 같았다. 있는 힘을 다해 나는 공포와 싸웠다. 한 번도 본 적이 없는 서미숙이 여기저기 물고기에 뜯겨서 형체가 불확실한 얼굴로 환영 속에 나타났다가는 사라졌다. ― 종우를 찾아내야 한다. ― 무슨 말이든 그의 목소리가 듣고 싶었다. 녀석의 튼튼한 어깻죽지와 완강한 턱을 만져보고 싶었다. 미칠 지경으로 무서웠다. 녀석은 어디에 있는가? 바로 그때 2m쯤 전방의 광란하는 파도 더미 위로 무엇인가 불쑥 솟아올랐다. 그것은 손목이었다. 무엇을 꽉 움켜잡기라도 하려는 듯 손가락을 잔뜩 구부린 채 푸르게 경직된 손이었다. 해초가 발끝을 스쳤다. 나는 거의 호흡을 잃고 있었다. 곧 그 푸른 손목의 임자인 얼굴이 서서히 수면위로 떠올랐다. 머리에서부터 서서히……. 그 얼굴이 떠오른 순간 나는 나도 모르게 헉하는 소리를 내질렀다. 심장이 뚝 멎어버리는 것 같았다. 그 흉측하게 부패한 얼굴은 서미숙이 아니라 동옥이었다. 해류가 동옥을 내 품에라도 안길 듯이 가깝게 이동시켰다. 동옥의 없어져 버린 동공 속의 깊은 동굴에 내가 빨려드는 것 같았다. 나는 그곳에서 빠져나오려 애썼다. 그러나 나는 탈진한 상태였고, 바위를 벗어나면서 점차 강해지는 해류는 동옥과 나를 서서히 사천 북방의 해역으로 몰고 갔다.

날치

날치

1

연일 짖쪼는 듯한 적황의 불타는 햇살에 사지를 늘어뜨리고 몸살을 앓던 서부 사모아 근해의 바다는 그날 드물게 내린 바다 안개의 숲에 가려져 잠깐 신열이 내린 열병 환자처럼 안개의 그늘에서 겨우 자신의 연녹색 얼굴빛을 되찾고 있었다.

그때 두쵸와 나는 우리 아토스 마을 사람들이 잘 가기를 꺼려하는 소용돌이 근처의 어장에 던져둔 그물을 끌어 올리다가 발견한 한 이상한 물고기의 잔해를 신기한 듯 들여다보고 있었다. 그것은 잿빛의 비늘을 가지고 있었고, 갈매기에 채었었는지 가슴지느러미의 반이 떨어져 나갔고, 등허리에도 깊게 살점이 패인 한 마리의 거대한 참날치였다. 그 잿빛 날치의 온몸에 꼭 불에 데인 것 같은 화상의 자욱이 있었고 두 눈이 뜯겨져 나와 있었으며 그보다 더욱 우리의 흥미를 끈 것은 그 물고기의 배 쪽에 있는 커다란 붉은 반점이었다. 그런 문신이 들어있는 참날치를 우리는 한 번도 본 적이 없었다. 그것은 우리 미호리 족의 옛적 용사의 문신과 비슷하다고 두쵸가 장난스럽게 말했다.

그가 그물을 끌어 올릴 때에 무엇인가를 쪼고 있던 제비 갈매기 한 마리를 버럭 소리를 질러 쫓아낸 것은 사실이지만 그 잿빛 날치의 이상한 반점과 온몸의 불붙은 듯한 화상의 흔적은 갈매기들의 그 흔하고 단조로운 사냥에만 모든 연유가 있을 것 같지는 않았다.

두쵸가 마치 그 날치의 괴이한 잔해를 저 들끓는 소용돌이에 연루시켜 보기라도 할 것처럼 왼손을 들어 해숫병을 앓는 노인네의 가래소리처럼 그르렁거리며 끝없이 무엇인가를 앓고 있는 소용돌이를 가리켰다.

이따금 잔파도가 잠깐씩 잠에서 깨이듯 수면 위로 솟구쳐서 그의 어금니와 송곳니를 맞부딪혀 흰 치흔을 남기며 부서지는 것 외에는 벌써 며칠째 그 사모아 연해의 작은 만은 잔잔하기만 하였다.

계절을 가늠할 수조차 없이 선연한 나머지 남빛 식욕으

로 무엇이든 먹어 치우고야 말 것 같은 햇살의 시선에 — 그때만의 한가운데에서 귀퉁이의 뾰족이 튀어나온 곳으로 이동하는 한 날치 — 좀 더 정확히 말하면 배에 붉은 반점이 뚜렷이 낙인처럼 찍혀있는 그 낯익은 날치가 보였다.

날치들이 이동할 때 예의 그러하듯 포물선을 그리며 막 꺾어져 휘어지는 회오리바람처럼 그 붉은 반점의 날치는 날고 있지 않았다. 그가 이동하다 말고 그저 꼬리지느러미로 세차게 물을 걷어참으로써 여느 물고기의 도약이나 다름없이 머리를 수면 위로 높이 뽑아 올려 몸 전체에서부터 흩뿌려지는 물방울을 꼬리 아래부터 마치 비늘을 털어내듯 반짝거리며 바다에 쏟아내고 있었다.

그 날치의 양 옆구리에 찰싹 붙여둔 커다란 가슴지느러미가 은빛 부챗살처럼 햇살을 되쏘아 올려서 도약을 더욱 너울거리는 것으로 만들었다. 그는 솟아올라서 무엇인가를 찾고 있는 듯이 배의 커다란 반점을 한 번은 북쪽으로 한 번은 남쪽으로 뒤틀고 있었다. 그의 하체가 보기 좋게 휘어지며 물 밖을 거듭 수직으로 떠올랐다.

그가 위치한 곳에서 훨씬 멀리 떨어진 만의 깊숙한 곳에 그와 같은 참날치의 무리로 보이는 물고기의 대군이 거처하고 있었다. 그곳은 아마 그들의 대이동 끝에 찾아낸 산

란지인 것 같았다. 수많은 날치들의 미세한 움직임으로 인해서 바다는 마치 번들거리는 청동색의 갈기털과 흰 배를 가진 야생의 말떼처럼 살아나 꿈틀거렸다.

여기저기서 그 커다란 말의 명암이, 뚜렷한 양면의 근육이 햇살의 파편이 되어 먼 허공에서부터 부서져 내리는 유리 조각처럼, 혹은 인적 없는 야밤에 달빛을 받아 흰 새떼같이 마을 위를 넘실거리는 야자수잎처럼 차고 투명하게 쏟아지는 그들의 흰 배와 그 투명한 유리 조각이 잘라내어 검게 푸르러진 청동의 등허리로 나뉘지면서, 그 만의 태양이 따로 직조해낸 바닷결과 어울려 참날치 떼는 최소한 그 무리의 등가의 자화상으로 도해 되고 있었다. 붉은 반점의 날치는 그 무리에서 잠시 이탈해 나온 것이 분명했다. 그는 두리번거리며 제 무리의 위치를 확인해 두고는 그곳에서 미터쯤 남동쪽의 한 물길 — 그러니까 만 바깥과 안의 물 흐름의 교차로 인해서 그때처럼 파도 잔잔한 날에는 만 안쪽으로 세밀한 몇 개의 소로를 이루어내며 제가끔 그 물 흐름의 띠를 풀어놓고 있는 한 물길로 헤엄쳐가고 있었다.

그는 한 소로로 다가가면서도 무엇이 두렵기라도 한 듯 연신 제 무리 쪽으로 눈길을 돌려보내곤 하였다. 사람이라고는 없는 사모아 근해의 한 낮의 정적과 그 정적을 오히려 일으키는 참날치 무리의 안온한 군거와 그 떼를 이탈한 채 낯선 물길을 찾아 나선 붉은 반점의 한 날치와 그 바다의 소로, 소로……

그 물길이 불안한 한 날치를 보며 웃고 있었다. 그 웃음의 근원지의 수면에서 얼핏 보아 놓치기 쉬운 작은 소용돌이가 보이고 그 소용돌이의 뒤쪽에 흐릿하게 보이는 검은 바위벽이 앓는 짐승처럼 낮게 웅크린 채 가로누워 있었다. — 바다 물길의 웃음은 그 내부의 색다른 물 흐름의 은밀한 촉감처럼 부드러웠다가는 점점 거세어져 소용돌이처럼 들끓었다가 문득 그 물길이 안고 있는 바위벽을 감싸안으면서 바다뱀의 휘어진 등허리처럼 바위벽 주변에서 풀어졌다가는 감기고 감겼다가는 다시 풀어지곤 하였다.

붉은 반점의 날치는 그 웃음의 가에서 망설이고 있었다. 그것은 갑자기랄 것도 없이 요즘 들어 나날이 잿빛으로 변해가는 그의 비늘을 바라볼 때마다 상기되곤 하는 옛적의 어떤 잿빛 날치에 대한 회상과 그 날치의 잿빛이 문득 자신에게 들씌워 있는 듯한 환상 때문이었다.

잿빛 날치는 옛날 그들 참날치 무리의 수장이었다. 그때 붉은 반점의 날치는 태어나면서부터 그의 옆구리에 선명하게 낙인처럼 찍혀있는 붉은 반점 때문에 그 또래의 다른 날치들과 한데 어울리질 못하였다. 그를 보고 참날치가 아닌 새날치라고 무리들은 놀려대었다. 그는 늘 그의 반점을 부끄러워했었다. 제 어미에게 그 반점을 물어뜯어 없애 달라고까지 매달린 적도 있었다. 그러나 어미는 고개를 가로저으며 말없이 그를 바라볼 뿐이었고 제 스스로 아무리 산호초에 몸을 비벼 피를 쏟은 어느결에 더 두텁고 새로운 비늘을 쓰고 언제나 핏빛으로 그의 옆구리에 돋아나왔다.

무리들은 그것을 가리켜 '핏빛 얼룩'이니 '날치를 잡아먹는 바위벽이 토해낸 붉은 똥'이니 하였다. 그는 늘 제 동족의 주변을 맴돌 수밖에 없었다. 무리에서 떨어져 혼자 갑각류의 플랑크톤을 먹으며 자랐고 혼자서 잠을 잤다.

그러한 그를 바라보는 제 또래의 참날치들은 자랑스러운 듯 티 하나 없는 은빛 배를 허공에 튀어내어 남국의 햇살을 순백으로 부수어 내며 높게 높게 솟아올랐었다. 진정, 그들의 은빛 배는 자랑스러웠다. 그럴 때 붉은 반점의 날치에게 다가오는 것은 오직 수장인 잿빛 날치뿐이었다.

잿빛 날치는 붉은 반점의 날치를 이끌고 번번이 그곳의 가까운 소로를 멀찍이 구경시켜 주며 그에게 말하는 것이었다.

"나는 네 핏빛 반점을 보면 오히려 힘이 난다. 왠지 네 핏빛 얼룩이 네 가슴지느러미를 불꽃처럼 억세고 힘찬 것으로 타오르게 할 것만 같다. 갈매기의 그것처럼."

재빛 날치는 그를 이끌고 한 물길의 바깥쪽을 헤엄치며 그곳의 끝까지 그를 보여주었었다. 그때 채 성장하지 못했던 붉은 반점의 날치는 낯설고 유속이 빠른 물길의 안쪽을 들어갈 수는 없었지만, 그 먼 길의 끝에서 굴렁거리며 청각에 전해져오는 낯선 짐승의 거친 호흡소리를 들었었다.

재빛 날치가 소용돌이로 가려진 검은 짐승의 희미한 모습이 보이자, 그곳을 무섭게 쏘아보며 갑자기 먼 데서 달려오는 해일처럼 말했다.

"보아라! 저 물길의 소용돌이 끝에 가로막힌 바위벽을. 저것은 살아 있는 고기의 폐야. 저 고기의 살은 제가 잡아먹은 날치의 썩은 물. 그 내장은 무엇이든 짓부수고야 마는 소용돌이. 저 주둥이의 입구가 바로 우리가 지나쳐왔던 바닷물길이야. 만약에 저 입구를 지나 바위벽에 이르게 될 때는 그 소용돌이의 내장으로 짓이겨 들어가기 전에 저놈의 목을 따고 네 불꽃 같은 날개를 태워올려 갈매기처럼 힘차게 날아오르지 않으면 안 돼. 잘 뛰어넘게 되면 저 고기의 꼬리에 이르지. 그 꼬리는 넓고 포근한 산호초의 땅에 닿게 돼. 그리고 그곳에서는 그 고기의 살아있는 똥처럼 너는 고기의 몸 밖을 벗어날 수 있어."

잿빛 날치는 흡사 붉은 날치가 바위벽에 이른 것을 두 눈으로 보고 있기라도 한 것처럼 또 어쩌면 잿빛 날치 스스로 그 바위벽을 뛰어넘고 있기라도 한 것처럼 부르르 날개를 떨며 말하곤 했었다. 그럴 때면 그의 짓눌린 듯이 뭉그러진 입 언저리와 옆얼굴의 푸르고 질긴 상처가 살아있는 듯이 꿈틀거리며 굵고 파란 핏줄이 부풀어 오르곤 하였다. 그때 반점의 날치는 제 붉은 반점이 실제로 훨훨 타오르기라도 하는 것처럼 가슴께서 뜨거워 오는 것이었다. 잿빛 날치가 그 바위벽을 떠나 무리 쪽으로 헤엄쳐 돌아오면서 그의 붉은 낙인을 쓰다듬어주었다.

"네 반점은 화인이다. 그것은 불이야!"

소로로 다가가던 붉은 반점의 날치가 문득 그의 잿빛으로 바래어가는 비늘에서 시선을 거두어 그 옛날의 잿빛 날치에 대한 회상을 털어버리기라도 하듯이 자신의 눈앞을 새삼 쳐다보았다. 그의 몸이 그 물길의 입구에 다다라 있었다. 불현듯 그가 몸을 휘접으며 그 물길의 반대편에 있는 제 무리 쪽으로 빠른 속도로 되돌아가기 시작했다.

그의 급격한 반전에 비늘인지 햇살인지 그 무엇이 파르르 떨렸다가는 이내 잔물결 떨림으로 퍼져갔다. 달아나면서 그가 고개를 절레절레 흔들고 있는 것을 햇살의 시선은 보지 못했다. 다만 바위벽의 내장을 가진 큰 고기가 그 비늘의 파문으로 바다 안개와도 유사하게 소리 없이 번지는 차가운 미소를 피워 올리고 있었다.

2

그날도 바다 안개가 자욱이 쌓이고 있었다. 한 좁은 해협을 참날치 떼는 지나고 있었다. 하늘까지 심상치 않은 검은 장막 같은 안개에 가린 듯 거뭇해지는가 싶더니 이내 비가 쏟아지기 시작했다.

비가 오기 전까지만 해도 경쟁하듯 수십 마리의 날치들이 한꺼번에 물을 차고 뛰어올라 수십 미터씩 아치형의 호를 그리며 날렵하게 나르던 것이 갑자기 쏟아지는 비로 웅성이며 일어나는 파도 탓에 그들은 물밑을 해면처럼 녹아 흐르며 헤엄칠 수밖에 없었다.

가슴지느러미를 활짝 펴고 나를 수 없을 때에는 언제나 까닭 모를 우울함이 날치들을 엄습했었다. 여기저기에서, 특히 늙은 날치들이 두런거리며 그 수상한 비를 점쳤다.

"얼마나 비가 쏟아질 것인가?"

"폭풍이 올 것인가?"

"대피할 작은 만은 근처에 없는가?"

그것은 구름과 안개의 낌새로 보아 그저 지나치는 남태평양의 흔한 소나기가 아니라는 의식 탓이었으리라. 늙은 날치들은 그들의 숙련된 감각기관인 옆줄과 코로서 그 바다의 습기와 바람의 기미를 더듬어 일기를 예감할 수 있었다. 그날의 예감은 썩 불길한 것이었고 알지 못할 두려움 속에서 앞장선 잿빛의 수장 날치를 따라 무리의 속도는 빨라지고 있었다.

붉은 반점의 날치는 언제나 그랬듯이 무리의 말미에 속해서 묵묵히 머리를 숙이고 앞서가는 동료의 뒤를 쫓고 있었다. 그때 그의 머리 위를 간질이는 것이 있었다. 그것은 조금씩 부드럽게 그의 청각을 간질이다가는 점점 더 많은 숫자로 이어져서 맑고 끊이지 않는 방울 소리가 되었다. 더구나 앞에서도 뒤에서도 들려오는 그 소리는 이상한 수평 음을 흘리는 음보로 바다 위를 징검다리 뛰듯 건너뛰고 있었다.

그가 문득 고개를 들어 위를 쳐다보았다. 수면이 눈 위에 올려다보였다. 비 한 방울이 떨어질 때마다 그 부드럽

게 말랑거리는 듯한 방울 소리가 들려왔다. 그 비 한 방울
이 떨어지면서 활짝 동그라미를 그리며 퍼져나갔다. 그것
은 붉은 반점의 날치가 어느 산호도에서 본 바다 꽃 같았
다. 그 망울이 터졌다. 바로 그 곁에 또한 꽃. 그 꽃이 고운
입을 벌리며 탁 터졌다. 또 그 곁에 한 꽃. 또 그 곁에.

고개를 두리번거려 시야가 닿을 수 있는 그 모든 곳을
바라보았다 꽃밭 그대로 커다란 하나의 꽃이 된 꽃밭. 자
세히 보니 그 꽃을 머리에 인 것처럼 제 무리들 모두가 그
꽃의 줄기가 되어 있었다.

그 꽃의 소곤거리는 듯한 몸 떨림이 붉은 반점 날치의
전신을 휘감았다. 그가 부르르 떨며 그 꽃의 몸 떨림이 되
었다. 그가 하늘에서부터 꽃으로 피기 위해 수면 위로 내
려오고 있었다. 가슴지느러미를 활짝 펴고 그가 하늘에서
내려왔다. 그는 스스로 새처럼 날고 있다고 생각했다. 그
의 붉은 반점이 활활 타올라 제 날개를 불새의 그것처럼
날개 치게 했다.

"날개를 접어."

누군가가 그에게 굳은 목소리로 명령했다. 얼른 그가 날
개를 접었다. 그러자 그의 몸이 바닷속에 꽂히듯 떨어졌
다. 떨어지자마자 꽃으로 피지 못하고 물속으로 잠겨 들었

다. 그가 점점 더 깊은 바다의 나락으로 떨어져 내렸다. 그 나락의 끝에 들끓는 소용돌이가 있었다. 검은 바위벽의 짐승이 푸르고 검은 눈을 들어 그를 바라보았다. 그의 갈라진 입에서 불꽃이 보였다. 그것이 핏빛의 혀로 갈라져 날름대고 있었다. 붉은 반점의 날치가 문득 그의 옆구리의 반점을 확인하듯 들여다보았다. 그 핏빛의 혀가 실은 그의 반점에서부터 시작돼 그의 전신을 핥고 있었다. 숨이 막혔다. 점점 사방이 어두워졌다. 하늘도 땅도 없는 어두운 심해로 그가 빨려 들어갔다. 아무것도 보이지 않는 암흑 속에 온통 그의 반점만이 살아서 불꽃의 혀로 너울거렸다. 그의 부레가 터질 것처럼 부풀어 올랐다.

저도 모르게 날개를 활짝 펴서 그 불꽃을 털어버리기라도 할 것처럼 훨훨 날갯짓을 했다.

"날개를 접으라는데?"

흠칫 놀라 잠에서 깨이듯 그가 뒤를 돌아보았다.

잠깐 화를 내어서 미안하다고, 네 활짝 편 지느러미 때문에 시야가 가려 무리를 쫓아갈 수 없기 때문에 그랬다고, 행군 속도가 점점 빨라지고 있다고…….

그의 동료인 한 날치가 그의 배지느러미로 반점 날치의 꼬리 부분을 쓸어주며 후딱 앞서서 지나가기 시작했다. 벌써 무리들이 시야에서 사라질 만큼 멀리 헤엄쳐가고 있었다. 붉은 반점의 날치도 허겁지겁 그 뒤를 쫓아갔다.

점점 비가 심하게 쏟아지고 있었다. 바다 전체가 거세게 흔들렸다. 해저의 거대한 다시마숲을 지나 날치 무리는 내달렸다.

공연한 조바심 때문에 푸르륵거리며 성급하게 수면을 박차고 날아오르는 날치들도 있었다. 그러나 떠올랐다가는 강한 바람에 호되게 얻어맞아 미처 가슴지느러미를 추스르지도 못하고 바닷면에 등 뒤쪽부터 쑤셔 박히곤 하였다.

수평선은 어느 곳이나 이미 날카로운 상어의 이빨에 쓸리기라도 한 것처럼 갈라져서 그 이가 빠진 파도의 톱니바퀴를 참날치의 떼 쪽으로 점점 더 가까이 굴려오고 있었다. 철그렁 철그렁거리는 녹슬고 묵직한 쇳소리가 점점 온 바다에 뒤엎여 갔다.

하늘이 폭죽을 터뜨리듯이 꽈르릉대며 부서졌다. 하얀 번개가 수면을 스치듯 헤엄치는 참날치 떼의 머리 위로 사선을 그리며 내리꽂혔다. 그들의 청동색 등허리가 그 빛에 새파랗게 일순 드러났다. 드디어 찾아내고야 말았다는 듯 폭풍의 눈길이 새파란 냉소를 터뜨렸다. 하늘이 검은 바위벽처럼 어두워졌다.

무리는 조용히 수장의 뒤를 따르고 있었다. 그들은 잿빛 날치를 믿었다. 그의 강한 날개와 첨예한 촉각을 무리는 믿고 있었다. 또 다른 번개가 번쩍이며 그들의 몸을 파란 혀로 불쑥 핥고는 지나갔다. 끈적거리는 날치의 비늘이 번개의 혀에 묻어 순식간에 아득한 수평선의 어느 한 점에 날아가 떨어졌다. 꽈르릉거리며 하늘을 쪼개는 듯한 천둥소리에 무리 중의 누군가가 목청이 터질 듯한 비명을 내질렀다. 아득하게 그 소리가 바닷속을 찌르며 달아나다가는 사라졌다. 바다가 그 소리를 먹어 치웠다. 믿을 수 없을 만치 강한 폭풍이 밀어닥치고 있었다.

커다란 톱니바퀴가 세차게 구르며 마음대로 파도를 짓밟고 다녔다. 짓밟힌 곳은 계곡이 되었다. 그 톱니바퀴가 지나가자마자 이번에는 바다가 미친 듯이 소리 지르며 솟아올라 산이 되었다. 솟아오른 산이 그 밑동을 거꾸로 들어 올리면서 순식간에 계곡으로 쏟아져 내리는 사태를 이루었다. 산과 산 사이에는 거대한 숨 쉬며 살아 움직이는 계곡이 파였고 모든 참날치들이 이 계곡으로 혹은 산 날치 위로 쏟아지고, 실려 올라갔다. 대피할 동굴인 심해는 날치 아닌 다른 모든 물고기의 차지였다.

그때 잿빛 날치가 갑자기 날치들의 머리 위로 질기고 튼튼한 동아줄처럼 높이 솟아올랐다. ― 만을 찾았다는 신호였다. ― 전 무리가 미친 듯이 수장의 뒤를 따라 헤엄쳤다. 산 같은 파도 기둥과, 기둥의 틈새로 모든 날치의 꼬리들이 민망하리만치 요동치며 내닫기 시작했다. 심해어들이 날치들의 탈주에 대고 소리쳤다.

"박쥐다. 너희들은 박쥐야. 새도 아니고 들짐승도 아닌, 너희는 바다의 박쥐 족속들이지 새도 아닌 것들이야. 한번 날아올라 보렴.

훨훨 날아서 바다 밖으로 날아가라. 가라앉아라. 깊은 물 속으로 깊고 안전한 동굴로 가라앉아라."

모든 날치들이 그 소리를 들었고, 모두가 뚫어지게 정면만을 쏘아보며 내달렸다. 그들의 동굴인 만을 찾아냈으므로. 앞장선 잿빛 날치의 눈에 멀리 어렴풋이 보이는 만의 단애들이 명확히 나타났다.

그러나 그보다 가까이 그들의 머리 위로 날아오는 것이 있었다. 수도 없이 많은 새들이 그 만의 단애에서부터 만의 초입에 들어선 참날치 떼로 펄럭이며 날아들고 있었다. 재갈매기들이었다. 그들의 강철 같은 회색 날개가 맞부딪히며 내는 둔탁한 소리가, 폭풍우 치는 바닷속에서도 예리하게 날치들의 심장을 파고들어 번개같이 꽂혔다. 그것은 흡사 바다를 짓밟고 있는 거대한 톱니바퀴의 파편들이 모두 하나씩의 비수가 되어 그들에게로 덮쳐오는 것 같았다. 앞서서 만으로 달려 나갔던 무리들이 더러는 화살처럼 내리꽂히는 재갈매기의 부리에 채여 끅끅거리며 그 새의 타액과 자신의 피에 젖어 하늘로 올라갔다.

날치들은 오히려 폭풍 속의 바다 한가운데로 도주하기 시작했다. 앞섰던 날치들이, 정신없이 선두를 쫓아 만으로 향하던 후미의 머리 위를 뛰어넘으며 도망쳤다. 급기야는 전 무리가 점점 폭풍의 중심부로 뛰어 들어갔다. 재갈매기들이 쏜살같이 그들을 뒤쫓았다.

날치들은 하늘이 괴성을 지르며 바다에서부터 둥실 떠올라 새빨간 눈과 새빨간 살상으로 가득 찬 커다란 회색의 새로 변신한 것을 알았다. 바다는 점점 더 불타는 산림의 불길처럼 혀를 날름대며 끓어올라서는 완강한 날개로 불바람을 일으키고 번개를 쏟아부었다. 모든 날치들의 심장이 붉은 반점 날치의 그것처럼 불꽃이 되어 타올라 숯이 되지도, 폭발하지도 못하였다. 잿빛 날치가 교묘하게 파도와 파도 사이를 스치듯 날고 헤엄쳐 돌아다니며 무리를 진정시키려 애쓰고 있었다. 화석처럼 굳은 모습을 한 채 그가 소리치는 것을 붉은 반점의 날치 또한 들었다. 그에게 바위벽을 이야기하던 잿빛 날치의 얼굴을 그때 다시 보는 것 같았다.

그때 바닷면의 어느 일 점에 들끓듯이 모여 있던 무리의 중간쯤 위치에서 갑자기 거대한 파도가 불쑥 몸을 떨고 소용돌이치며 솟아오르기 시작했다. 뭉클거리며 물이 물을 밀어 올렸다. 바다가 그 숨은 정체를 기필코 드러내기라도 할 것처럼 까마득히 솟은 괴인이 되어 일어섰다. 그 괴인이 두 팔을 머리 위로 높이 들어 올렸다. 그 손바닥 위에 무리의 절반은 됨직한 날치들이 실려 올려졌다. 파도의 꼭대기에서 그 거인의 이빨이 앙다물어지면서 차게 부서졌다. 그것은 그가 그대로 절벽으로 화하여 쏟아져 내릴 것이라는 신호와도 같았다. 계곡에 있던 무리들이 전속력으로 그 절벽의 붕괴로부터 도망치기 시작했다. 계곡에 있던 무리와 함께 도망치던 붉은 반점의 날치가 무엇인가 그와 반대 방향으로 바닷물길을 거스르듯이 스쳐 가는 물체에 흠칫 놀라 뒤를 돌아보았다.

잿빛 날치였다. 그가 절벽의 아래쪽으로 다가가서 까마득히 솟아오르며 부서져 가는 파도의 끝에 실린 동료들에게. 몸으로 소리치고 있었다.

날치　　　　　　　　　　　　　　　　　　**109**

"뛰어내려, 뛰어내려!"

가라앉았다가는 다시 용트림하며 솟아오르는 그의 잿빛 배와 가슴지느러미가 번개의 그늘에서 불꽃처럼 번득였다. 곧 파도가 벼랑의 끝에서부터 등뼈가 부러지는 듯한 소리를 내며 무너지기 시작했다. 잿빛 날치가 그때 막 되돌아서서 계곡에 있는 제 무리 쪽으로 수면을 박차고 날아왔다. 그가 날음의 정점에 와 있을 때 파도는 그 낙하의 절정에 있었다. 잿빛 날치를 덮친 그 바위벽 짐승의 찢어지는 듯한 웃음소리라도 들은 듯이 붉은 반점의 날치가 사지를 옥죄며 진저리를 쳤다.

참날치 떼는 깨어져 표류하는 난파선의 부유물처럼 어지러운 바다 위를 파도치는 대로 밀려다녔다. 갑갑해서 물밖을 뛰쳐나왔다가 일단 재갈매기의 표적이 된 날치들은 살아날 수 없었다. 완만하게 날개를 움직이며 날던 재갈매기들이 이곳저곳에서 송곳처럼 부리를 세우고 날개를 접고 바다에 꽂히듯 내리 덮쳤다. 날치들은 도살되고 또 폭풍에 떠밀렸다. 성난 파도는 그들을 점점 더 알 수 없는 먼 바다로 흘려보냈다.

3

폭풍우가 그쳐 있었다.

바다는 근 한 달여를 잔잔한 채 여전히 비릿한 낯익은 내음인 채로 별일 없었다는 듯 동면하는 들짐승처럼 제 속으로만 웅크린 채 잠들어 있었다. 바다에는 큰 짐승의 터럭들만 살아서 바람에 나풀거리고 있을 뿐이었다. 그 동면한 짐승을 안고 있는 땅의 바닥에서 까실까실한 터럭들이 점점 자라났다. 그것이 밤의 바다가 되었다.

온통 새까만 그 짐승의 터럭으로 밤의 바다는 뒤덮였다. 왠지 모르게 나날이 바다에서 그 까만 터럭들이 자라는 기미를 날치들은 알아차렸다. 그들이 그 악몽의 폭풍에서부터 이상한 바다로 밀려왔을 때 그곳은 예상외로 산란하고 서식하기에 알맞은 장소였다.

그들은 갑각류의 플랑크톤이 가득한 넘실거리는 해조류의 숲에 와 있었다. 그 숲의 은밀한 부분에다 배가 부른 암컷들이 알을 슬었다. 아직 부화되지 않은 흰 알의 실타래 같은 더듬이들이 얕고 잔잔한 바다를 곱게 품었다. 그것이 날치들에겐 제 고향을 품은 것만 같은 느낌이 들게 했다. 그들은 영원히 그곳에서 살 수 있을 것 같았다. 그러나 날이 갈수록 그 알 수 없는 암흑의 터럭이 녹청의 해조류 밑바닥에서부터 날치들의 가슴에 옮겨져 자라나기 시작했다. 비늘이 얇고 튼튼하지 못한 어린 날치들과 늙은 날치들에게 그 결과는 구체적으로 드러나서 그들은 자신도 모르게 자꾸만 무리의 남방 쪽으로 모여들고 해가 지고 밤이 올 때마다 그곳에서부터도 조금씩 더 남방 쪽으로 자리를 옮겨가고 있었다.

그러던 어느 날 수평선으로부터 타원형의 거대한 달이 솟아오르기 시작했다. 붉은 반점의 날치 역시 불안한 마음을 가다듬지 못하고 가끔 물 밖으로 뛰어오르거나 혹은 가능한 한 깊은 물 속으로 몸을 잠수시키며 안절부절못하고 있었다. 물속에서 올려다본 수면은 그 자체가 한 발광체인 양 새롭게 빛났다. 그 밤바다의 푸르스름한 빛이 그와 함께 바람이 되어 이곳저곳을 쏘다니며 불고 있었다. 그 바람의 시발점에서 흘러온 것처럼 찬물은 날이 갈수록 불어 나고 있었다. 점점 바닷물이 차가워지고 있었다. 난류성 어류인 날치 무리는 찬물에서는 살 수 없었다. 늙은 날치 와 어린 날치들이 하시마다 남방 쪽으로 조금씩 자리를 옮 긴 것도 그 탓이었으리라. 실은 별수 없이 이동의 때가 찾 아오고야 말 것이라는 불안이 모든 날치들의 가슴 속에 자 라나고 있었고 그 좋은 서식지와 채 부화되지도 못한 알을 버려둔 채로 그곳을 떠나야 한다는 불안 때문에 날치들의 마음 한구석에 실은 검고 까슬까슬한 터럭들이 늪에 차이 듯 바다에 쌓이고 있는 것인지도 몰랐다. 바로 이동의 때 가 그날이라는 것을 모든 날치들은 약속이나 한 듯 깨닫고 있었다.

알 수 없는 명령에 사로잡혀 날치 무리는 바다의 한 동 산에 운집하고 있었다. 월광이 펄쩍펄쩍 수면위로 뛰어오 르는 날치들의 푸른 날개와 흰 배에 묻어나 번쩍거렸다. 마치 바다가 제 스스로의 빛을 허공에 튀어내어 달을 만들 고 그것에서부터 반사광을 받아내어 바닷결에 깔아 놓기 라도 한 것처럼 바다는 점점 더 달을 높이 솟아 올리고 스 스로는 황금빛으로 적셔져서 그 기운을 날치 떼에게 들씌 우는 것 같았다. 그 달빛을 받아 마실 때마다 젊은 날치들은 꼬리 부분에서부터 솟는 움찔거리는 힘에 약속이나 한 듯이 점점 더 많은 떼가 되어 수면 위로 뛰어오르기 시작했다. 그 뛰어오르는 방향이 조금씩 일정해지고 있었다. 달빛이 그 방향을 가르쳐주고 있었다.

무리 중의 어느 날치가 '호옥 호옥' 하는 이상한 소리를 내며 울었다. 그것은 점점 더 큰 소리로 합쳐져서 붉은 반점의 날치 또한 제 아가미에 와 날개 근처에서 나는 그 '호옥'거리는 소리를 들을 수 있었다. 모두들 따라 울었다. 그 소리가 이동하기 시작했다. 달빛이 저만큼 앞서서 그들을 인도하고 있었다. 그 무리를 따르던 붉은 반점의 날치가 불현듯 뒤를 돌아다보았다. 전 무리의 절반은 됨직한 많은 날치들이 넋을 잃은 듯 따라오기를 포기한 채 뒤처져 있었다. 그러나 모두들 달이 높이 떠오르자 마치 설원에 한데 모여 울부짖는 늑대의 떼처럼 거역할 수 없는 어떤 힘에 사로잡혀 내달리기 시작했다.

따라올 수 없어 뒤처진 무리 속에 잿빛 날치가 섞여 있었다.

잿빛 날치가 그 악몽의 폭풍우 때에 쏟아지는 물살에 찢어진 가슴지느러미로 온갖 힘을 모아 멀어지는 동료들을 향해 안쓰럽게 수면을 한번 솟아오르는 것이 보였다. 그의 찢어진 날개가 한 번 푸르르 떨다가는 이내 수면으로 내려 앉았다. 잿빛 날치와 함께 뒤처진 무리 역시 모두 폭풍에 날개가 찢긴 날치들이었다. 그들은 날 수가 없었다. 그들은 고스란히 차디찬 물속에 뒤처졌다. 그들의 사이는 점차 멀어졌다.

붉은 반점의 날치가 제 점점 뚜렷해지는 반점과 점점 힘이 배지는 날개를 마지막으로 보이고야 말겠다는 듯, 혹은 그렇게 저처럼 날개를 활짝 펴고 저를 따라오라는 듯 두 번 세 번 허공으로 뛰어올랐다. 뛰어오를 때마다 황금빛 사슬 같은 물줄기가 따라 솟아올랐다가는 그의 꼬리 부분에서부터 떨어져 주르르 쏟아졌다. 그 쏟아진 황금 사슬이 뒤처진 날치들을 포획했다. 그들이 사슬에 꽁꽁 묶이기라도 한 것처럼 더 이상 꼬리 짓만으로 앞서간 무리를 따라갈 것을 포기한 채 우두커니 모여 서서 떠나가는 제 동족인 참날치들을 바라보고 있었다.

붉은 반점의 날치가 다시 한번 달 속으로 높이 뛰어올랐다. 잿빛 날치가 그를 올려다보았다. 그들의 눈길이 허공의 어느 한 곳에서 마주쳤다. 그가 "가거라." 하는 것을 반점의 날치는 들었다. 그러나 잿빛 날치의 불타는 시선이 그의 반점의 뜨거운 기운을 북돋우는 것과는 달리 그와는 다른 참담한 슬픔이 달이 중천에 높이 떠오를 때까지 그를 달 속으로 그저 솟아오르게만 했다. 잿빛 날치가 먼저 시선을 거두고 돌아섰다. 붉은 반점의 날치는 한 번 더 수직으로 강하게 솟아올랐다. 그는 기를 쓰며 물을 박차고 회오리바람처럼 뛰어올라 동그스름하게 높고 긴 호를 그리며 앞서간 무리를 쫓아가기 시작했다. 잿빛 날치가 그것을 보고 있었다. 왠지 자신이 붉은 반점의 날치가 되어 제 무리를 쫓아가기 시작하는 것 같았다. 점점 붉은 반점이 멀어져갔다. 이동하는 동족의 떼가 '호옥'거리는 공명음을 이끌며 수평선 너머로 점점 사라져갔다. 아득하게 멀리서 끊임없이 솟아오르는 날치들이 그대로 황금빛 물 같다, 고 잿빛 날치가 생각했다. 그들이 남긴 푸른 인광이 하늘 저편에서 오랫동안 번쩍거렸다. 그럴수록 푸른 비늘 아래에서부터 불쑥불쑥 쑥대 공처럼 검고 큰 터럭들이 자라났다. 그것은 순식간에 잿빛 날치의 시야를 넘어서 그의 머리 위로 커져 올라갔다. 바다에서 자란 것이 하늘이 되어서 그를 뒤덮었다.

　잿빛 날치는 고개를 숙여 한동안 까만 물밑을 내려 보다가는 새삼 차가워지는 물에 꼬리가 감겨들기라도 하는 것처럼 소스라치며 꼬리를 몇 번 내저었다. 그는 점점 얼어붙을 듯한 꼬리에 가까스로 힘을 보태 미동도 않고 물결치는 대로 부유하고 있는 뒤처진 제 동료에게로 다가갔다. 그의 옆구리의 푸르고 깊은 상처가 한기에 진저리를 치며 꿈틀거렸다. 그는 잠깐 반점 날치의 화인을 생각했다.

붉은 반점의 날치는 더 이상 제 무리에게 '핏빛 얼룩'이니, '날치를 잡아먹는 바위벽이 토해낸 붉은 똥'이니 하는 말은 듣지 않았다. 새날치라고도 놀림 받지 않았다. 그는 참날치 무리의 누구보다 높이 날 수 있었고, 강한 몸체를 갖고 있었다. 해가 바뀌어 그의 붉은 반점이 11월 가을 들판의 검붉은 풀처럼 변했고, 그의 비늘이 잿빛으로 바래가는 것 이외에도 무리는 어느새 그를 '잿빛 날치'로 부르기 시작하고 있었다.

그는 악몽의 폭풍과 날개를 찢긴 날치들과의 이별 후에도, 두 번의 폭풍을 더 만났었고, 그렇게 두 번의 이별에서 놓여나 있었다. 그는 점점 더 화석과 같은 굳은 얼굴을 한 예전의 잿빛 날치를 닮아갔다. 그는 이미 그 바위벽을 넘었을 수도 있었다. 혹은 두 번의 폭풍을 더 치러 낸 것처럼, 그렇게 두 번의 폭풍을 더 뛰어넘을 수도 있었다. 그러나 그때마다 가로로 고갯짓하는 것이 있었다. 그것은 잿빛 날치의 눈빛이었다. 반점의 날치가 하나의 폭풍을 살아 냈을 때마다 잿빛 날치는 힘이 가득한 광채 나는 눈으로 그에게 무엇인가를 명령하고 있었다. 그 눈은 어느 때는 바닷속 산호초의 내밀한 곳에서도 빛났었고, 어두운 밤 차가운 하늘의 별빛으로도 빛나고 있었다.

두쵸가 그 잿빛으로 빛나는 반점의 날치를 뒤집어 놓았다. 그러자 반점이 있는 반대편의 옆구리에 어떤 날카로운 것에 베인 것 같은 푸르게 찢어져 있는 상흔이 드러났다. 두쵸가 피식 웃으며 말하였다. "이 용사는 칼자국을 가지고 계시군그래. 슈노(Shono) 족속과의 전투에서였나?" 그가 손짓으로 옛적 우리 미호리족의 조상들이 바다를 건너온 슈노 족속과 치른 전쟁에서처럼 칼싸움하는 흉내를 내었다. 내가 슈노족이 되어 맨손 칼로 그에게 대항했다.

붉은 반점의 날치가 결정적으로 바다 물길에 뛰어든 것은 예전의 그 어느 때처럼 바다 안개가 뭉클뭉클 바다를 들씌우는 날이었다. 웬만한 빗방울만큼이나 굵은 안개의 물 입자가 바다의 입김처럼 피어오르고 있었다. 더듬이인 옆줄이 그 안개를 호흡했다. 그의 몸속을 떠돌던 바다 안개가 몸 어느 곳에선가 모여서 붉은 반점을 잿빛 날치의 푸른 상흔처럼 부풀려 올렸다. 풀어졌던 안개의 떼가 물기둥처럼 뭉쳐져서 하늘과 맞닿아 벽을 이루었고, 물고기의 형상으로 바다 위를 헤엄쳐 다녔고, 제 속에 '바람'과 '그물'을 함께 간직하고 있는 듯이 흩뿌려졌다가는 모이고 모였다가는 새털구름처럼 나뉘어져 수면에 닿을 듯이 낮게 날며 그 코를 날카롭게 세우곤 하였다.

참날치 무리는 마치 먼 알 수 없는 나라의 짐승들처럼 전신을 안개로 표백한 채, 춤추는 바다 안개 속에서 넋을 잃고 함께 안개의 춤을 추고 있었다. 반점의 날치가 안개 기둥을 따라 하늘을 올려다보았다. 안개에 가려져 달처럼 연한 빛으로 태양은 물들어 있었다. 그가 오랫동안 태양을 바라보고 있었다. 누군가가 또한 그 태양을 바라보고 있었다. 누군가 바라보는 눈빛이 태양에 닿아 그에게로 굴절되었다. 그가 그 명령하는 눈빛과 마주쳤다. 태양이 어느 쪽으론가 이동하다가는 안개에 휩싸여 버렸다. 태양이 이동했던 쪽을 가늠한 반점의 날치가 그곳으로 나아갔다. 한 바다 물길이 찬찬히 제 등을 돌아 눕히며 잠깐 그의 희디흰 배를 보였다. 그곳에 흰 손이 되어 흐르는 코끝이 날렵한 안개가 그 물길의 정령처럼 그를 불렀다. 그가 그 손짓에 응했다. 찬찬히 가슴께를 추스르고 꼬리를 조용히 움직여 그 방향으로 나아갔다.

안개가 제 틈을 벌려 주었다. 반점의 날치가 그 문을 들어섰다. 소리 없이 그 안개의 문이 닫혔다. 그 앞의 문이 다시 열렸다. 그를 통과시킨 안개가 알지 못할 시간의 그 문을 지웠다. 그는 어느새 미동도 없이 조용한 물 흐름 속에 들어와 있었다. 수면에는 빗방울이 조금씩 떨어지고 있었다. 그는 숨을 벌컥거리지 않고 그 물 흐름에 죽은 듯 몸을 맡겼다. 입구의 속 저편에서 낮은 진동 소리가 일정하고 단조로운 리듬으로 몰려왔다. 옛적 잿빛 날치와 함께 듣던 낮게 쿵쿵거리며 어딘가를 앓는 듯한 소리였다. — 그것은 그 큰 고기의 심장 소리였을까? 혹은 무엇인가 짓이기고 있을 소용돌이와 바위벽이 마주쳐 교합하는 소리였을까? 그래서 마찰음의 메아리가 물속을 울리고 있었을까?

처음에 반점의 날치는 그 리듬에 제 심장의 박동 수를 맞추기를 거부했다. 점차 물 흐름이 빨라지고 있었고 수압도 그에 따라 조금씩 가중되고 있었다. 그의 옆줄이 파르르 떨렸다. 그 자극 때문에 무의식적으로 날개가 잠깐 파들거리는 것을 그와는 또 다른 무의식이 날개를 눌러 붙였다. 붉은 반점의 날치는 그의 날개를 더욱 은밀한 곳에 감추었다. 멀리서 연한 녹색을 띤 푸른 물체가 나타나기 시작했다. — 저것이 그 바위벽인가? 그 그림자인가?

　빨라진 유속이 그의 청각에서 찢어지는 듯한 소리를 내게 했으므로 더 이상 그 커다란 짐승의 신음소리는 들려오지 않았다. 대신 그의 옆구리께가 들끓기 시작하고 있었다. 그 기운이 전신을 서서히 휘돌아 하늘 끝 같은 촉각을 일으켜 세웠다. 그가 제 심장의 박동 수와 맞추기를 거부했던 바위벽의 물 올림이 얼핏 자신의 몸을 돌고 있는 그 뜨거운 힘과 일치한다고 생각했다. 바닷물길이 그 바위벽의 푸른 곳을 향해 점점 소리치며 내달리기 시작했다. 연한 녹색의 물체가 짙은 녹색으로 또한 그것에서 검은빛으로 변하고 있었다. 점점 그것의 형체가 확산되어 눈앞에 다가왔다. 휘몰아치는 소용돌이의 바람 소리와, 그 회오리 바람의 함정을 파놓고서 반점의 날치를 기다리고 있는 검은 바위 짐승의 모습이 극명하게 드러났다. 붉은 반점 날치의 심장이 쿵쾅거리며 그의 날개보다 먼저 뛰어오르려 하고 있었다. — 다섯! 넷! 셋! 둘! — 반점의 날치는 그렇게 거꾸로 시간을 세었다. 반전하며 거꾸로 흐르는 시간에 따라 그는 그곳에서부터 입구 쪽으로 되돌려 보내지는 듯한 미몽에 빠져들었다.

바다 안개를 지나 그가 참날치 무리로 되돌아가고 있는 것 같았다. 바다 안개가 제 후문을 열어주었다. 두 번의 폭풍을 거슬렸고 두 번의 이별을 거슬렀다. 잿빛 날치가 난류를 찾아 떠나는 그들을 바라보았다. 그들이 폭풍에 떠밀려 낯선 바다에 닿았다. 폭풍 속에 참날치 떼가 갇혀 있었다. 커다란 재갈매기로 변신한 하늘이 바다에서 둥실 떠올라 날치 떼를 도살했다.

"너희들은 박쥐 족속이야."라고 해저로 가라앉은 심해 어들이 소리쳤다.

파도가 잿빛 날치를 들씌웠다. 그의 날개는 아직 찢어지지 않았다. 그가 탈출하기 위해 필사적으로 뛰어올랐다.

"뛰어내려! 뛰어내려!" 하고 잿빛 날치가 괴인이 되어 솟아오른 파도의 끝에 떠올려진 동족들에게 소리쳤다. 이번에는 붉은 반점의 날치가 파도에 맞부딪히는 잿빛 날치에게 소리쳤다.

"더 빨리 더! 더! 날개를!"

검은 바위벽 짐승이 잿빛 날치의 날개를 짓부수어 내며 콸콸콸 웃었다. 반점의 날치가 진저리를 틀며 귀를 막았다.

바위벽이 코끝에 다가와 있었다. 소용돌이가 그 혀를 날름대며 그를 삼키려 하고 있었다. 비꽃으로 피지 못한 그가 심연의 나락으로 떨어지던 기억이 났다.

그때 "날개를 접어." 하고 누군가가 소리쳤었다. 그는 이제 날개를 접지 않는다. 그의 붉은 반점이 있는 반대편 옆구리에 불에 데인 것 같은 통증이 왔다. 붉은 반점의 날치가 타올랐다. 뜨거운 모든 것이 진저리를 치며 뒤틀리고 경련하며 뛰어올랐다. 바위벽 짐승이 크게 외마디 소리를 내질렀다. 바위벽의 폐와 소용돌이의 내장을 가진 큰 고기의 목이 반점 날치의 불칼 같은 날갯짓으로 잘려 나갔다. 수면이 와장창 깨어지며 분수처럼 물줄기가 내뿜어졌다. 그렇게 그 고기의 목에서 무엇이 피어올랐다.

날았다! 반점의 날치는 아득한 공중으로 날아올랐다. 바다 안개의 습하고 매운 듯한 냄새가 그의 허파와 각 마디의 뼈에 박혔다.

그가 허공에서 두 번 너울거렸다. 시간은 어느 쪽으로도 흐르지 않았다. 그것은 견고하게 산호초의 뿌리처럼 시간 밖의 어느 정적에 고정되어 돌꽃의 꽃 떨림처럼 흘렀다.

심장도, 옆줄도, 꼬리도, 괴인의 바다도, 괴인의 하늘도 그것을 아는 바위벽도 움직이지 않았다. 그의 불꽃이 그의 심장이고, 옆줄이고, 꼬리가 되었다. 그렇게 두 번 불꽃으로 너울거렸던 탓이었을까? 어느 순간 바다 면이 그의 눈앞에 나타났다. 그는 정지해 있었고 바다 면이 점점 그에게로 솟아 올라왔다. 꼬리를 밑으로 뽑아내려 그 솟아오르는 수면을 받았다. 곧이어 머리 위로 물이 올라왔다. 섬뜩한 찬물에 그의 아가미가 급작스레 놀라며 흡입구를 꽉 막았다. 눈앞에서 뽀글거리는 물방울이 석양 녘의 빛살처럼 부드럽게 수면으로 솟구치는 물기둥을 싸안으며 곧 그의 등 뒤로 멀어져갔다.

그가 쓰러진 자처럼 점차 완곡해지는 물 흐름의 인도에 따랐다. 따르던 물 흐름이 점차 사라진 후 그는 연초록의 녹조식물과 붉은 산호초로 깔려 있는 광장에 다다랐다. 그 광장은 그가 남태평양의 어느 좁은 해협을 지날 때 먼발치로 본 큰 강의 하구와 닮아있었다. 하구에 이른 강이 바다에 풀어지기 위해 좌우로 흔들렸다. 붉은 반점의 날치가 그 큰 고기의 살아있는 똥처럼 그곳에서 풀려나왔다.

그때 한 마리의 제비갈매기를 발견한 것은 붉은 반점의 반대쪽 옆구리에 깊게 갈라져 피를 흘리고 있는 상흔을 찾아내면서 그로 말미암아 잿빛 날치의 옆구리에 있던 푸르고 긴 상처를 기억해 낸 것과 거의 동시였다.

그가 스스로 잿빛 날치가 되었는가 하고 누구에겐가 물으려는 듯 고개를 쳐들었을 때 멀리 제가 뛰어넘은 바위벽의 반대편에 돌출해 있는 한 작은 벼랑을 가진 돌섬에서부터 그 갈매기는 하늘로 떠오르고 있었다. 그것은 언젠가 본 견고한 회색빛 하늘 새의 눈 같았다. 붉은 반점의 날치가 무표정하게 그 갈매기를 바라보다가 갑자기 흠칫 놀라며 제가 뛰어넘은 바위벽을 돌아보았다.

그가 목을 따버린 거대한 고기의 패인 바위벽이 쿨럭이는 거친 기침 소리를 내며 그를 쏘아보는 듯했다.

"어쩌면 저 제비갈매기는 그가 막 잘라낸 그 커다란 고기의 목일지도 모른다."라고 반점의 날치는 생각했다.

"그리고 그것은 지금 자신을 물어뜯으려 하고 있다. 또한 예전부터 이미 잿빛 날치에 의해 잘려있던 그 짐승의 목과 부리가 갈매기가 되어 날다가 급기야는 잿빛 날치의 날개를 뜯어 치웠을지도 모른다. 잿빛 날치의 날개를 뜯어 치운 것은 파도였고, 그 파도 위에 날치들이 실려 올라갔고, 그 참날치 떼를 갈매기들이 폭풍 속에 가두었고, 그 만과 단애에서 솟아오르던 재갈매기! 재갈매기! 네놈의 잘라져 떠도는 목!"

반점의 날치는 그 바위벽을 향해 되돌아서서 질주하기

시작했다. 바위벽 짐승의 꼬리에서부터 그 물길을 거슬러 올랐다. 급작스런 역류에 반점 날치의 외부로 뚫린 모든 입들이 울부짖는 듯한 비명을 내질렀다. 바다 안개가 그 소리를 조금씩 갉아 먹었다.

곱절로 세차게 느껴지는 물살이 온몸과 충돌하면서나는 회색 하늘새의 울음소리가 그의 청각과 함께 찢겨 나갔다. 그가 점점 더 그 큰 고기의 바위벽을 향해 다가가기 시작했다. 그만큼 그 고기의 동체가 반점 날치에 의해 잘려져 나갔다. 붉은 반점 날치의 아가미에서 역영으로 인한 압력 차를 극복하지 못하고 불쑥불쑥 피가 배어 나왔다.

피비린내는 바닷내와 동일하다고 반점 날치는 생각했다. 맛도 냄새도 온기도……. 또한 "이 피는 바위벽의 것이다. 바위벽이 피 흘리며 갈라지고 있다."

소용돌이가 점차 눈앞에 다가들었다. 날치의 몸이 턱없이 상하좌우로 흔들리면서 그의 핏발선 눈동자를 싸고 있던 투명한 막이 조금씩 뜯어지고 눈동자의 충혈 된 실핏줄이 조금씩 터져 나갔다.

시야가 핏빛으로 조금씩 흐려졌다. 그 속에 붉은 바위벽이 나타났다. 그 피를 입으로 받아 마시며 반점의 날치가 외쳤다.

"이번엔 네 심장을 갈라놓을 테다. 이젠 영원히 너의 잘라진 목과 부리에 채이는 날치는 있을 수 없을 거다. 네 피를 마실수록 나는 힘이 솟는다. 네 피는 내 화인을 다시 한 번 불꽃으로 만들게다."

소용돌이가 괴인의 두 손을 쑥 내뻗쳐 그를 포획하려 했다. 반점 날치의 온몸이 활활 불타며 날아오르기 위해 불꽃의 꼬리를 산호초의 뿌리처럼 깊게 물속에 붙박았다. 안개에 가려져 — 월광 같은 태양 빛이 아니 그것에 굴절되어 쏟아지는 잿빛 날치의 눈이 — 황금의 채찍이 되어 바다를 후려쳤다.

반점의 날치가 불꽃의 날개를 활짝 펴며 뛰어올랐다. 그의 온몸이 불타오르기 시작했다. 그의 동공을 빠져나가 달아나려는 눈동자에 그를 옥죄던 황금의 사슬이 그렇게 바다를 후려치며 떨어져 나간 것이 보였다. 또한 붉은 반점의 날치가 그렇게 그 사슬을 끊고 날아올랐다. 스러지는 바위벽의 맞은편에 너울너울 안개 춤을 추는 제 동족의 떼가 보였다. 비 꽃의 줄기였던 그들이 안개처럼 피어올라 비 꽃이 되어 있었다. 곧 회색빛 하늘 새가 바위벽 위로 뛰어오른 붉은 반점의 날치를 덮쳤다.

부슬부슬 안개와 비가 섞여 내리는 바다에서 두쵸
(Ducho)와 나는 그 괴상한 몰골의 잿빛 날치를 그렇게 한
참이나 이리저리 뒤척이며 바라보다가는 서둘러 그 고기
를 물속에 집어 던져버렸다.

그것은 두쵸가 안개 숲을 헤치고 멀리 소용돌이의 너머
에 있는 거대한 참날치의 군을 발견했기 때문이었다. 기쁨
에 못 이겨 차라리 긴장한 얼굴로 황급히 어망을 추스르던
나를 보고 물고기의 꼬리 짓처럼 빠르게 노를 젓기 시작한
두쵸가 말하였다.

"저 잿빛 날치가 아무래도 복을 가져온 갑다. 저 날치 떼
좀 봐! 저렇게 많은 날치는 생전 처음이다."

그때 마침 조금씩 부는 북서풍에 돛을 올리는 것이 좋겠
다고 말하려던 내가 잊었던 말을 되찾기라도 한 것처럼 후
미에 대고 소리쳤다.

"소용돌이를 조심해. 안개에 가렸을 테니까."

봉화

봉화

겨울 산엔 이상한 불이 있다.
성이 있고. 얼어붙은 개울이 있고, 그것을 쏠어보는 어떤 손이 있다.

어느새 수많은 숲과 계곡을 건넜는가.

발밑에는 마른 갈대들이 모로 넘어지며 몸 비벼 들끓고 있다. 숨가삐 눈 회오리를 일으키던 바람이 계곡 연변으로 옅은 그물인 양 슬며시 가라앉는다. 일몰성의 시간대. 키 낮은 관목들이 부스스 몸을 일으켜 고요하다. 한 번도 보지 못한 겨울 곤충들의 움직이는 소리가 들리는 듯하다. 창날처럼 낯설고. 날 선 예각의 햇살들이 절벽 끄트머리를 찌르자, 절벽은 옆구리가 꺾이고, 이고 있던 눈더미를 고스란히 쏟는다. 계곡 아래쪽 상수리나무들이 그를 덮어쓰고 성내듯 제 가지에 짓눌렸던 눈을 톡톡 턴다.

뽀얀 눈안개가 인다. 설국의 쌉쌀한 냉기가 그것에서부

터 울울이 번져난다.

'산중의 어둠은 빠르다'고 기억해 내기도 전에 뿌리 곁의 땅거미가 어느 틈에 계곡의 허벅지를 밟고 복부로 기어오른다. 서편의 낮은 구릉에 가득한 전나무들이 키 높여 '우우우'운다.

해 질 녘에 그 모든 식물들은 사라지기 전에 한 번씩 높아지는 겐지. 주저앉은 용찬의 안경에 다시 서리가 낀다. 머잖아 서리는 성애로 바뀔지도 모른다. 어쩌면 유리구슬처럼 굳어버릴 그의 안구가 안경에 얼어붙은 성애를 내년 봄께까지 노려보게 될지도 모른다. 안구와 안경알 사이에 끝없는 불가시의 거리를 유지한 채로. '곧, 밤이 온다.' 고 그와 나는 생각하고 '밤이 온다면?'에서 용찬이 내 허리를 잡는다. 한줄기 강선의 바람이 그의 얼굴을 찔러 어금니를 악물린다.

"일어나라."

내가 그의 손목을 잡아챈다.

"일어나야 한다."

그의 손에는 온기가 없다.

"길이…… 길이 없다."

그가 비틀거리며 일어나자, 눌렸던 눈과 무릎관절에서

다 같이 으드득 소리가 난다.

"바다로 돌아가고 싶다."

그가 양팔을 엇갈리면서 고개를 옹송그린다.

"바다는 없다. 바다도 얼어붙었다."

"파도치는 대로 얼어서…… 산처럼?"

굳어가는 턱을 으깨고 그가 오히려 헐헐헐 웃는다.

이 계곡은 차츰 멀리 사라지는 도마뱀의 꼬리처럼 협소하다. 끝에다가 짐승은 제 꼬리를 끊어놓고 도망친 것일지도 모른다.

우리는 계곡의 휘어진 부분을 가늠해 보고는 두 손목을 오버 깃 속에 엇갈려 지른 채로 묵묵히 무릎을 넘는 눈구덩이를 헤쳐 나간다.

"아라비아에는 사막이 깊다."

"……."

"이 계곡은 사막보다 깊다."

"……."

"사막은 바다와 같다. 달 밝은 밤은 더욱더."

그의 등 언저리에서 보름께임에도 불구하고 예각의 달이 솟는다.

"사라센의 칼을 본 적이 있다. 그것은 사구의 능선처럼 휘었다. 우리 작업반장을 닮았던 유대인의 코와도 흡사하다. 그 검은 많은 유대인의 코를 베었다고 했다. 그 검은 언제나 유대인의 피를 맛보고 싶어 한다. 그곳의 공기는 언제나 폐허처럼 부드럽지 않고, 무덤 속인 양 꽉 짜여지고 팽팽하다."

그가 흐느낄 것처럼 말한다. (그건 대낮의 더위와 야밤의 추위 때문이다. 그리고 무엇보다도 너는 너무 오래 피해 다녔다.)

수많은 백색의 예광탄을 터트린 것처럼 싸늘한 은장식의 나뭇가지들이 불현듯 몸을 떨다가 맥을 놓는다.

계곡은 멈추지 않는다. 오히려 'ㄱ' 자로 휘어진 곳에서부터 오른편으로 다시 아득히 흐르고 있다. 눈보라가 달빛 아래에서도 계곡의 돌풍에 난도질당해 흩뿌려지는 것이 보인다. 흰 눈썹들이 날린다. 이 계곡은 어떤 자의 성채인가. 등 뒤에서 성문의 족쇄가 덜컹 내려진다. 우리는 한 발 더 내디딘다. 지나온 길 어느 모퉁이에서 '비잉빙'소리가 난다. 계곡의 겨울 짐승들이 허공으로 뛰어오르려나 보다.

4년 만에 사막에서 고향 바다로 돌아왔을 때 그는 산으로 가고 싶다고 말했었다. 그 피로하고 헐벗은 귀향자를 위해서 강고 3의 3 반창회원들은 겨울 그날 그 신장에 모이기로 합의했었다.

용찬은 산행이 결정된 후에도 시계추의 공명 장치처럼 정확하고 타성적으로 말했었다.

"보너스를 타면 언제나 리야드에서 제다까지 날아가 홍해로 나아갔다. 비행기 삯이 떨어지면 12시간을 시속 1백 40km로 사막을 헤쳐 달렸다. 홍해에서는 물을 보고 뒹굴고 작살과 그물로 고기를 잡았다. 그곳에서도 동해에 있던 숭어와 연어와 돔이 잡혔다. 우리는 어설프게 살을 떠서 회를 치고, 매운탕을 만들고 2백 50리알짜리 희석주를 들었다. 동료들은 그 끝에 언제나 트위스트를 추었고 돌아설 때는 바다 쪽을 다시 보지 않았다. 거기는 바다였지만 그것은 오히려 바다로 나가는 어떤 출구였다. 홍해는 가냘프지만 튼튼한 밧줄 같았다. 그때 고향은 고향보다도 더한 성역으로 둔갑해 있었을 뿐이었다. 그것을 난 돌아와서야 알았다. 홍해도 동해도 어떤 바다 끝도 — 고향이 아닌지도 모른다는 걸, 두렵다, 이해할까? 어쩌면 사막이……."

"조용해라, 너는 사막의 신기루를 예까지 끌고 돌아온 거다. 넌 미친놈이다. 어쩌면 넌 매일 밤 인어와 홀레를 붙는지도 모른다. 정신 차려. 여긴 네 친구들뿐이다."

책상다리를 하고 앉은 용찬의 조상이 문득 달빛의 시린 각질로 도금되고 있다. 그가 오한에 몸을 떨자, 달빛이 그에게서 따라 일렁거린다.

그가 발작적으로 기침을 한다. 그의 조상에도 살비늘 같은 균열이 일어난다. 점차 균열은 곤충의 촉수처럼 깊어지고 그의 세포 하나에도 낱낱이 스미고, 이윽고 동파되는 청동의 입상처럼 그의 관절 마디마디는 불규칙하게 깨어진다. 떨림이 잦아지자, 그는 도금된 허물을 벗고 알몸만 남는다. 성냥불이 반짝 빛난다. 불씨는 그를 충전시키지 않고 균열의 증인인 양 순간 빛났다가 이내 사라진다. 다시 한번 그의 손끝에서 불꽃이 인다.

개똥벌레가 네 손발을 타고 오른다.

충전되는 것은 개똥벌레이다.

'개똥벌레는 너의 그것이 아니라, 이 계곡의 어둠의 정점이다.'의 상념에서야 그는 한껏 빨아들인 궐련에서 입을 땐다. 어둠의 기반이 서서히 무너지며 고정된다. 그가 삼킨 연기들은 뱉어지지 않고 잦아든다.

"바다로 돌아가고 싶다."

"네 사막이 바다를 마셔 버렸다. — 사막은 바닥이 없는 거대한 항아리이다."

내가 먼저 자리에서 일어나 그에게 손을 뻗는다.

(손을 잡은 사람은 과연 그인가? 나는 그에게서 이상한 무게, 광물성의 무게를 느낀다)

우리는 네 시간쯤 전에 그 산장에 당도했어야 했다. 기점을 상실한 것은 인정했지만 위기감을 느끼지는 않았다. 위기는커녕 오히려 신선했다.

이 시간 산장에서 동창들은 어떤 실의에든 동조하고 확인하고 어색하리. 같이 소변을 보면서 또 확인하리. 어색하리. 강고 3의 3 반창회가 공전하리. 점점 뚜렷해지는 것은 한기뿐이다.

성큼성큼 산이 우리보다 앞서기 시작한다. 우리는 점점 느려지고, 산은 우리의 시선보다 앞선다. 우리는 산의 무한궤도에 올려진 낡은 동력기관인 양 조금씩만 가슴을 움직인다. 어디엔가 지천으로 몰려있던 산들이 산을 덮어씌우며 범람하고, 우리 앞에 퇴적된다. 「나는 너희들이 그리웠었다.」고 용찬은 생각한다.

"중사. 결국 제대해서 어쩌자는 건가. 자넨 보다 유능한 하사관이 될 수 있어."

대대장의 충직한(?) 권고를 되새겨 보아도 추위에 절로 턱이 맞부딪친다. 나는 고개를 뻣뻣이 치켜들고 무엇이든 외면해 본다.

"너희들과 동해에서 술 한잔 나누기 위해서……. 보름을 넘게 콘테이나선의 배 밑창에서……."라고.

용찬은 기를 쓰며 생각한다. 추위는 덜어지지 않는다.

"나는 생각하는 법을 잃어버렸다. 생존을 위해서……. 난 명령만을 수행하면 되었다. 허나, 이제부터는 생각하는 법을 생각해내야 한다. 생존을 위해서……."

추위는 생각마저 얼린다.

(너희도 내가 보고 싶을 수 있었을까? 내가 보고 싶은 것은 기실 너희가 아닐 수도 있어)

"이용찬 허나, 너는 생각하고 그리워하는 법을 여태껏 보존할 만큼은 잘 살아왔지 않은가?" 하고 내가 말했는가. 나는 그에게 물어보려는 듯이 돌아선다.

용찬이 깜짝 놀라며 미간에 구릉을 판다. 그도 나도 제자리에 우뚝 선다. 달은 검은 구름의 대군에 포위되어 있다. 그보다 훨씬 낮게 뜬 얼추 흰 구름이 전령처럼 동에 서로 달린다. 멎었던 눈발이 조금씩 흩날리기 시작한다. 산으로 떠나기 전 바다에 날리던 눈은 흔적을 남기지 않았었다. 바다 위에 내리는 눈은 대기권 안으로 뛰어드는 별똥별의 투신 같았다. 산중의 눈은 낙하하자마자 재빠르게 몸을 굴려 일어난다. 그것은 집요하고 공격적이다. 점차 격심해지는 눈보라가 얼굴을 할퀴고 모래알처럼 옷 속을 선뜻 파고든다.

"눈을 뜰 수가 없다."

"안경이 방패 구실을 한다."

"나는 갈 수가 없어."

안경을 쓴 용찬이 선두에 나선다. 나는 그의 장딴지께를 쫓는다.

"동해로는 돌아가고 싶지 않다. 이곳에서 내 안경에게나 더욱 쓸모를 주고 싶다."

"사막은 아름답더냐."

"그곳에선 죽음도 이상하지 않다. 사막 곳곳에 뼈들이 묻혀있다. 그 뼈들은 살결보다 아름답다. 살아있는 모래들이 매일 그 뼈를 깎는다. 산은 사람처럼 지독하지만, 거기보다 훨씬 아름다우리라 생각했다. 헌데 지금은 오히려 사막이야말로 이곳보다 축축할 것 같다. 이곳은 너무 건조해, 사막으로 또다시 돌아가게 될까?"

그는 이상한 말들을 계속 중얼거리기 시작한다. 눈보라가 점점 드세어지는 통에 그의 말들은 '구' 나 '토' '쌍' 이나 '앙' 같은 음절만이 들린다.

무엇이 나를 어느 돌출한 바위의 추녀 밑에 몸 붙이게 했는가. 내가 본 뼈들은 그게 아니었다. 뼈는 썩은 물과 뒹굴고 있었다. 앞선 그를 두고, 나는 배반자처럼 숨는다. 아니 그가 배신자이듯 나를 돌아보지 않을 뿐이다. 그는 아는지 모르는지 허정허정 눈을 헤치며 계속 걸어 나간다.

그는 이제 마구 악을 쓰며 노래하기 시작한다.

"꽃 피이는…… 와 쌀라마…… 과꽃이…… 그리운 황포 돛대…… 가을인가…… 알라이꿈…… 아빠하고…… 피었습니다."

그는 점점 흰 눈발에 꽂히는 족적으로만 남는다. 나는 고개를 무릎 밑으로 처박는다. 귀가 쓰라리다. 어느 순간 그의 노랫소리가 뚝 그친다. 그는 대사를 잊어먹은 연극배우 같다. 객석에는 아무도 더 이상 남아있지 않다. 스텝도, 음악도 사라졌다. 무대 위의 마지막 스포트라이트가 그의 그림자를 지운다.

풀벌레 기어가는 듯한 환청, 다시 풀벌레, 그리고 맹렬하게 눈을 걷어내며 다가오는 발자국. 그는 어둠 속에 있다. 말간 뼛가루가 눈처럼 휘날린다. 또 하나의 뼈. 그 뼈에는 아직 살이 떨어져 나가지 않았다. 사라센의 긴 칼도 떨어져 나가지 않았다. 그가 허겁지겁 내 이름을 부른다.

생소하다. 나는 대답하지 않는다. 저렇게 낯선 이름은 들어본 적이 없다. 그는 두 번이나 몸부림치듯이 원을 그리다가 기어코 나의 방향에 우뚝 선다. 곧 그의 두 다리가 분노 때문에 광폭해져서 마구 뛰어오른다. 그가 발견한 것이 과연 '나'인지 '나의 이름'인지 혹은 '자기 자신'인지 알 수 없다.

"우라질 놈의 자식."

그가 내 멱살을 움켜잡는다. 그의 눈썰미에 불이 뚝뚝 듣는다. 실로 오랜만에 그에게서 짐승의 체취가 풍긴다. 그는 이 계곡과 맞아떨어진다. 뺨을 후려치려던 손이 허공에 멈칫 떨린다. 그는 오열할 듯 고개를 수그리다가 두 손으로 목을 조르려는 듯 불쑥 내민다.

"빨리 일어나라. 늑골을 분질러 놓기 전에."

나는 선뜻 일어날 수가 없다.

"제발 일어나다오. 늑골을 씹어버리기 전에."

내 시선은 그의 몸을 타고 흐르다가 발아래에 멈춘다. 눈싸라기가 그와 나 사이에 풀잎 스치는 소리를 내며 쌓이고 있다.

(너는 아무 죄도 없다. 그것은 내 죄였다. 4년 전 너는 착각하고 있을 뿐이다)

"일어나라. 일어나다오…… 길이…… 길이 없다. 무…… 무섭다."

"행군 간에 군가 한다. 군가는 독사가. 군가 시작 한나 둘 한나 둘 검푸른 보옥장 삼킬 듯 사나워도……."

노래는 한 소절로 끝맺지 못한다. 입속으로 코로, 마구 눈송이가 내리퍼붓기 때문이다. 꽃 이파리같이 가냘프고 찬 눈송이들이 입안에서 녹는다. 그가 등 뒤에서 가까스로 내 뒤를 쫓는다.

다시 한번 계곡이 꺾이는 지점에 이를 때까지 나는 반쯤 눈을 감고 걷는다. 용찬은 왠지 안심하고 있는 투다. 그는 무조건 내 뒤를 쫓는다. 내가 짚어놓은 발자국에 제 발을 꼭 맞게 찔러 넣는다. 잠이 쏟아진다. 내 무르팍 속으로는 눈 새는 소리, 새소리. 그도 새 울음을 들은 겐지 내 손목에 동여 매여진 그의 손아귀에 힘이 간다.

"새가 한 마리도 없다."

"……."

"눈보라 때문일까?"

"이 산의 새들은 겨울 동안 낙엽처럼 땅에 떨어져 땅에 스민다."

"봄엔?"

"봄에 새들은 풀꽃의 첫 싹처럼 제 날개를 땅속으로 틔운다."

"그것은 거짓말이다."

그가 내 어깨에 몸을 파묻듯 목을 기댄다. 코밑까지 흘러내린 안경을 잘 움직이지 않는 인지 대신 엄지손가락으로 밀어 올린다. 그가 꿈속인 양 중얼거린다.

"사막엔 언제나 밤이면 새가 운다. 작업반원들은 그것을 유령의 울음소리라고 했다. 하지만 난 안다. 그것은 새 울음이다. 대낮에 그 새는 날개 밑에 고개를 파묻고 잠을 잔다."

그가 내 어깨에 완전히 고개를 내맡긴다. 그는 내 아이 같다.

"밤이 오면 그 새의 휘파람 소리에 사막은 물결치기 시작한다. 어느 때 새가 날아오르면 사막은 역시 조금씩 하늘로 올라가다가 내려오기도 한다. 사막의 지평선은 언제나 그 새 때문에 언제나 조금씩 높아진다. 낮에는 모래뿐이다. 낮에 사막은 새의 깃털 속에 숨는다."

그가 총탄을 허파에 박은 병사인 양 크게 긴 숨을 내쉬고 아주 깊이 잠들려 한다. 나는 그의 어깨를 양손으로 흔든다.

"지껄여라, 무엇이든."

그는 중고 배터리로 충전된 자동 인형처럼 겨우 허리를 세우고 무감동하게 말하기 시작한다.

"죽어도 좋다. 점점 아무것도 이상하지 않다. 휘파람 소리가 들린다. 하지만, 유령일지도 모른다."

나는 그의 어깨를 우악스레 잡아챈다. 그의 말이 끊기며 비음이 새어나간다.

"너는 잠이 온 거다. 잠을 자라. 그리고 발로는 걸어라."

나는 그를 부축하느라 허벅지를 알 텅긴다. 태안반도에서도, 지리산 중턱에서도, 화천 근방의 미로와 협곡에서도, 김포반도, 횡성 부근, 용인 어림에서도 언제나 발은 본능에 충실했다.

"발아 멈춰다오."

하고 간청해도 발은 멈추지 않았고,

"제자리에 섯!" 하고 명령해도 발은 멈추지 않았다. 리더의 "10분간 휴식" 구령에서야 발은 10분간만 움직이지 않았다. 발은 언제나 분리되어서 내장과 머리를 질질 끌고 다녔다. 발은 나의 것이 아니었다. 용찬은, 역시 그럴 수 있을 것이라고 생각하는 때에 그가 스르르 주저앉는다.

"일어나라, 이용찬."

146

나는 갓 입대한 졸병에게 하듯 명령한다.

"일어나, 이 자식아."

할 수만 있다면 나는 그의 턱을 밟아 버리고 싶다. 그가 상체를 천천히 무너뜨린다. 나는 정말 그의 옆구리를 걷어찬다.

"나는 더 이상 걷고 싶지 않다. 이 계곡은 아주 누워있기 알맞은 곳이다."

나는 그의 뺨을 세차게 몇 빈이고 갈긴다. 그가 눈 속에 코를 박은 채 다시 중얼거린다.

"너도 누워보렴. 아주 평안하다. 이렇게 마음이 편할 수도 있다니…… 눈발이 아주 보드랍다…….

싸락눈이 그의 얼굴에 부딪혀서 몇은 굴러떨어지고 몇은 쌓인다. 계곡은 눈보라 속에서도 미친 듯이 고요하다. 얼음결처럼 흰 정적의 음표들이 — 싸락눈이 — 사람에게 먼 유년의 강가를 헤매게 한다. 누군가 내 귀에 속살거리는 듯하다. 마음 착한 할머니들이 홀홀홀 웃는다.

"평안하다. 평안하다. 평안하다."

아주 어릴 적 고3보다 십년쯤 어렸던 시절, 우리가 서로 교실에서 나뒹굴며 지금처럼 싸우지 않았나? 콧구멍에 커다란 솜뭉치를 하나씩 밀어 넣고 울면서 벌서다가 우리는 서로 아귀 지고 있던 눈퉁이며 볼두덩을 놓았었지.

갑자기 한 떼의 눈보라가 등덜미를 때린다. 그는 점점 묻힌다. 나는 머리를 도리질해 턴다. 그의 귀에 바싹 다가간다.

"새가 보이니?"

그의 뺨을 두 번 톡톡 두드리자 그는 대기하고 있었다는 듯이 대답한다.

"사막이 높아지고 있다."

"대관령보다 높이?"

그곳은 언제나 바다보다 높다."

"그래, 그곳으로 돌아가자, 네 고향으로."

나는 그의 머리카락을 움켜잡고 쥐 뽑아 흔든다. 그러자 다시 그가 중얼거린다.

"사막에선 언제나 새 울음소리가 난다."

"일어나, 돌아가자, 새 울음소리든, 웃음소리든 어디든."

"난 갈 수가 없다. 이곳이 계곡의 끝이다. 우린 너무 많이 걸었다. 광주 이후 4년이나, 넌 살아날 수가 있을 거다. 난 사막을 벗어나고 싶지 않다. 이 계곡이 사막의 끝이다. 이곳에서도 들린다."

나는 우뚝 선다.

나의 직립을 버팀대 삼아 그는 그의 사막을 조금 더 들어 올린다. 그는 나를 잠깐 바라보다가 다시 눈을 감는다. 그는 평화롭게 보인다. 나는 한참이나 허공을 쳐다본다. 거센 눈보라 때문에 눈을 뜰 수조차 없다. 나는 두 손을 쌍안경처럼 눈앞에 모아 쥐고 시야를 틔워본다. 나무들이 헐헐헐 웃다가는 마구 두 손을 흔든다.

　"나는 간다."

　그래도 대답이 없다. 미동도 않는다. 나는 뒷걸음질 친다. 그는 검은 바위처럼 보이다가, 어떤 잔설처럼 보이다가, 아예 흰 흙이다. 그 소나무 옹이만 아니었더라도 나는 그를 진실로 버릴 수 있었으리, 내가 그에게서 뒤돌아설 때에 마주 선 애 소나무의 옹이 하나가 내 옆구리에 호되게 찔린다. 순간적인 아픔보다도 다른 그 무엇이 반사적으로 생솔가지를 잡게 한다. 그것은 선뜻 꺾이지 않는다.

　가지의 마디 관절에 내 온 체중을 싣고서 짓찧는다. 이윽고 소나무의 팔 하나가 찢어져 나온다. 나는 생솔가지를 가슴 높이 깨로 들어 올리고 징검다리를 건너듯 펄쩍펄쩍 뛰어 그에게로 달린다. 오버 깃에 발이 걸려 두 번이나 고꾸라진다. 소나무 가지는 내 팔의 연장선이다. 일격에 그의 왼쪽 안경알이 부서져 나간다. 그의 손뼈 마디가 딱 소리를 낸다. 닥치는 대로 그를 휘갈긴다. 그가 얼핏 한 손을 내젓는다. 숨이 차고 코끝이 싸하게 맵다.

나는 소나무 가지를 내던지고 우악스레 그를 일으켜 세운다. 숨이 어깨 뒤로 넘어간다.

"혼자 잘난 척 마라. 너만이 살 만큼 산 것은 아니다. 너만이 그 사람들을 향해 총을 쏘아본 게 아니다."

"……."

"자지 마라. 제발, 우라질."

몇 번을 나동그라지면서 옅은 얼음 낀 개천을 지났는가. 얕은 구릉 앞 자갈밭에 녀석과 나는 동시에 널브러진다.

나는 그의 영혼만을 들쳐 업고 싶다. 계곡 저편 먼 산봉우리에서 다시 산울림이 들린다.

산의 문이 열리는 소리, 나는 알고 있다. A형 텐트, 군화, 수통, 비, 판초우의 서해를 건너온 바람, 밤의 초입 무렵 가장 높은 봉우리에서 시작해서 새벽녘엔 골 안 깊숙이 잦아드는 산기, 용인 근방의 지천인 갈대, 천리를 날아온 '돈돈쓰돈쓰'의 '알겠니?'와 '쓰돈쓰돈'의 '정확함, 정확해' '잘 있나? 개새끼야', '잘 있다, 개새끼야'의 천리를 날아온 인사말. 축축하게 눈물비에 젖는 다이폴 안테나, '돈돈쓰쓰돈돈'의 '다시 보내기 바람' '돈쓰돈쓰돈'의 '대기!대기!대기!'

150

사이로 문득 쏟아지던 산울림, 산속 살내.

나는 그의 육체에서 영혼만을 추출하고 싶다. 그의 골수 어딘가를 헤쳐서 주사기를 박아 넣고 그것을 뽑아내고 싶다. 그리고 그를 모스부호에 실어 산명이 열어준 산속으로 — 띄워 보내고 싶다. 그가 산명이 되리라. 그가 사막의 새 울음과 만나리라. 그들이 함께 사막의 바다를 넘실거리게 하리라.

구릉의 내리막길에 이르렀을 때, 시계는 한 치의 틈도 보이지 않는다. 군데군데 웅크린 산들의 희미한 턱뼈가 간혹 드러날 뿐이다. 나는 점점 빠져나가는 그의 어깨를 들어올리기 위해 허리를 구부려서 그를 단단히 잡고 두 발을 세게 버팅긴다. 한쪽 발이 휙 어긋나는가 했더니 그대로 허공이다. 그와 나는 꽉 안는다. 순식간에 우리는 언덕을 굴러떨어진다.

아찔한 하강의 소름 때문에 우리는 쌍생아처럼 서로 부둥켜안는다. C123 쌍발 수송기가 어미 새처럼 무겁고도 익숙하게 날아오른다. 어미 새는 오십여 마리의 새끼 새를 품고 있다. 병사들은 각자 허공에 일 점으로 떨어져 나간다. 허공엔 몸을 받쳐줄 그물이 없다. 오히려 쾌감을 느껴보라고 어미 새가 소리친다. 병사들은 발 딛고 설 땅이 없는 것이 바로 하늘임을 느낀다. 피가 멋대로 돌아다니고 머리와 눈알이 팽팽해진다. 발 딛지 않고 살아 본 적은 없다. 보이지 않는 수많은 층계를 딛고 설 환상의 다리를 펴라고 또한 어미 새가 소리친다. 불쑥 그것은 펼쳐진다. 곧 새끼들은 그 쾌감에 익숙해진다. 십여 차례의 하강 끝에 어떤 새끼는 허공에서 내려오는 채로 아득한 땅바닥에 오줌 줄기를 내갈기기도 한다고 허세를 부린다. 그들은 하늘의 사나이라고 노래한다. 땅은 오히려 지저분해 보인다. 그들은 모두 아름답게도 냉정해진다.

산처럼, 바다처럼 냉정해진다.

어째서 숨쉬기가 오히려 수월한 건지 이상하다고 생각하면서 나는 퍼뜩 정신이 든다. 눈앞이 아득하다. 애써 한쪽 손을 더듬자, 안경이 손에 잡힌다. 나머지 손을 더듬는다. 뜨겁지도, 차갑지도 않은 액체가 손에 묻어나온다. '이것은 내 피가 아니다.' 고개를 가까스로 밀어 올린다. 녀석이 나뭇등걸을 베개 베듯 하고 누워 신음하고 있다. 부서진 것은 그의 육신보다도 꿈이다. 그가 스스로 움직인다.

"나를 일으켜다오."

녀석이 어렵사리 내 어깨에 팔을 걸친다.

"폭설이군. 제기랄."

그 말은 '포성이군'으로 들린다. 말이 얼어 가고 있다.

"너는 잠을 잤었다. 아주 맛있게, 너는 나까지 잠들라고 유혹했다. 눈발이 보드랍다고, 시팔, 정말 넌 지나치게 무거웠다. 내동댕이쳐 밟아 죽이고 싶었다." 녀석이 안면근육을 억지로 움직여 웃는 시늉을 해 보인다.

녀석의 찢긴 옆구리와 머리에서 피는 곧 멎는다. 우리는 다시 사이좋게 소풍 나온 초등학교 3학년 생도처럼 손을 잡고 걷는다. 조금씩 의식이 여위어지고, 그의 말대로 조금씩 편안해진다. 끝없이 발은 우리를 외부로부터 내부로 싣고 가는 마차다.

우리는 발을 타고서 모세혈관에서 허파꽈리로, 지표에서 반대쪽 지표까지 간다. 눈보라 사이로 돌과 나무들이 푯말이듯 불쑥 나타났다가는 사라진다. 나뭇가지들은 위안부처럼 노래하고, 손목을 잡아채고, 사타구니를 찌르고, 두 팔을 벌려 헌병처럼 정지 신호를 한다. 발은 멈추지 않는다. 폭설이 내리퍼붓는다. 눈발은 늪으로 변한다.

늪 속의 뿌리 없는 갈대들이 '와우와우'이상한 나라말로 부르며 우리들의 발목을 잡는다. 우리는 발로 늪을 걸어찬다. 다시 걷기 시작하면서, 그와 나는 서로의 이름을 부르지 않는다. 왠지 그것은 서먹하다.

이름은 흡사 죽은 자의 명부 같다. 어떤 나뭇가지가 다시 내게 정지 신호를 보낸다. 옆구리를 획 잡아챈다. 나는 그때껏 목에 두르고 있던 군번줄을 풀어서 그에게 집어 던진다. 8014082의 군번이 1402380, 4030218로 풀리다가, 1, 0, 28로 분해된다. 4와 나머지 0 하나는 폭발해서 내 뺨을 할 퀸다. 오늘의 사고란에 붉은 눈금의 사망 1이 금그어진다. 하늘은 오히려 청명하다. 깃발이 창공에 나부낀다. 가슴엔 번쩍이는 자랑과 명예, 휘파람이 절로 나온다. 나는 휘파람새처럼 노래하며 들판을 건넌다. 비가 억수로 쏟아진다. 나는 어떤 텐트 속에 숨는다. 그곳에 폭발한 4와 0과 사망 1의 눈금이 숨어 있다. 청명한 하늘과 미풍은 거기 없다. 4 는 죽을 '4'와 죄를 사함의 '사'이고 합쳐서 죄 사함이 된다. 0은 원과 공으로, 사망1은 사와 망과 하나로 풀어지고 그것은 합쳐져서 사공원망하나와 공원하나 사망이 된다.

나는 다시 휘파람새처럼 노래한다. 나는 계속 노래하는 휘파람새에서 빠져나와 홀로 떠난다. 멀어지자, 우주는 둥글게 보인다.

바다는 물이다를 물바다로 합성한 것에 웃고 그것은 바닷물이라고 정정하고 다시 웃는다. 잠이 내리 덮친다. 용찬은 오히려 냉정해진다. 바둑알을 놓듯 조심해서 선과 선이 만나는 곳 바로 그 점에 정확하게 발 하나씩을 옮겨 싣는다. 그는 왠지 살아남았다고 생각한다. 격렬한 눈보라가 그와 일년생의 나뭇가지들을 함께 등뼈 후린다.

나는 고개를 가슴께에 들이밀어 놓고 용찬에게 말한다. 혀가 굳어서 말의 형태가 없어진다.

"머 보이지? 보이는 거……."

"알 게 뭐야. 내 안경은 하나도 남아있지 않다."

그는 오히려 별로 더듬는성싶지 않다.

"아무것도?"

"무엇이든 생각해 봐 아무튼 좋은 것을."

"좋은 것을? 좋은 것! 모자를 하늘로 던지자, 11월의 어느 맑게 갠 날 드넓은 광장의 포도 위에서 모자는 곧장 하늘로 치솟아 오르리, 우리는 모자에 탑승하리. 마음 착한 할머니들이 '홀홀홀' 우리를 향해 웃으리."

"산 오르자."

나는 재빨리 뇌까린다.

"미쳤군."

그가 이해할 수 없다는 듯 고개를 휘젓는다.

"높은 곳은 불 보인다."

우리는 눈을 작게 뜨고 주위의 협곡을 둘러본다. 얼음 조각된 미친 눈발이 예측할 수 없게 방향을 바꾸는 통에 아무것도 볼 수가 없다. 눈알 속에 눈싸라기가 꾸역꾸역 메워질 것 같다. 그러나 희끄무레하게 맨살을 드러내놓고 있는 돌산의 두부가 얼비친다.

일몰 무렵 계곡의 무르팍을 기어오르던 땅거미들처럼 느릿느릿 산의 허리에 매달린다.

"가자."

손가락이 얼어붙어서 쓸모없어졌기 때문에 두 발을 오르면 세 발이 미끄러진다. 우리는 손목으로도 올랐고 옆구리로도, 등으로도, 이빨로도, 배꼽으로도, 성기로도, 넥타이로도, 오버의 깃을 피켈처럼 세우고서도 올랐다. 우리는 정상의 7부쯤에서 산에 배를 맞대고 헐떡인다.

나는 습관대로 옆구리에 손을 뻗어 대검을 찾는다. 지독하게 고통스러울 때 난 무엇이든 움직이는 것만 골라 찔렀던가? 암탉도 찔렀고 수탉도 찔렀다. 부상당한 노루의 피를 받아 마시는 자들을 위해서(명령 때문에) 그들 앞에서 나는 그 짐승을 난자해 주었다.

그들의 웃음은 비웃음이더라도 기실 눈앞이 캄캄하게 감지되던 그 떨림. 그 근육의 힘. 울컥 올라오는 피비린내.

그 밤 어떤 숲이던가, 라일락, 향내.

누운 채로 내 머리카락을 누르고 있던 녀석의 구두를 밀어 올린다.

"올라라, 너라도."

그는 대답 대신 수족을 다족류의 곤충이듯 꿈틀거린다. 그의 발은 언제부터인가 네 개가 넘는다. 숨이 잦아들고 나는 산에서 배를 떼고 모로 누워 옆구리를 조아린다. 그는 보이지 않는다. 싸락눈이 다시 얼굴을 때린다. 내 뺨은 그것을 느낄 수가 없다. 보아서 알뿐이다. 왠지 나는 조금씩 소리 내어 우는 듯하다. 내가 울고 있다고 느껴지자 기쁘다. 조금씩 더 울수록 조금씩 더 기쁘다. 나는 점점 복받쳐 운다. 어금니에 눈물이 고이도록 있는 소리를 다 짜내어 운다. 따뜻한 물이 귀로 흘러들어 고개가 움찔한다. 논고랑에 얼굴을 파묻는다. 울음이 어떤 구체적인 위안으로든 가서 맞닿고 싶었기 때문에 계속 몇 번인가 더 울음을 짜낸다.

그러자 울음은 금방 멎는다. 기쁨은 갑자기 온데간데없다. 아무도 보지 않았으므로 나는 얼마든지 부끄러워해도 괜찮을 성싶다.

날 세운 대검을 내 심장에 겨누고 있으면 그 모든 상념들은 씻은 듯 사라졌었다. 금속의 끝과 그것을 받아낼 심장만이 남았었다. 모질게도 심장을 안고 있기가 차마 황홀했었다. 황홀해져서 대검을 거머쥔 손에 스르르 힘이 빠졌었다.

그리 멀지 않은 정상께에서 바람에 섞여 희미한 목소리가 들린다. 나는 양손으로 귀를 모아 열고 기다린다. 명확하지 않고 간헐적으로 뚝 끊기고 모아지는 소리. 다시 잠잠하다. 또다시 무슨 외침. 갑자기 양쪽 귀에서 이명이 심하게 들린다. 나는 귀를 꽉 막는다. 이명에는 함정이 있다. 비닐로 꽉꽉 막힌 항아리 속. 어떻게든 탈출하고 싶다.

정상께는 관목조차 없이 먼 고원이듯 평평하다. 숨을 고르느라 목구멍에서 꺽꺽 소리가 난다. 그가 어그러진 턱으로 헐헐 웃는다.

"이곳이 우리의 묘지다. 우리는 이미 죽었다. 이젠 잠을 자는 일만이 남았다."

그에게서 모레 서걱이는 소리가 난다. 나는 애써 몸을 뒤친다.

"영원한 휴식."의 구령을 듣기라도 한 듯 다리가 움직여지지 않는다. 고갯짓만으로 사방을 둘러본다.

어디에고 불빛의 흔적은 없다. 눈보라가 한번 흙처럼 퍼부어진다. 그가 사막의 모래바람이라고 말한다.

"넥타이를 풀어라."

그가 오버를 벗으면서 말한다.

"네 주머니에 있는 모든 종이를 다 내놓아라."

그부터 주머니를 뒤진다. 나는 어떤 생각이라도 기어코 내놓고 싶다. 손가락이 움직이지 않는다. 손가락의 형체와 이빨로 넥타이를 푼다. 그가 주머니에서 무엇인가 꺼낸다.

불씨, 내가 두 손바닥으로 갑을 모아 잡고 그 역시 두 손바닥으로 성냥개비를 모아 쥔다. 네 번째의 성냥개비에서 불빛이 확 일어난다. 그가 오버로 바람막이를 해서 기어코 종이에 불을 붙이고야 만다. 그가 불타기라도 하듯 상기되고 있다. 불길은 넥타이에 옮겨붙고 오랜 시간 끝에 그의 오버에도 나의 양복에도 옮겨붙기 시작한다. 오른쪽 옆구리가 덥다. (넌 왜 처음부터 길을 잘못 든 체했었지?) 그는 내 눈빛 말에 대답하지 않고 대신 그 자신을 빨갛게 태워 보인다. 나는 생각해 내는 법을 생각해 낼 필요를 느끼지 않는다. 그가 그렇게 명령하고 있다. 점점 불길은 거세게 타오른다. 우리는 문득 꽃상여와 봉화를 함께 떠올린다.

신공생대

신공생대

'나비다'

사내는 속으로 외치고 나서 '별로 아름답지는 못하다.' 라고 풀이 죽어 다시 가만히 되뇌었다.

황톳빛 바탕에 검은 점박의 날개를 가진 범나비가 빨랫줄에 새로 꽂혀있는 연분홍의 빨래집게에 내려앉았다. 나비는 말아 놓았던 관형의 긴 입을 대롱처럼 뻗치고 집게의 표면을 더듬었다.

빨래집게는 꽃잎처럼 속을 벌리지는 않았다. 사내는 나비의 작은 머리통을 헤집고 '빨간 것은 무조건 꽃이다'라고 쓰여 있을지도 모를 감각기관을 세척해서 빨래집게에 꽂아두고 싶었다.

나비가 날아올랐다. 나비의 날개에 가려졌던 허공의 조각이 스르르 미끄러져 땅바닥에 물무늬로 번졌다. 사내는 방금 일어나기 전에 꿈꾸었던 얼굴이 기억나지 않는 어떤 여인과(그 여자가 여자라는 특별한 징후를 알지 않았음에도 사내는 꿈속의 인물을 여자로 규정한 것에 유념했다), 나비의 투상 관계를 헤아려보려고 애썼다.

여자는 나비의 감추어진 입술과 흡사했다. 나비는 그 근처를 맴돌다가 다시 철제 난간의 한 모퉁이에 매달려 날개를 천천히 오므렸다 폈다.

사내는 그 날갯짓이 우연하게도 자신의 호흡 주기와 일치한다는 것을 깨달았다. 사내의 호흡에도 검은 점박이 각인되었다. 나비는 점점 난간을 타고 밑으로 내려갔다. 사내는 힐끗 발코니의 천장 쪽을 쳐다보았다. 그곳에는 수많은 거미들이 그들의 사냥터를 정방형으로 벌려 놓고, 어두운 구석에 숨어 나비를 노려보고 있었다.

거미 한 마리가 줄의 한끝에 매달려서 천천히 내려오다가 사내의 동태를 눈치채고 죽은 듯 제자리에 멈췄다. 나비가 휘젓는 무늬의 파문이 철제 난간을 넘어 잔잔한 조수처럼 사내에게 물결쳐왔다.

느리고도 세차게 나비의 날갯짓은 사내의 어떤 부분을 응집시켰다. 사내는 잠시 주저하다가 자신의 배 아래쪽을 내려다보았다. 갑자기 사내는 진저리 치며 탁상 위의 성냥

갑을 나비에게 집어던졌다. 배수가 잘되지 않는 화장실에서 역한 냄새가 풍겨왔다. 나비는 잠깐 허공으로 날아올랐다가 이번에는 푸른색의 플라스틱 상자에 붙어서 흙빛의 날개를 벌름거렸다. 사내는 주위를 둘러보았다. 그는 파리채를 집어 들고 곤충 채집하려는 소년처럼 살금살금 난간께로 다가갔다.

  꼭 닷새째 장마는 계속되고 있었다. 낮에도 하늘은 사내의 목덜미보다도 어두웠고, 공복보다도 어두웠다. 사내는 습기처럼 방바닥에 괴어 있는 어둠 속에 잠겼다. 그는 줄창 잠을 잤기 때문에 밤에는 오히려 하얗게 깨어 있기도 했다. 그럴 때면 밤은 밤꽃보다도 하얗고, 공복보다도 오히려 하얬다. 사내는 습기처럼 땅바닥에 괴어 있는 빛의 흰 골격에 스미고 싶었다. 그는 아직 그 빛을 무어라고 정의할 수 없었다. 그것은 지도 속에서조차 쉽게 그려진 북극이나 남극대륙의 흰 빛처럼 추상적인 추위와 결빙뿐이었다. 다락방의 곳곳에서 곰팡이 썩는 냄새가 났다. 낮임에도 그의 다락방은 지하실처럼 어둡게 가라앉아 있었다. 사내는 자주 그의 손톱과 손금을 들여다보았고 간혹 골똘하게 시가지를 관찰하였다.

그날도 그는 다족류의 곤충처럼 방바닥에 엎드려서 네 개뿐인 발로 난간 쪽으로 기어갔다. 사내는 그의 머리와 성기를 곤충의 더듬이와 꼬리처럼 끌었다. 그는 정찰 임무를 띤 척후병처럼 고개를 조금 들어 올려 비와 안개로 뒤덮인 시가지를 바라보았다. 교동 네거리에서 파출소 쪽으로 세 사람의 남자가 올라가고 있었고, 파출소 쪽에서 네거리 쪽으로는 한 명의 여자가 내려가고 있었다. 두 명의 남자는 검고, 푸른 우산을 쓰고 있었고, 한 명의 여자는 꽃뱀처럼 긴 꼬리를 나부끼는 붉은 우의를 입고 있었다. 나머지 한 명의 남자는 우스꽝스럽게도 그의 여름 잠바를 투구 자락처럼 들쳐 쓰고 있었다. 사내는 남자들의 행선지를 가늠해 보려는 듯이 그들의 발걸음을 앞질러 시선을 옮겼다. 파출소를 지나자 두 개의 공중전화 박스가 나타났고, 셔터를 내린 광도 슈퍼마켓이 눈에 띄었으며, 그 위로 남쪽 산마루에 새로 지은 백악의 시 교육청 건물이 나타났다. 그는 다시 산 밑으로 시선을 옮겨 길의 끝까지 가보았다.

택지조성을 위해 흙이 퍼부어진 논밭에서 아무렇게나 야생의 풀들이 자라나고 있었다. 산에 맞닿은 공터의 끝에는 예비군 교육 때 쓰였음 직한 사열대가 이미 11월인 듯

검붉은 들판에서 녹슬어 가고 있다. 남자들은 그 초지로 다가가고 있다고 사내는 단정했다. 그의 눈에 남자들은 푸르릉거리는 콧김 소리를 내며 풀밭으로 뛰어가는 것처럼 보였다.

"놈들은 세 마리의 당나귀다"라고 사내는 소리쳐 말하고 싶었다. 그는 시선을 멈추고 당나귀들에게 그의 존재를 들키지 않으려는 듯 높지 않은 문지방 밑으로 고개를 밀어 넣었다. 사내는 신중하게 뒤로 기어가서 장마철 내내 한 번도 개켜본 적이 없는 이부자리 속에 숨었다. 아직 가본 적이 없는 길 끝의 공터가 그의 뇌수를 소의 등심줄처럼 길게 잡아당겼다. 세 마리의 당나귀들이 공터 한끝의 녹슬은 좌대로 돌진했다. 사내는 발굽에 짓밟히기라도 할 것처럼 다리를 끌어당겨 머리를 처박고 두 손으로 결박하듯 온몸을 감싸 쥐었다. 파리채에 맞아 죽어 있던 범나비가 곧장 좌대 부근으로 날아갔다. 좌대 주위에 몰려있던 군중의 웃음소리가 사내에게 '아아아'울렸다. 군중은 두 마리의 파리와 꽃뱀인지도 모를 왕도마뱀, 그리고 다섯 마리의 살찐 돼지들과 세 마리의 당나귀, 그리고 막공터 위의 거친 야산에서 양껏 감자밭을 헤쳐 포식한 후 이 소동에 솔깃해져서 내달려온 들쥐였다. 파리가 빗속에서도 소란하게 머리 위를 날았다. 사내는 숨을 죽였다. 들쥐는 좌대의 네 다리 중 한 다리를 갉아 먹는 데 열중하기 시작했다. (그놈은 이내 깔려 죽었다)

당나귀들이 좌대에 서 있던 사열관의 무형의 궁둥이를 거친 헛바닥으로 애무하듯이 핥았다. 사열관이 몸을 비틀며 당나귀의 궁둥이를 철썩 때렸다. 당나귀가 깜짝 놀라 앞발을 높이 들어 그를 밀치고서 뛰어 달아났다. 사열대의 다리 하나를 들쥐는 그때 막 썰었다. 그자가 기우뚱거리다가 좌대에서 떨어졌다. (들쥐가 그자의 등판에 깔려 한 차례 찢어지는 듯한 비명을 질렀다) 사내는 자신의 내장이 터져버린 듯 배에서 꾸루룩 대는 소리가 났기 때문에 황급히 두 다리를 쭉 펴서 내장이 발가락 끝까지 늘어나도록 자지러지게 기지개를 켜고는 다시 태아처럼 몸을 웅크렸다.

돼지들이 달려들어 한 마리는 들쥐의 묵직한 꼬리를, 한 마리는 해체된 곱슬곱슬한 하얀 창자를, 한 마리는 그 어느 것도 찾지 못해 허둥대면서 대충 평형을 이룬 간식의 욕구를 달래었다. 왕도마뱀이 큰 눈을 우직하게 껌벅이고는 슬며시 아직도 좌대에서 떨어진 자의 엉덩이에 혀를 끌어 붙이는 당나귀들의 뒤쪽으로 — 들쥐가 파헤쳤던 야산의 감자밭 아래로 끝도 채 보이지 않는 지평선을 향해 한 발을 떼어 놓았다. 발가락 아래에서 모레 서걱이는 소리가 났다. 평원의 날씨는 화창하였다.

사내는 귀를 막았다. 그는 자신이 여전히 비의 세력권 내에 들어있다는 것을 깨달았다. 빗소리는 그의 양손의 압박을 쉽사리 뚫고서 그의 귀청을 밀어젖혔다. 사내는 탈진한 채 쓰러진 자리에 다시 쓰러졌다. 그러자 빗발이 다시 아득히 그의 시야에서 멀어져 갔다. 도마뱀이 기어간 쪽의 하늘은 화창하였다. 바다가 붙어 있는 평원의 중심부는 늪 속처럼 조용했다. 그 한쪽 끝에 피기 시작한 아지랑이의 향로가 주문처럼 들판 저편으로 번져 나갔다. 들판의 하류로 떠밀려 갔던 당나귀 한 마리가 평원의 정적에 놀라 좌대 쪽으로 맹렬히 달려오기 시작했다. 도마뱀이 어슬렁거리는 채로 먼지 속에 쌓여갔다. 당나귀의 달리는 서슬에 옛적 도시가 있었던 곳의 흔적인 가등이 덜컹거렸다. 들판을 건너온 수직의 회오리바람이 질긴 밧줄처럼 당나귀의 뒤를 쫓았다.

사내는 소름이 돋아 이빨이 딱딱 부딪쳤다. 그는 낮은 포복 자세로 재빨리 난간 쪽으로 기어가서, 꽃뱀 같은 우의를 걸쳤던 여자의 소재를 확인하기 위해 목을 잠망경처럼 쭉 뽑아 올렸다.

여자는 이미 교동 네거리에서 사라지고 없었다. 거리에는 행인이 눈에 띄지 않았다. 낙망한 채 귀향하듯 네거리를 거슬러 오르던 사내의 시선이 공중전화 박스 앞에서 우뚝 멈추었다. 세 칸의 박스 중 가장 네거리에 가까운 쪽에 붉은 우의가 보였다. 중간을 비워두고 공터 쪽의 한 칸에 또 세 마리의 당나귀 중의 하나가 전화기를 팡팡 두드리며 악을 써대고 있었다. 그들에게는 성대를 절단당한 것처럼 아무 소리도 들려오지 않았다. 사내는 당나귀가 자신처럼 여린 실어증에 시달린다기보다는 유리 상자의 진공상태에 어쩌면 스스로 감금되어 있을지도 모른다고 생각했다.

안개가 수평선의 끝에서부터 바다를 잡아먹고 있었다. 바다가 점점 해안선 쪽으로 바싹 쫓겼다. 사내의 릴낚시가 꿈틀거렸다. 힘껏 낚시를 감아올렸다. 선혈 뭉텅이처럼 두루마리가 된 바다의 웅어리가 그의 낚시 끝에서 해안으로 질질 끌려 나왔다. 그는 낚싯대를 움켜잡았던 두 손을 바다가 있던 곳으로 힘껏 내던졌다. 손을 던지고서 그는 바닷가에 면한 어떤 집으로 들어갔다. 그곳은 고기비늘 같은 유백색 각질의 유리로 사면이 뒤덮여 있었다. 근처는 해일이 막 지나가고 난 어촌처럼 스산하였다. 그의 손들이 문밖에서 열쇠를 채워 그를 안전하게 감금해 주었다. 서른인지, 마흔인지 아니면 스물예닐곱인지 통 나이를 짐작 못할 여자가 발걸음 소리도 내지 않고 그에게 다가왔다. 그는 우의를 걸치지 않은 여자에게 정면의 유리 벽에 붙어 있는 차림표를 아무렇게나 가리켰다. 유리 상자 밖으로 커다란 가오리가 헤엄쳐 지나갔다. 여자가 가오리의 작고 예쁜 입처럼 고개를 발름거렸다. 그는 은하수 한 개비를 붙여 물었다.

그의 코와 입 언저리에 흘러나온 몰향적인 색채와도 같이 낯익은 음악이 그의 청각에 일견 생소하게 그러나 은밀한 손길로 다가왔다. 그 낯익은 레코드는 4년 전에 그랬던 것처럼 앞판 세 번째 곡의 가장 높은 부분에서 더 이상 움직이지 않고 "노노레따 노노레따… 노노레따." 라고 소리쳤다. 그는 예전에 이 집이 그의 단골 주점이었음을 깨달았다. 갑자기 독초와도 같이 현란하고 황홀한 색조의 향수가 불현듯 그의 가슴을 식도 위까지 들어 올렸다. 사내는 고개를 떨어뜨렸다. 유리 벽의 일력은 7월 31일이었다.

사내는 배를 이부자리에 깔고 머리를 두 손으로 휘감았다. 어제 그 주점에서 마주친 것은 사실이 아니었는지도 모른다고 그는 생각했다. 그는 베갯머리에서 얼굴을 돌려 벽의 한 면에 시선을 모았다. 이불장 곁에 내팽개치듯 걸려있던 어떤 여배우의 사진과 일력이 갑자기 그에게 새삼스레 나타났다. 그가 입대했던 날짜인 1월 4일 이후로 한 번도 뜯어진 적이 없는 일력은 금발여인의 모조 웃음처럼 어느새 부패해 가고 있었다. 사내는 벽으로 천천히 걸어가서 일력과 금발을 한꺼번에 갈가리 찢어대는 자신을 상상해 보았다.

그러자 그 부패한 시간과 두발을 없애 버리고서 뛰는 가슴을 진정시키기도 전에 순식간에 무기력해져서 선 채로 풍화될지도 모를 자신의 모습이 찢겨져 흩어지는 일력의 잔해와 겹쳐 떠올랐다. 그는 머리를 베게 밑으로 집어넣어서 하층으로, 하층으로 가라앉혔다.

언제부터인가 빗속에서는 식물의 즙처럼 세밀한 소리가 배어 나오고 있었다.

조그만 야채밭을 사이에 둔 옆집에서…… 네 살배기 경규가 그렇지. 그 애의 4년 전 이름은 분명 박경규였다 — 악을 쓰며 울어댔다. 사내는 딸 둘 다음에 경규를 낳고 기뼈 어쩔 줄 몰라 하던 교사 부부를 기억했다. 다시 누군가의 소프라노가 들렸고, 그것에 맞추어 피아노의 건반이 '똥' 하고 눌러졌다. 사내는 그것이 K 대학의 기악과 강사인 I 씨 부인의 소프라노임을 또한 기억해 내었다. 4년 전 그 부인은 I 씨의 제자였다.

 I 씨는 그때에도 파이프를 물고 '솔'음부터 시작하는 세레나데를 쳤고, 그의 부인은 동전을 넣으면 눈을 깜박이며 노래하는 하이디 인형처럼 '아'로 시작하는 노래의 첫 소절을 시작했다. 오늘 그 소리는 사내에게 '아'에서 '악'으로 들렸다. 또한, 교동 네거리에서 발락고개를 오르는 길목에 돌입한 자동차들이 급격히 기어를 갈아대는 ― 딸꾹질을 해대듯이 기어가 맞물리는 소리, 슬리퍼 끄는 소리, 아주 멀리서 비린내로 날아온 파도 소리, 그 모든 소리들은 도·미·솔, 도와 궁·상·각·치·우의 상이한 음계처럼 서로 반목하면서 엇갈렸고, 소리들은 튀어 나가고 끓어 오르면서 허공에 떠올랐다가 아득한 상공에서 폭죽처럼 터졌다. 수도 없는 음의 파편들이 쏴아, 쏴아 올렸다.

 비는 폭우로 변하고 있었다. 그는 조금씩 기분이 나아지려 했지만 기분이 점차 나아지고 있다는 자각 앞에서 그것은 그것으로 그만이다라는 자각이 다시 그 기쁨을 가로막았다. 비는 다시금 우울하게 천장과 철제의 난간과 꽃잎이 부서진 화분과 빗방울에 다시 찢기우는 범나비의 날개와 사내의 가슴 위로 쏟아졌다. 그날 새벽 그를 깨운 것은 갑자기 들창을 강타하는 폭우이기도 했지만, 그보다는 걸어 잠근 북향의 철문을 비트는 날카로운 쇳소리였다. 그것은 매복을 서기 위해 DMZ로 들어서는 통문을 여는 소리였다. 그러자 돌연히 장면이 바뀌어 긴 회랑을 갖고 있는 어두운 대학 건물이 떠올랐다. 어쩐 일로 사내 혼자 아무도 없는 한밤의 대학 건물에 갇혀 있었다. 9층의 문과대학의 어느 방이었다.

누군가 다가오고 있다는 것을 신호하듯 들창이 그의 신경보다 먼저 일어나 일제히 푸르륵 몸을 떨었다. 창틈 사이로 배를 가르고 스며든 바람이 휘파람새처럼 울다가 쓰러졌다. 북향의 철문은 열리지 않았다. 사내는 숨을 멈추고 기다렸다. 아무 소리도 들려오지 않았다. 사내는 실제로 그 무엇이 다가오고 있다기보다는 자신이 무엇을 기다리고 있다고 생각한 사실을 발견하고 소스라쳐 놀랐다. 회랑의 반대쪽 철문에서 다시 삐꺽이는 소리가 들렸다. 복도에 면해 있는 모든 방의 문들이 일제히 바람에 떠밀려서 우르릉 울었다. 말발굽같이 뚜렷이 복도를 밟는 소리를 사내는 들었다. 각 방들 앞에서 정확하게 한 번씩 그 소리는 멎었다. 소리가 점점 사내에게 가까워 왔다. 사내는 자신도 모르게 담요 밖으로 손을 내밀었다. 청동제의 재떨이가 손에 잡혔다. 사내는 다섯 손가락 안에 아프도록 그것을 꽉 쥐어 잡았다. 가장 북향인 사내의 방 앞에서 그 소리는 멎었다. 사내는 있는 힘을 다해 그 소리 없음과 싸웠다. 시간이 지나면 지날수록 귓전이 윙윙 울렸다. 재떨이도 손의 일부인 양 함께 뻣뻣해지는 것 같았다. 어느 순간 사내는 정신이 명료해져서 입에 가득 고인 열을 가래침을 목구멍으로 천천히 삼켰다. 방문은 열리지 않았다. 사내는 그 밖에 멈춰 서 있는 것이 그저 한 마리의 당나귀일 뿐이라고 생각했다.

사내는 재떨이를 제자리에 놓고 일어나 들창을 열었다. 빗방울이 후두둑 난간에 놓인 그의 손등을 때렸다. 멀리 회랑같이 어둡고 긴 통로가 보였다. 사내는 그의 다락방으로 통하는 기나긴 허공의 어둠을 오래도록 바라보았다.

곧 칠흑 같은 어둠 속에서 외피가 불균형하게 일렁이는 물방울 형의 검푸른 무늬가 보였다. 사내는 눈을 감고서 그 무늬가 다가오고 멀어지고 하는 것을 바라보기를 계속했다. 그는 가끔 그 놀이를 즐겼었다. 그는 물방울형의 검푸른 입방체가 그의 영혼이라고 생각했다. 사내는 또한 그 광경이 지상에서 저승으로 가는 여과 과정이라고 믿었다. 그것은 깜깜한 호수의 대안에서 피안으로 저어가는 뱃놀이 같았다. 사내는 호수의 끝에 닿아본 적이 없다.

그는 할머니가 전날 아침에 하신 말씀을 떠올렸다.

"축원하러 가겠다."

"산 지키는 사람이 너는 무엇 하고 있느냐고 물었다. 너를 위해 축원해 준다고 했다." 그는 대답 대신 대체 어떤 사람이 그 일을 하느냐고 더듬더듬 물었고, 할머니는 그이는 당신의 친구이신 노파인데, 산을 지킨다고 했다. 그 노파는 어느 날 산중에서 번갯불을 몸에 맞고 정신을 잃었는데, 깨어나 보니 자신은 노란 금물을 덮어쓴 부처가 되어 있었고 후로는 줄곧 산을 지키는 사람이 되었다고 했다. 할머니는 다시 그에게 "무엇을 한다고 말할까." 했고, 그는 말을 잃어버린 핑계로 대답하지 않았지만, 할머니가 산으로 떠나신 후에도 오랫동안 자문하지 않을 수 없었다.

"나는 무엇을 하는 사람인가? 나도 혹시 귀신에 덮씌운 것은 아닌가?" 자리에서 일어나자, 그의 영혼이 현기증과 함께 고무줄처럼 탄력 있게 되돌아와서 온몸에 칭칭 감겼다. 그 영혼은 그가 눈을 감았을 때 나타나는 차갑고도 난

만하며 냉정하게 타오르는 불꽃이 아니었다. 눈을 떴을 때 그를 덮친 것은 짐승의 가죽처럼 투박하고 질겼으며, 형광등 빛처럼 무기력한 피막이었다. 그것은 영혼의 껍질이라고 그는 생각했다. 사내는 그 껍질을 찢어 버리기라도 할 듯이 자신의 온몸을 쥐어뜯었다.

장마는 이틀 후에 그쳤다. 이웃집 사람들은 서둘러 젖은 빨래를 말렸고, 밀린 눈인사를 나누었다. 기다렸다는 듯 길고 긴 여름의 햇살이 작열하기 시작했다. 한낮은 무덥고 길었으며 거리는 더욱 한산해졌다. 사내는 난간 저편 아스팔트에서부터 야산과 빈터 주위에 산재해 있는 콩밭에 걸쳐서 끓어오르는 단층의 광활한 열기둥을 종일 바라보고 있었다.

그는 그때 철원평야를 가로지르던 둔중한 1과 ½톤 트럭의 발열 음을 듣고 있었다. 그는 눈을 감았다. 평원의 안개는 정오가 다 되도록 대개 걷히지 않았다. 옛 정부의 군소재지 청사였던 건물의 유해가 안개의 성처럼 아스라이 서 있었다. 정오의 태양이 지글지글 끓어올랐다. 평원에서는 아무 소리도 들려오지 않았다. 안개가 홀로 사락사락 지워졌으며, 사락사락 다시 일었다. 태양이 점점 더 수직으로 곧추섰으나 곧 안개에 가려졌다. 어떤 짐승도 울지 않았고, 어떠한 풀벌레도 숨을 죽이고서 조금씩만 안개를 훔쳐 마셨다. 그날 처음 개화한 독초의 끝에서 자지러질 듯 현란한 향기가 피비린내처럼 풍겼다. 그것은 정적의 냄새였다.

서기 95년과 950년, 1950년과 2050년의 정적의 냄새였다. 철원평야에서는 언제나 그런 냄새가 났다. 낡은 내연기관의 헐떡이는 호흡이 안개의 벽에 부딪혀 고스란히 되돌아왔다. 점점 더 1과½톤 복사는 속력을 더했다. 아무리 가로질러도 평원은 끝나지 않았다. 일직선으로 된 미로의 함정을 평원은 갖고 있었다. 아무리 달려도 트럭으로는 그 평원을 가로지를 수 없었다. 트럭은 망령들의 집에 다다를 수 없었다.

그곳은 안개성처럼 대지에 뿌리박지 않았다. 사내는 간혹 평원에 홀로 서 있어야 했다. 그는 들판의 하중으로 늘 상 머리가 짓눌리곤 했다. 어느 날 보초 근무에서 돌아온 그의 얼굴은 원뿔형이었고, 어느 날 그의 얼굴은 머리끝을 기점으로 한 세모꼴의 입방체로 눌러져 있기도 했다. 그는 어느 날 호흡하는 것이 성가시게도 생각되었지만, 아울러 그의 언어라는 것도 조금씩 의미 없어지는 것을 깨달았다.

막사 내에서도 점점 그는 '예' '아닙니다' '모릅니다'의 세 단어 외에는 필요하지 않았다. 그는 평원의 정적과 하중에 체념했다기보다는 순응했다는 편이 옳았다. 점점 들판은 무섭지 않은 것이 되었다. 오히려 들판 아닌 것이 조금씩 무서워지기 시작했다. 소란한 것이, 지나치게 환한 것이, 예각이……

그는 어느 날 자신이 들판의 잡초처럼 대지에 붙어서 기생해 있음을 알았다. 그가 반항하듯이 "아아아"소리쳤을 때, 들판은 그 소리 들을 '우우우' 잡아먹었다. 무수히 많은 총탄을 들판의 중심께에 과녁을 놓고 갈기면, 들판은 그보다 더 무수한 반향으로 탄흔을 먹어 치웠다. 그곳에는 아무 소리도 살아남을 수 없었다. 모든 풀잎들의 끄트머리를 한곳에 모여 놓고 들판은 가끔 제 혼자서 '우우우' 울기만 했다. 사내의 끄트머리도 그곳에 모아졌다. 그는 그의 모든 각을 내놓아야 했다. 그는 그저 살아가면 되었다. ― 콩밭에서 불어온 바람이 사내를 철원평야에서 집 근처의 야산으로 옮겨 왔으므로 그는 갑자기 상념에서 풀려날 때 자신이 놀라지 않도록 조심하면서 한쪽 눈만을 떠보았다. 한낮은 점점 석양으로 기울고 있었다. 그는 언제나 가만히 있다는 것이 꼭 정신적 무반응은 될 수 없다고 생각하고 싶었다. 자신은 오히려 사물의 그 모든 변화에 지나칠 정도로 민감해서 가만히 있는 것만으로도 충분히 어지럽다고 또한 생각했다. 사내가 의식하지 못했던 어떤 순간에 베란다의 벌어진 틈으로부터 원통형의 빛기둥이 새어 들어오기 시작했다.

수많은 먼지의 입자들이 포로가 되어 빛 속을 벗어나지 못하고 오르내렸다. 빛살은 사금처럼 먼지를 반짝이게 했으며, 그 발광 대는 점점 동쪽으로 이동해 갔다.

사내는 숨을 죽이고 빛줄기가 천천히 움직이는 것을 바라보았다. 빛기둥은 전혀 무심했던 방안의 구석구석을 기웃거려서 낡은 나무판자 옹이의 결을 살아 있는 것처럼 붉게 물들이기도 하고, 가장 어두운 곳에 숨어 있던 — 손가락만큼이나 몸집이 큰 거미의 갑을 곤충 채집하듯 침으로 찔러 넣었으며, 벽장 속에 박아둔 사내의 어릴 적 사진첩을 금빛 손으로 뒤적거리기도 했다. 재미있었다. 원통형의 빛기둥은 점차 황금으로 물들여지고 있었고 그 끝은 다섯 개의 손가락으로 갈라지기 시작했다. 햇살의 동맥이 꿈틀거렸다.

그 손가락이 사내를 잡았다. 서서히 햇살의 손아귀에 힘이 가해졌다. 그 손아귀에 점점 사내의 육신이 모였다. 사내는 목이 졸려 갑자기 숨쉬기가 어려웠다. 이윽고 사내의 형체는 붉게 충혈된 두 눈의 둔각으로만 남았다.

사내는 다음날 중앙시장 한복판에 서 있었다. 오후의 햇살이 따가웠다. 그는 시장 안이 너무 낯설어서 그 자리에서 붙박인 듯이 가만히 서 있었다. 그는 왜 자기가 그곳에 서 있지 않으면 안 되는가 하는 것을 생각해 보려 했지만 ― 생각을 모으기도 전에 그의 어깨는 행인들과 자전거에 실린 콜라 상자에 연거푸 두 번이나 부딪쳐야 했으므로, 그는 여하튼 어디론가 가지 않으면 안 되었다. 사내의 어머니가 그를 택시에 태웠었다.

그는 시내에서도 가장 복잡한 중앙시장 한복판에 내려졌다. 어머니는 그에게 두 번이나 웃어 주었고, 그의 궁둥이를 쳤고, 저녁때 집에서 만나자 하며 다시 한번 웃어 주었고, 웃음 끝에 슬쩍 미간을 스치던 안쓰러운 시선을 억제할 수 없이 자아냈고, 그리고는 장바구니를 드신 채 사람들 틈바구니로 비집고 들어가 사라졌다.

사내는 무작정 여기저기를 밀려다녔다. 그는 시장 바닥에서 해면처럼 부유하였다. 사내는 어렴풋이 자신의 존재의 근거에 대해 이제부터 생각해야 한다는 막연한 의무감을 느꼈다. 물이 간 듯한 고등어와 오징어에 찬물을 끼얹는 어시장에 들어갔을 때 사내의 존재는 그 생선 좌판에 머물러 가만히 엎드려 있었다. 오방떡과 복떡과 인절미와, 희거나 푸른 송편이 진열된 떡 가게에 사내의 존재는 복자나, 송편의 콧날에 상큼 머물렀고 2층의 곡물 가게로 오르는 계단에서는 쓰레기통과 더러운 장대 걸레의 망치며 톱날, 못 따위가 들어있는 수선함을 뒤지다가 그 함을 에고 지는 청소부 아저씨에 새까맣게 때 절었으면서도 반질거리는 광대뼈에 머물렀다.

　사내의 존재는 옷 가게에서 싸전으로, 싸전에서 부라더 미싱 연쇄점으로, 부라더 미싱 연쇄점에서 형제 포목점으로, 형제 포목점에서 중앙 정육점의 '고기는 냉장고에'의 푯말로, '고기는 냉장고에'에서 마른미역 줄거리로, 마른미역 줄거리에서 대두 1되 4,500원으로, 4,500원에서 중앙시장 옆 포교당의 종소리로 — 종소리에서 옥천다방의 셀룰로이드를 덮어쓴 유리창으로, 그곳을 뚫고 다방 속의 금붕어로 — 막 금붕어의 입으로 들어가는 갯지렁이로 옮아가기 시작했다. 사내는 시장을 펄떡펄떡 뛰어다니기 시작했다. 그리고 곧 그의 살점은 그때 막 제일 슈퍼마켓의 햄 소시지 속에 포장되기 시작했다. 사내의 존재가 따라서 사방 팔방으로 충돌하고, 부수고, 하늘의 뭉게구름처럼 부풀고, 잔멸치의 눈처럼 쪼그라들고, 장난감 가게 앞에서 아이들의 폭음탄처럼 발파되어서 퍼져나가기 시작했다. 그의 육신은 찢어진 풍선 조각처럼 너덜거렸다. 들판 전체가 일어나 그에게 소리치고 있었다. "폭파, 폭파, 폭파." 사내는 귀를 막고 땅바닥에 엎드렸다. 그러나 소음은 더욱 생생하게 더러운 벌레처럼 귓속을 파고들었다. 그때 사내는 시장 내에 설치된 고성능 확성기에서 흘러나오는 아나운서 멘트를 들었다.

"아이를 찾습니다. 아이를 찾습니다. 고동색 반바지에 노란 양말, 푸른 운동화를 신고, 흰색 줄무늬 티셔츠를 입은 여섯 살 난 사내아이를 찾습니다…… 위 어린이를 보호하고 계신 분은 본 시장경비소 내의……." 사내는 온몸에 힘이 빠져나가는 것을 느꼈다. 그는 손을 늘어뜨리고 땅바닥에 머리를 뉘었다. 미아를 찾는 방송은 몇 번인가 더 계속되고 있었다. 그것은 어떤 어머니의 목소리였다. 사내는 눈물이 밴 눈언저리를 팔뚝으로 문질러 닦고, 이제 가라앉기 시작하는 호흡을 순하게 붙들고서 슈퍼마켓 안으로 천천히 걸어 들어가 두 팔을 턱에 괴고 앉았다. 그는 곧 무릎에 머리를 파묻었다. 그의 어깨가 간헐적으로 떨렸다. 다시 그의 뇌리에서 심인의 방송이 울려왔다.

"28세 난 청년을 찾습니다. 폭파되었던 사내아이를 찾습니다. 위 사내를 보호하고 계신 분은 가까운 시장경비소로 연락……. 아이를 찾습니다. 아이를 찾습니다."

심인의 목소리는 어머니의 젖줄처럼 목울대를 타고 넘쳐흘러 사내의 가슴에 배어들었다. 그것은 천사의 목소리였다. 사내는 감격해서 마구 흐느끼기 시작했다. 얼마나 시간이 흘렀을까 누군가 그의 어깨를 두드리는 탓에 사내는 그제야 정신을 차리고, 대답 대신 가만히 그 손을 잡았다. 아주 깡마르면서도 짐승의 그것처럼 수북이 털이 많은 손이었다. 사내는 아이의 요도처럼 푸른 자신의 손을 살펴본 후에 그에게서 빠져 달아나는 털북숭이 손을 천천히 따라 올려보았다.

그 손의 임자가 웃었다. 뿐만 아니라 주위에서도 왁자한 웃음소리가 들려왔다. 살색의 털장갑을 낀 것 같은 손의 임자는 'HIKING'이라고 쓰인 붉은 모자를 쓰고 있었고, 주위의 군중들은 대부분 장바구니를 들고 있었다. 영문을 몰라 사내는 앉은 채로 그들을 천천히 살펴보았다. 하나같이 지독하게 낯선 얼굴들이었다.

'왜 사람들은 이곳에 다들 모여 있는가. 이곳은 사열대 너머 공터가 아니다.'

사내는 그들의 시선이 그의 옷매무새를 훑어보다가는 한결같이 그의 눈이 아래에 머무른다는 것을 깨달았다. 사내는 할 수 없이 손을 들어서 깨끗하게 눈물을 훔쳤다. 그들은 다시 별로 낯선 얼굴은 아니라고 사내는 생각했다. 그들 역시 들판의 친숙한 풀 같았다.

끄트머리가 한데 모아지고 — 이제 들판의 야명을 들을 차례인……. 그러나 그들은 한낮보다는 새벽에 가깝다고 사내는 생각했고, 그들이 이슬을 말리는 오전 10시 30분쯤의 우아한 시간에도 어울린다고 생각했다. 붉은 Hiking 의 모자가 이번에는 사내의 잔등을 손바닥으로 탁탁 치고는 손가락을 세워 입구 쪽을 가리켰다.

그자의 손이 두 번 세 번 입구 쪽을 가리켰다. 사내는 입구와 자신의 위치를 가리키는 손가락 끝을 따라서 고개를 좌우로 움직였다. 소란한 파리들과, 예각의 귀를 가진 당나귀와, 환한 견장의 사열관이 다시 '아아아' 웃었다. 들쥐들이 어디에선가 나타나서 사내의 맨발을 핥았다.

사내는 자리에서 천천히 일어났다. 그는 이곳에 있는 모든 사람들이 하나같이 살아있다는 사실에 이를 악물었다. 생선 좌판의 고등어며, 쪼그라든 잔멸치들이 바닷가 유리주점의 가오리처럼 허공을 너울너울 헤엄쳐 다니는 환영을 사내는 애써 어깨로 짓눌렀다.

등 뒤에서 몇 번인가 더 폭소가 터졌고, 혀를 차는 소리가 들렸다. 그는 시장을 벗어나 점점 더 거리의 번화한 곳으로 나아갔다. 그는 스스로 집을 찾아가리라 생각했다. 신영극장 쪽에서 자유부인의 광고가 붙어 있는 남쪽 모퉁이를 돌아 고개를 꺾고 걸었다. 막 농협창고 앞을 지날 때 임당동으로 통하는 샛길에서 한 젊은 여자가 삐쳐 나와 사내의 행선지와 같은 방향으로 걸었다. 하이힐 소리가 말발굽처럼 또박또박 포도를 울렸다. 여자는 약속이나 한 듯이 줄곧 사내의 십여 보쯤 앞에서 교동 네거리의 쪽으로 향했고 신호등에서 좌측으로 꺾어져 파출소를 지났다. 여자가 막 공중전화 앞을 지나칠 때 사내는 무엇을 갑자기 생각해낸 듯 제자리에 우뚝 멈추었다. 사내는 그녀가 일전에 한번 본 일이 있는 여자였으며 빨간 우의와 마찬가지로 빨간 꽃무늬 스커트를 입고 있었으며, 세 마리의 당나귀와는 반대쪽으로(평원의 반대쪽으로) 도시가 있었던 흔적으로 걸어갔던 바로 그 여자임을 알았다. 사내는 있는 힘을 다해 멀어져가는 여자를 쫓았다. 그녀의 스커트에 수놓아진 붉은 꽃은 장미 같기도 하고 맨드라미 같기도 했다.

사내는 숨을 진정시키자마자 범나비처럼 그 꽃 위에 날아 올라가 가만히 앉았다. 그는 발가락으로 단단히 꽃의 수술을 움켜잡고 날개를 오므렸다 펴서 균형을 잡았다. 사내는 기왕이면 자신의 날갯짓이 꽃의 숨 쉬는 주기와 같아지기를 바랐다. 꽃잎은 크고 넓었으며 씨방으로 통하는 관은 평원의 그것처럼 일직선으로 된 미로와 흡사했다.

사내는 그 깊숙이 대롱처럼 긴 입술을 박았다. 입술은 씨방에 닿지 않았다. 갑자기 사내는 씨방 속으로 머리를 들이밀며 가장 가까운 꽃잎부터 갉아 먹기 시작했다. 광폭하게 이빨을 들이대면 흘러나오는 꽃잎의 수액은 피처럼 붉었다. 이제 막 노을에 물들기 시작하는 포도에 여자의 그림자가 주검처럼 마르고 길게 쓰러졌다. 여자는 사내의 집을 훨씬 지나쳤고, 백악의 교육청 건물을 지나 ─ 장마로 더욱 무성해진 풀밭 너머 공터 쪽으로 계속 걸어갔다. 여자는 녹슨 사열대 앞을 열병하듯 통과했다. 여기저기 풀잎 속에서 매복한 병사처럼 마른 먼지가 풀썩 일었다. 사내는 너무도 낯익은 풀밭의 냄새에 그의 날갯짓과 흡혈을 동시에 멈추고 고개를 들었다. 그것은 평원의 냄새였다.

사내의 입가에서 떨어진 수액 한 방울이 이제 평원의 한끝에서 일기 시작한 안개의 결을 한 올의 명주실만큼만 잘랐다. 여자의 어깨 너머로 지평선이 아스라이 드러났다. 여자는 망령들의 집으로 가고 있는지도 모른다고 사내는 생각했다.

1과 ½톤 복사의 둔중한 발열 음이 들려왔다. 평원의 어디쯤에선가 그 소리들은 형체도 없이 들판에 스며들었다. 서서히 기지개를 켜기 시작한 땅거미들이 평원으로 처음에는 느리게 그러나 곧 무수한 분열을 일으키며 핏줄처럼 퍼져나갔다. 사내는 자신이 여자에게서 떨어져 나와 홀로 그 붉은 수액의 경로를 따라 씨방으로 흘러드는 것을 느꼈다. 그는 반항하지도, 소리치지도 않았다. 사내가 다다른 곳은 어떤 광활한 광장이었다. 그 중심에는 이름 모를 무수한 과실이 열리고 떨어졌으며 수없이 많은 범나비들이 꽃나무 사이사이에서 살아 있는 꽃잎처럼 너풀거렸다.

하늘은 벽옥처럼 맑았고, 수많은 개똥벌레들이 낮임에도 불구하고 연두색의 눈 부신 빛을 온몸에 가득 메고 풀잎 사이를 날아다녔다. 사내가 한 발을 떼어 놓자, 대지는 오히려 그를 떠받들어서 그는 허공을 걸어 다니는 듯했다. 사내는 땅을 싸안을 듯이 두 팔을 늘어뜨리고는 네 발로 뛰었다. 그는 평원의 끝까지 가보리라 결심했다. 말의 갈기처럼 자라난 머리털이 사내의 목덜미를 부드럽게 스쳤다. 그의 발굽이 흩어낸 황금빛 땅의 결을 그는 달리면서 돌아보았다.

멀리 도시가 있었던 흔적에서 어떤 아름다운 팔 하나가 그에게 손을 흔드는 것이 보였다. 사내는 꼬리를 깃발처럼 세우고서 푸르릉 콧김 소리를 내질렀다. 사내의 모습이 지평선 멀리 사라져 갔다. 황금빛 땅의 결이 물결처럼 그를 싸안았다. 그를 내보낸 도시 저편에서 독버섯같이 황홀한 노을의 향기가 밀려오기 시작했다.

패면(貝面)

패면(貝面)

"아이구 요놈의 강아지."

공씨는 비명소리를 내는 알루미늄새시 문을 들이밀기 바쁘게 분임을 들썩 들어 안았다. 은빛보다는 잿빛이라는 색조가 그의 구레나룻을 슬프게 한다는 생각을 막 하는 차에 그가 분임의 두 발바닥을 오른손에 올려놓고 둥기를 태우면서 "어디 빠이롱 배우겠다는 '아이'들이 좀 나서요?" 했다.

그나마 몇 번을 바이올린이라고 얘기해서야 겨우 깽깽이에서 빠이롱으로 옮아온 거였지만 간혹 나나 처도 그 말을 흉내 내곤 하던 터였다.

"몇 명 없어요. 피아노면 배우겠다는데 빠이롱은 어려워서 싫데요."

"허 거참 준비해 논 빠이롱 값만 해도⋯⋯. 분임이 아범이 빨리 복직이 돼야 할 텐데."

그리고 불쑥 수의처럼 푸른 작업복의 윗 호주머니에서 꺼내 분임에게 내어 밀은 것은 낡았지만 손바닥만큼 큰 우윳빛의 조개껍질이었다. 표면엔 비늘 같은 것으로 눈. 코. 입 모양을 뚫었는데 보기에 따라서는 어딘가 애잔해 보이는 일종의 탈이었다. 그때껏 묵주를 만지작거리고 있던 아내가 "청소일 그만두셨다면서요? 제가 성당에 혹시 일자리가 없나 한번 알아볼까요?" 했다.

공씨는 취기로 불그레한 눈가에 좀 겸연쩍은 웃음을 실으며 말했다.

"실은 포남동의 미국 사람집 일을 좀 봐줄라고요. 그 사람 어느 대학의 학감이라고 하던데."

"리빙스턴요. 지금은 학감 아니에요. 옛날엔 미션계였거든요. 그 학교가⋯⋯."

"분임이 엄마 말이 맞아요. 참 그 집 정원도 엄청 넓습디다. 그 조개껍질도 그 집 뒷터를 손보다가 주은 거요. 우리 강아지 생각이 나서⋯⋯ 허허."

공씨가 나간 후 들고 있던 총채로 다시 책장 위에 놓여 있는 먼지를 털려다가 말고, 나는 그 패면을 어디서 본 것 같은 기억이 들었는데 그걸로 그뿐이었다. 그 패면은 그날 저녁을 먹고 나서 숭늉을 들이마실 즈음까지 분임의 손아귀에서 버티다가 결국 아이의 무르팍 아래에서 그 탈의 얼굴은 두 조각이 나고 말았다. 그날 밤이었다. 분임이 잠든 곁에서 깨어진 패면을 정성껏 실로 엮은 아내가 보란 듯이 그 부서진 미소의 얼굴을 내게 들쳐 보였다. 부채꼴 모양으로 옹이가 진 흔하지 않은 조개였고, 부챗살 모양의 긴 선이 세밀한 손금처럼 퍼져나간 위에 어떤 가늘고 강한 기구로 얼굴 모양이 뚫려 있었는데 자세히 보니까 그 표정은 우는 것이 아니라 웃는 것이었다.

"이거 어쩌면 선사시대 유물인지도 몰라요. 10년 전에 그 집 근방에서 이런 게 쏟아졌거든요. 그때 동네 사람들이 모두 자기네 집 마당을 파 일구느라고 난리법석이었으니까요."

그랬다. 나도 그제야 상기되는 것이 있었다. 국립 박물관의 그 초라한 선사시대 유물실의 한 격실이었다. 소박한 돌절구나 여러 가지 찍개들 속에서 그러한 패면에 새겨진 얼굴이 웃고 있었다. 아마 그것은 한반도에서 가장 오래된 한 인간의 얼굴 모습일지도 몰랐다. 그것은 웃는 얼굴이면서 우는 얼굴이기도 했다. 어떤 그리움이 저 고대의 한국

패면 **195**

인에게 한 사람의 얼굴을 아로새기게 했었나 생각했었던 기억이 났다. 이 갈라진 패면의 얼굴 또한 그 모습이었다.

나는 밤에만 외출하기로 작정했다. 그것은 피아노의 '도'가 시작되는 건반의 위치와 바이올린의 줄 하나 제대로 갈아 끼울 줄 모르면서 하루 종일 채 돌도 지나지 않은 딸과, 슈퍼마켓과 바이올린 교습소 주위를 맴도는 것이 견디기 어려웠고, 그보다도 차츰 주위의 미장원이나 이발소 쌀가게, 반장 집과 이층의 하숙생들의 눈총이 점점 따갑게 여겨졌기 때문이었다.

그 시선은 '아내의 피를 빨아먹는 고약한 찰거머리, 바보, 젊은 고목, 어딘가 몸에 있는 병자, 혹은 불순한 어떤 공작을 도모하는 자'에게 쏟아지는 것이었는데, 그 이씨, 박씨, 최씨, 고형, 김군들의 시선은 언제나 아령으로 이두박근을 단련하는 그들의 창가나, 내부가 안 보인다고 믿고 있는 듯한 '꽃샘' 미장원의 커튼 뒤, '진' 이발소 화장실의 통풍구, 쌀가게 블록 담의 제일 상단의 구멍에서 빠져나와 내 걸음걸이며, 뒤통수, 옆구리, 심지어는 사타구니에 이르기까지 가리지 않고 때도 시도 없이 쏟아지는 것이었다. 나는 그들의 시선을 피해 암굴왕 몽테크리스토처럼 땅속으로 길이라도 뚫고 싶었다. 어쩌다 레슨을 받으러 오는 아이의 어머니라도 들이닥칠라치면 나는 피아노가 있는 홀과 살림방의 경계인 방문 곁에 매복한 병사처럼 납작 엎드려서 한 시간이고, 두 시간이고 숨어서 꼼짝도 하지 않았다. 간혹 아이의 어머니가 "이 집 아저씨는 어디 외출이라도 하셨나 보죠." 하기라도 하면 그야말로 숨소리조차 내지 않고서 아내가 제발 그렇다고 대답해 주기를 소원했다.

나는 아내가 출장레슨을 나간 사이에도 문을 안에서 꽉 걸어 잠그고 두 팔을 제대로 뻗을 수도 없이 좁은 부엌의 문도 닫아걸고서야, 비로소 겨우 마음이 놓여 은밀하게 두부나 파를 자르곤 했다.

마음을 터놓고 지내는 이웃이라곤 미장원 집의 문간방에 세 들어 사는 공씨 뿐이었다.

하지만 동네의 직장인들이 퇴근하는 여섯 시 이후가 되면 마음이 탁 놓였다. 그 시간대에는 건실한 모든 남자들이 직장에서 일찍 돌아와서 집 안에서 애를 보거나 방 안을 이리저리 굴러다니기 때문이다.

아내는 일찍 자는 편이어서 열 시경만 되면 딸과 함께 잠에 곯아떨어지곤 했는데, 그 시간부터가 귀뚜라미나 나

같은 무리에게는 가장 자유로운 활동 시간이었다.

밖에 나가면 우선 공기의 냄새부터가 틀렸다. 하루 종일 교습소의 구석구석을 패면의 얼굴이나 들여다보면서 헤매다가 이웃들이 일제히 잠이 들 무렵 맡아보는 밤의 공기는 사람 냄새를 풍기지 않았고, 은밀한 추적자들의 눈초리 또한 훌륭하게 봉쇄해 주었는데, 그럴 때면 나는 공연히 즐거워져서 회사에 다닐 때 신던 구두를 닦고, 바지의 먼지를 털고, 사우디에서 귀국할 때 사 온 면도기를 작동시키고, 머리를 말끔하게 빗은 다음에 외출하는 것이었다.

구두가 땅에 가볍게 부딪는 소리는 내 주머니 속에서 달각거리는 조개탈 조각과 박자라도 맞출 듯이 명쾌했다. 나는 이 작은 도시의 이곳저곳을 샅샅이 누비고 다녔다. 모교인 강릉 국민학교의 키 높은 포플라에 깨끗한 별과 달이 걸리는 것을 보았고, 칸데라 불빛 아래 사과 기십 개를 늘어놓고 끄덕끄덕 졸고 있는 행상 아주머니의 안쓰러운 주름살과 앞치마에 매단 커다란 돈지갑을 보았다.

젓가락을 양손에 잡고 죽어라고 상을 때리는 남자들을 보았고, 그 입에다 메추리알이나, 생밤을 던져 넣어주는 여자들, 셔터를 드르륵 내리는 금방 주인, 그 속에서 한 번 더 반짝이는 귀금속, 썬 플라자 빌딩의 5층 나이트클럽으

198

로 오르는 투명한 엘리베이터 속의 어딘지 모르게 깜짝 놀란 어항 속의 금붕어를 연상시키는 탑승객들, 그들을 안내하는 웨이터의 앙증맞게 작고 붉은 나비넥타이, 어느 불 꺼진 집 마루에서 열두 번이나 한번 댕댕 울리는 괘종시계, 취기에 얼굴이 붉어져서 공연히 옆 사람의 어깨를 '탁' 치는 신사들, 고추장 속에 푹 들어가는 문어나, 꼼장어 그것들을 굽는 연기로 얼룩지는 교회의 첨탑을 지나 ─ 그 종점을 지나 그보다 높이 솟아 펄럭이는 이 도시 상공의 검은 깃발을 보았다.

나는 가슴이 철렁 내려앉았다. 본사의 김 부장으로부터 온 편지였다. 임시직이라도 다른 자리를 구해보려고 했지만 불가능하다는 것이었고, 그 끝은 '어떤 역경이라도 용기를 잃지 마라' 운운이었다. 그 흔하디흔한 대기발령의 결과가 어떻게 되리라는 것을 짐작 못 했던 것은 아니지만, 어쨌거나 김 부장은 복직을 약속하지 않았던가. 억제할 수 없는 들끓는 감정이 뒤죽박죽 되어서 살찐 돼지처럼 비대해지고 있었다.

나는 입사한 지 2년이 지났을 즈음에 중동행을 자원했었다.

물론 그 자원의 이면에는 아버님이 친구에게 퇴직금을

사기당한 사건 등이 뒷받침된 경제적인 어려움이 따랐고, 그러한 곤란이 장남으로서의 책임감 등을 부축인 결과이기도 했지만, 기실 김 부장 자신도 귀국 후의 조속한 대리 승진에 대해서 긴밀하고 솔직한 언질을 몇 번 준 것도 사실이었다.

그러나 현지에 가본 결과는 사우디행 막차가 으레 그러하듯 철저한 뒤치다꺼리, 즉 몇 가지 마무리 공사를 제외하고는 현지의 물자나 장비 등을 현지에서 처분하는 철수 준비에 불과한 것이었다.

그것도 핵심 장비들이 빠져나간 뒤로 나의 직책은 관리직에서 경비원의 형태로 전락하고 말았는데 기실 그 일 이외의 다른 일이라는 건 있을 수도 없었다. 대충 그러한 낌새를 어쨌거나 건설회사 직원의 한 사람으로서 눈치 못 챌 리가 없었지마는 사내의 간부사원 중에서도 사우디행 열차를 타본 사람들의 어떤 관록 같은 것은 흡사 실제 전투에 참가해본 군인과 그렇지 않은 군인의 차이처럼 현격한 것이었다. 더구나 나처럼 공채 출신도 아니고, 뒷구멍으로 슬그머니 좀 속이 구리게 들어 온 처지로서는 사뭇 부러운 '자기 인정서'이기도 했다. 어쨌거나 문제는 내가 사우디에서 귀국한 지 3개월도 채 되지 않아서 불기 시작한 감원 바람이었는데, 이제 와서 생각해 보면 김 부장 역시 그러한 정보를 나의 출국 이전에 당연히 알고 있었던 것이 아닌가 싶어지기도 했다. 어쩌면 감원 대상자로 우리 과에서 이미 나를 점찍어 놓았던 것일지도 모르는 일이고 그것이 김 과장으로 하여금 나에게 사우디라는 유배지를 영전의 디딤돌로 사탕발림하게 된 이유인지도 모를 일이었다. 하지만 나 역시 그러한 낌새를 과연 몰랐다고 할 수 있을까? 오히려 그러한 축출에의 두려움과 눈총을 견디느니 차라리 나 스스로 어디로든 탈출하고 싶었던 것이 아닐까? 철 늦은 바캉스와 같은 사우디행을 저 유명한 새옹지마의 가설로 위무하면서…… 그래서 결국 새옹의 역전의 운명이 찾아왔는가? 그 생각에 이르렀을 때 분임이 찢어지는 울음을 울어 젖히기 시작했기 때문에 나는 얼른 편지지와 봉투를 아내 몰래 바지 주머니에 구겨 넣고는 서둘러 교습소를 빠져나갔다. 이번에는 이웃 사람들의 시선조차 조금도 느껴지지 않았다. 그저 어떤 각오이든, 어떤 각오에 대한 예감이든 제발 솟아 나와 주기를 바랄 뿐이었다. 나는 시장바닥이 아니라 마치 정오의 사막을 걷고 있는 것 같았다. 나보다 먼저 아내의 발이 부르트는 것 같았다. 바닷가의 백사장을 걷고 있으면서 어떻게 바다로 향한 아내의 시

선을 차단하고 여기는 바닷가가 아니고 사막이라고 말할
수가 있단 말인가?

"그녀의 바이올린은 이제 더 이상 그녀 자신을 위해서는
울릴 가망이 없다. 그것은 계속해서 쌀이고, 연탄이고, 분
임의 분유가 될 수밖에 없다."

나는 길가 쇼윈도쯤의 반사물이 있을 때마다 타인에게
는 우연을 가장하면서, 나 자신에게는 짐짓 어떤 힘찬 젊
은이의 기개를 기대하면서, 가슴을 펴고 혹시 눈에 광채라
도 나길 기대하면서 전신을 내비쳤는데, 가면까지 포함해
서 내 행색은 영락없이 고단한 실업자였다. 그런데 그 중
늙은이의 몰골이 주는 체념 뒤에 오는 이상한 안도감도 숨
어있던 것은 어찌 된 이유에서이었을까. 흡사 이러한 껍질
속에서라면 마음 놓고 폐인이 되거나, 불치의 병자와도 같
이 천천히 죽어가도 괜찮으리라는 — 오히려 즐거울지도
모른다는 천진한(?) 퇴락의 욕구가 그 체념을 추월하는 것
이었다.

나는 공연히 될 대로 되라는 심정의 묘한 발열 상태에
서 가두의 컴퓨터 점성술에 500원을 걸고 내 운명의 명세
를 보았는데 컴퓨터가 작성한 나의 운세는 고도로 발달한
직감력과 이지적인 유순함 때문에 화가가 알맞다는 것이

었고, 용모의 특징은 기가 막히게도 '요염한 눈동자'였다. 나는 지상의 끝까지라도 나가고 싶었다. 바닷속의 가장 깊은 곳에 가라앉기라도 하고 싶었다. 오전 11시 53분이었으므로 외계는 빛을 되쏘이기만 해서 바다로 가는 시내버스 안은 눈이 부셨다. 버스 안에는 국수 다발을 손에 든 두 명의 할머니와 두 명의 아이를 안은 아주머니와 한 쌍의 나이 차이가 많은 남녀 관광객과 그리고 휴가 나온 육군의 지나치게 반짝이는 군화뿐이었다. 다시 배추밭이 시작되었고 전에는 눈에 띄지 않던 어떤 감자꽃의 꺾인 목덜미가 보였다.

나는 더 이상 바닷가에 급한 볼일이 있는 동사무소 직원처럼 보이기를 원하지 않았기 때문에 깊숙이 눌러썼던 새마을 모자를 벗어 던졌다.

그것은 아직 끝장나지 않은 사람들의 유아적이고도 치사한 욕구가 분명했기 때문이었다. 그랬다. 분명히 김 부장은 감원 사실을 알고 있었음이 틀림없었다. 그렇다면 왜 그것이 하필 나인가? 자재과 업무의 그 치졸한 산수 개념이 대학의 일류 이류나 학과의 상대적인 차이를 일깨울만한 것이 아무것도 없다는 전제하에서 내가 그에게 못 보일 이유는 '노래' 하나 밖에는 없었다. 적어도 내 생각에는 그렇다. 거기가 나의 한계이며 함정이겠지만……. 나는 도대체 저 술좌석에서 돌아가며 부르는 그 수많은 노래 부르기 — 들판에서건, 가라오케에서건, 방석집에서건, 실족사할 위험이 있는 아슬아슬한 낭떠러지에서건, 평지에서건, 바다에서건 공중에 뜨건 말건, 술만 몇 잔 들어갔다 하면 시작되는 그 지긋지긋한 강제적인 노래 부르기가 싫어서 주연이 시작되면 뒤로 슬그머니 빠진다는 것 이외에 기실 내가 회사에 끼친 잘못이 무엇인가 말이다. 버스에서 내린 곳은 간밤에 내린 비로 깨끗해진 우시장이었다. 멀리 야영 중인 군인들의 검은 24인용 텐트와 빈 말뚝에 걸린 몇 개의 고삐와 나의 심사가 기묘하게 어울려서 나는 어디에 향하든 말뚝에 매이고 있었다. 나는 더 이상 속이 답답해서 바닷바람을 쐬려는 산보객이 아니라 점점 분임에게서도 아내에게서도 구체적으로 한 발짝씩 떨어져서 급기야 바다에 처박히려는 예비 사망자 같은 느낌이 들었다.

포플라 키 높은 동명 국민학교 옆의 한길에서 U자로 꺾이는 급커브 지점을 지날 때였다. 한 시내가 경주용 오토바이를 타고 돌진하고 있었다.

문득 그 치가 떨리는 폭발적인 엔진음이 멎는 듯해서 뒤를 돌아보았는데 물보라를 일으키던 오토바이가 갑자기 나뒹굴고 탑승자는 유영하듯이 공중으로 날아가더니 그대로 바닥에 처박혀 움직이지 않았다. 지상에서 차게 반짝이는 포플라잎 이외에는 그 죽으려는 자와 나뿐이었다. 그에게로 달려가자 생소하지만, 본능적으로 친숙한 피비린내가 확 풍겼다. 골수와 뜨거운 김과 오토바이의 붉은 점멸등과 뿔과도 같은 백미러가 세상에 투정을 부리듯이 길바닥에 쏟아져 나와 있었다. 어디선가 거짓말처럼 순경인 듯한 사내 하나와 그 곁을 지나던 택시 운전사가 나타나 그를 끌어 올렸다. 나는 엉겁결에 그의 두 다리를 잡았다. 그는 그때껏 죽지 않았다. 맥박이 가끔씩 격렬하게 뛰었고 눈을 부릅뜬 채 가끔 입술을 떨었다. 그는 이루 말할 수 없이 고독해 보였다. 택시는 한낮이었음에도 헤드라이트를 켜고 순경과 함께 왔던 길을 급히 되돌아갔다. 피와 깨어진 점멸등 조각이 아스팔트에 어지러이 널려 있었다.

바다 연변에서 모래바람이 휙 불어왔다. 금세 간소한 파멸의 흔적들이 빛바래기 시작해서 그것은 낯익은 쓰레기 같았다. 포플라잎이 차르르 소리를 내면서 찬란하게 앞뒤로 잎을 뒤집었다. 나는 바다 쪽으로 마구 걸었다. 이상한 말할 수 없는 짜증과 급기야 분노가 가슴을 헤집고 들끓으면서 터져 나왔다. 나도 그렇게 부릅뜰 수 있는 눈을 갖고 있다. 그들도, 김 부장도, 소문이 아주 나쁜 독재자도, 어떠한 의상디자이너도 그렇게 굳어질 피부를, 손가락을, 성욕을, 식욕을, 정신을, 삶을 갖고 있다.

도대체 결국 죽음에 이르게 된 한 사람의 생이 — 죽음이란 것이 우발적 사고일까? 그는 지금 시립병원의 냉동실로 옮겨지고 있을까? 그는 TEXAS UNIVERSITY의 붉은 보세품 티셔츠를 입었고, 칠성제화의 구두를 한쪽 발에만 걸었었다. 그는 이제 오늘 석간신문을 집어 들지 못하고 아내의 등을 쓸어주지 못한다. 그는 이제 멋대로 이해받거나 오해받거나 할 것이다. 어째서 그의 인생이 이렇게 갑자기 엉망이 돼버렸단 말인가.

갑자기 고스란히 그는 주전자나 건전지, 담배나 돌 같은 것이 돼버리고 말았다. 어떤 악처도 어떤 금언도, 어떤 독재자도 그에게 이와 같은 일을 할 수 있다손 치더라도 아마 그 자신만큼 버려지지는 못하리. 나는 사람의 생을 혹은 죽음을 앞에 놓고 희롱하는 — 업신여기는 — 이용하는 — 그 모든 괴기 영화와 그 무슨 무슨 주의자와 혁명과, 의거와, 악질적인 대기발령에게 소리치고 싶었다.

"너희도 이용당하고 업신여겨지고 희롱당하리, 바로 너의 죽음이 너를 그렇게 만들어 주리."

나는 잡역부로 두 달을 K 대학의 체육관 신축공사장에서 일했다. 12월에 접어들면서 골조 공사는 다 끝나고 내장도 마무리로 들어갈 즈음이었다. 인부들은 근처의 수력발전소 댐 공사로 뿔뿔이 흩어져 갔다. 왠지 나는 그곳을 떠나기 싫었다.

　거의 하루 일을 끝내고 훨씬 짧아진 해가 대관령 너머로 기울 즈음, 나는 새로 알게 된 안경 쓴 젊은 친구와 함께 주위에 떨어진 나무토막들을 주워서 모닥불을 피워 올리고 벽돌 더미 위에 올라앉았다. 마른 나무가 탁탁 소리를 내며 타올랐고 그때마다 불씨가 사방으로 튀어 올랐다. 함바에서 이미 거나해진 정씨가 안경의 어깨를 툭 쳤다.

　"나도 너만큼은 영어 깨나 씨부릴 줄 안다구, 제기럴! 우리끼리 뭉치자고? 양 물 먹은 너나 해라, 대한민국 굳뜨 빠이. 굳뜨 빠이."

　그러고는 다짜고짜 안경의 곁에다가 오줌을 쫙 싸 갈겼다. 어두워가는 숲 위로 솔개가 기류를 타고 비잉빙 돌며 머리 위로 날아올랐다. 어둠 속에 잠깐 사라졌던 안경이 장작더미를 모닥불 옆에 소리 나게 탁 놓더니 비닐 잔을 쑥 내밀었다.

주위는 점점 어두워가고 거대한 체육관의 골조와 정문의 펜촉 모양의 탑과 '민! 민! 민!'의 플래카드와 먼 산맥의 능선들이 모닥불 주위로 바싹 다가들었다. 빈 위장에 쏟아 부은 막걸리가 따뜻한 졸음처럼 잠겨 들면서 모닥불만이 이 세상의 모든 빛인 양 암흑 속에서 소리치며 타올랐다.

"아저씨도 쫓겨 오신 분이세요."

골똘히 생각에 잠겨있던 안경이 정색하고 나를 응시했다. '나는 어디에서 쫓겨왔지?' 문득 가슴팍에 부적처럼 매고 다니던 패면이 생각났으나 나는 대꾸하지 않았다. 안경이 한 손으로 턱을 괴고 훨씬 더 잦아든 목소리로 말했다.

"아저씨 저 플래카드를, 아니 증오라는 걸 어떻게 생각하세요?"

"사막의 독버섯이지. 들키지만 않으면 아무에게도 해를 끼치지 않는……."

"그럼 아저씨는 없군요. 하지만 제겐 있어요."

그가 마지막 남은 술을 서슴없이 제 잔에 따라서 단숨에 벌컥벌컥 들이마셨다.

"그걸 푸는 것만이 의미 있어요. 여기 나와 있는 인부들 모두가 그래요. 나는 그걸 알아요. 증오가 우리의 삶을 떠받치는 모든 힘이에요."

"손주 내복 때문에 온 사람도 있어. 증오가 아니라 애정 때문에 나는 그 어느 편도 아니야.

어쨌거나 그래서 어떻게 해야 한다는 거야. 증오가 애정이 되면 어떻고 애정이 증오가 되면 어때. 사막에선 다 의미가 없어. 우리가 사막이야."

"누구나 이 나쁜 시대에, 깡패 세상에, 승자와 패자 중의 하나라면 아저씨는 패자 쪽이에요. 그 점에서는 다른 인부들이나 아저씨나 별 차이가 없어요. 나는 그게 못마땅해요. 증오로 가득 차 있으면서도 헛돌기만 해요. 결국 아저씨도 선택해야만 할 거예요. 아직 젊으시니까요. 손주 내복은…… 패자들의 따뜻한 넋두리에 불과해요"

그러고는 한일자로 입을 꽉 물더니 고개를 푹 수그렸다.

나는 자리에서 벌떡 일어났다. 그리고 끈을 끼워 가슴에 걸어 두었던 패면을 꽉 잡았다. 차라리 나는 이 얼굴을 따르는 자라고 소리치고 싶었다. 말이 덜덜 떨려 나왔다. "그저 겨우 살아 있는 나에게 너의 느낌표는 오히려 내게는 물음표이거나 말없음표야. 난 너희 같은 민중 투사나 김 부장이나 똑같은 자들로 본다. 너희끼리 이기거나 져라. 난……. 차라리 난 이 낡은 웃음의 얼굴이나 끌어안고 있겠다. 사람이 사람에게로 오는 방법은 이 웃음뿐이다." 안경이 천천히 자리에서 일어나 문득 요즘 유행하는 미국 흑인 가수의 춤추는 시늉을 하더니 곧바로 허리를 돌려 어둠 속으로 사라졌다.

그의 작은 키와 커다란 장화가 자갈 속에 파묻혀 저벅거리다가는 이윽고 아무 소리도 들려오지 않았다. 나는 함바로 들어갔다.

설거지를 마치고 문을 잠그려는 아주머니를 억지로 채근해서 다시 술을 청했다. 나는 안경에게 부끄러웠다. 이제 터뜨리고 싶어 스스로 터져버린 독버섯을 나도 떳떳하게 누구에겐가 들키고 싶었다. 안경에게 또 다른 진실을 고백하고 싶었다. 부끄러움이 가시고 나자 뇌리는 참한 우물 속처럼 맑아졌는데 그 속으로 누군가 끊임없이 추락하고 있는 것 같았다.

나는 거진 세 병이나 더 막걸리를 들이켜고서야 과수댁 아주머니의 볼이 부은 얼굴을 피할 수 있었다. 나는 정문을 통과하지 않고 개천을 따라 발걸음을 옮겨 놓았다. 추웠지만 바람이 불지 않아서 별들이 흐르지 못하고 하늘에 붙박여서 오들오들 떨었다. 나는 오히려 가슴이 더웠기 때문에 예비군복 위에 덧씌운 외투 앞자락을 반쯤 내렸다. 달빛이 감나무의 잿빛 가지에 묻어나서 그 가지는 무엇인

210

가 가리키고 있는 사람의 팔뚝 같았다. 나는 한 번이라도 살아있는 패면의 얼굴을 만져보고 싶었다.

간조가 끝난 다음 날. 안경의 차가운 시선을 느끼면서 몇 푼의 돈을 받은 즉시 나는 리빙스턴 씨의 집을 찾았다.

리빙스턴 씨의 집엔 공 씨도, 초인종도 없었고, 문도 잠겨있지 않았다.

장식이 없는 철각 대문을 밀자 눈앞을 가로막은 것은 거대한 사철나무와 참대나무 숲이었다. 리빙스턴 씨 댁은 생각했던 것만큼 그리 화려하지 않았다. 그러나 집의 터는 정원이라기보다는 식물로 가득 찬 야산이라고 불러야 할 만큼 넓었다. 편편한 돌조각이 가지런히 놓여 있는 길을 따라 현관으로 올라서 몇 번인가 "계십니까?" 하고 서툰 영어와 한국어로 계속해서 불러보았지만 댓바람 소리뿐이었다. 노을이 막 시작되는 것을 보면서 한참을 그렇게 서 있다가 저택 뒤쪽으로 무심코 돌아서자 마치 태양의 파편처럼 붉은 홍시가 꼭지 채 발밑에 뚝 떨어졌다. 키 높이 솟은 감나무 위에서 두 마리의 까치가 꼬리를 기우뚱거리며 깍깍 울었다.

가까운 곳에서 짭짤한 바다 냄새가 바람에 실려 확 풍겨

왔다. 그곳에는 예상대로 선사시대의 유물 출토 배경에 대한 안내문이 걸려있었다.

토실은 그 집 뒤쪽의 평지에서 나지막한 구릉으로 연결되는 남쪽의 양지바른 곳에 있었다. 그것은 5~6m 정도의 폭을 가진 반지하식의 움집이었다.

주주를 묻었던 구멍과 불을 땐 흔적이 있는 노지가 두 군데 있었으며 주위에는 도랑이 파여 있었다. 그곳의 안내판에는 숫돌과 연석, 반월도, 석촉, 벽옥, 석부 등의 부장품 목록과 목탄들의 산막을 연상시키는 집의 형태가 그려져 있었다.

나는 마치 그 산막의 주인이기라도 한 것처럼 불을 찍듯이 노지 앞에 다가가 가만히 앉았다. 저택 뒤편의 하늘에서 갓 털갈이를 한 텃새들이 은빛 가루를 하늘에 뿌릴 것처럼 날아올랐다. 나는 패면을 끄집어내어 노지 곁에 내려놓고는 무릎에 턱을 괴고 그 얼굴을 들여다보았다. 패면은 그 자기 집의 화로 옆에서 알 듯 모를 듯 웃고 있었다.

마치 그와 내 시간의 벽이 막 피어오르기 시작하는 듯한 화로의 숯불 속에서 녹아 없어지고 있다고 말하기라도 할 것처럼……. 햇살이 완전히 사라지고 바람의 방향이 바뀌어 동쪽에서 해풍이 쏴악쏴악 밀려올 때에서야 나는 패면을 그 땅의 오랜 시간 속에 되 파묻고 그 자리에서 일어났다. 돌아오는 시내버스 안에서 나는 비로소 그 패면에게 내가 붙인 이름 '오는 인간'을 한 번쯤 김 부장과, TEXAS UNIVERSITY의 사내와, 안경과 분임의 삶 위에 덧씌워서 불러보고 싶었다. 사우디와 다시 연결된 이 뜨거운 사막에

'누가 오느냐고'

'무엇이 오느냐고'

'온 인간조차 나 스스로 그가 온 곳에 다시 파묻었다고.'

시내버스는 느리지도 빠르지도 않게 도시의 불빛 속으로 미끄러져 들어갔다. 칸데라 불빛에 아직도 팔리지 않은 사과 몇 알, 껍질을 벗긴 가지, 깐 밤 몇 되, 고추, 나물, 기타 채소 등속을 펼쳐놓은 할머니들이 차례차례 인사하듯 머리를 주억거리며 졸고 있었다. 우는 듯, 웃는 듯 주름진 인간의 얼굴이었다.

도시의 여기저기에서 '이젠 무엇이건 미워할 만하냐고, 증오를 다진 악으로 너를 다시 일으킬 만하냐고' 내게서 시작하는 독버섯의 향기가 물어올 것 같았다. 눈이 시려오는 듯해서 나는 부릅뜬 눈을 질끈 감았다.

초록문

초록문

1

"뭐든지 다 물어봐라."

"예?"

"뭐든지 네가 알고 싶은 건 뭐든지 다 물어봐."

왼쪽 팔에 깁스를 하고 붕대를 목에 건 젊은 아버지가 벽에 기대어 앉아 단정하게 무릎을 꿇고 앉은 그의 열 살 먹은 아들을 뚫어지게 바라보고 있다.

"아네요. 나는 아무것도 궁금하지 않아요."

"……."

"정말이에요. 아빠, 나는 정말 아무것도 궁금하지 않아요."

아이는 피멍이 들어 사방이 퉁퉁 부어 있는 아버지의 얼굴에서 시선을 옮겨 팔의 깁스에 씌어진 "대한민국 파이팅. 아빠 사랑해요"를 눈이 새파래지도록 쏘아보고 있다.

깁스에는 시커멓게 때가 타 있다.

젊은 아버지는 피우던 담배를 비벼 끄고 비닐 잔을 들어서 천천히 아들에게 내민다. 아이는 익숙한 솜씨로 소주를 삼 분의 이쯤만 따른다.

"마저 따라라."

"안 돼요. 아버지. 건강을 생각하셔야만 해요."

젊은 아버지는 아들을 강렬한 눈빛으로 바라보며 잠자코 잔을 내민 채로 있다. 머리를 치켜 깎아 뒤 머리통이 시원하게 드러난 아이가 할 수 없다는 듯 이번엔 잔이 철철 넘칠 때까지 술을 따른다. 그는 단숨에 한 잔술을 입안에 탁 털어놓고 다시 아이에게 잔을 내민다. 아이는 여전히 소주병을 두 손에 부여잡은 채 눈을 멀뚱멀뚱 뜨고 아버지를 올려다본다. 조금 열어둔 창밖으로 눈이 흩날린다. '창포 여인숙'의 네온사인 위에도 조금씩 눈이 쌓여가고 있다. 선창 가까운 곳이어서 앞과 옆에 폐타이어를 매단 목선들이 서로 부딪쳐 '끼익' 대는 소리들이 방안으로 넘어온다. 등대가 있는 가까운 언덕 위에서 무적이 소스라치게 '뚜우우' 운다.

"자자."

"예, 아빠."

아이는 익숙한 솜씨로 방 한쪽에 놓인 요며 이불이며 베개를 아버지의 것과 자신의 것, 요와 이불 순으로 깐다. 젊은 아버지는 스텐주전자 꼭지에 입을 대고 찬물을 벌컥벌컥 들이켠다. 그러고는 자리에 벌렁 눕는다.

"아버지 바지를 벗으셔야죠."

이불을 다 편 아이가 다가와 젊은 아버지의 허리띠에 손을 댄다. 날카롭게 아이의 손을 붙잡았던 젊은 아버지는 자신의 손안에 든 아이의 손을 놓고 가만히 있다. 아이는 허리띠를 그르려고 애를 쓰면서 제 아버지의 황톳빛 나는 골덴 바지를 허벅지 아래로 잡아당겨 빼서는 차곡차곡 개어서 아버지의 머리맡에 놓아둔다. 아이는 '캘리포니아'라고 쓰여 있는 제 외투를 벗고 실내복 겸용으로 입는 트레이닝복 형태의 바지도 벗어서 제 머리맡에 놓아둔다. 목 부근이 새까맣게 때를 탄 내복의 옷 솔기가 조금 뜯어져 너덜거리고 있는 것이 젊은 아버지의 눈에 밟힌다. 젊은 아버지는 자리에서 일어나 형광등의 줄 스위치를 잡고 서 있다.

"불 끌까?"

"예, 아버지. 아버지 마음대로 하세요."

젊은 아버지는 불을 탁 끈다. 창포 여인숙 203호실이 어두컴컴해진다. 진눈깨비로 변하는 눈 속에서 한 사나이가 창밖으로 억지를 쓰는 노래를 하며 지나간다. 복도 건너편

방으로 여자가 술 취한 남자를 부축하느라 힘을 쓰는 소리가 나더니 문이 광 소리를 내며 닫힌다. 창틈으로 눈 몇 송이가 후다닥 뛰어 들어온다.

"아빠, 창문을 닫을까요?"

"아니다. 그냥 놔둬라."

"예. 아버지 그럼 주무세요."

방안이 푸르스름해지도록 젊은 아버지도 아이도 잠들지 못하고 있다. 젊은 아버지가 한 손을 뻗어 더듬더듬 아이의 몸에 비해 통통한 볼로 손을 가져간다. 손에 아이의 볼을 타고 흐르던 물기가 느껴진다.

"이리 오너라, 얘야."

"예, 아버지."

아이는 아버지의 가슴팍에 머리를 푹 묻는다. 또 먼 데를 돌아온 무적 소리가 '뚜우우' 운다.

다음날 아이는 혼자 할머니의 집으로 작은 가방을 메고 들어갔다. 골목 입구에서 아이가 군데군데 페인트칠이 벗겨진 초록색의 작은 납작 문으로 들어가는 것을 지켜본 젊은 아버지는 골목을 재빨리 빠져나갔다. 선산에 잠깐 들른 후에 산을 넘는 차를 타고 구름을 향해 곧 출발할 것이었다.

2

 젊은 아버지의 할아버지는 1940년 초봄에 강원도 사천 부근의 얼마 되지 않는 농토와 세간을 아내와 둘째 아들에게 남겨두고 십 오세 된 장남만을 데리고 원산, 청진을 지나 국경 밖으로 떠나갔다.

 그들이 만주로 이주하던 첫해는 지독한 가뭄이었다. 그리고 심마니들의 숲속 집을 흉내 내어 만든 — 겨우 온돌만 깔려 있는 움막으로 북만주의 겨울이 찾아왔다. 기본이 영하 30도. 소출이랄 것도 없는 소출을 끝낸 가을 내내 그들은 겨우내 먹을 식량을 준비하기 위해 끝도 없는 초원에서 새 그물의 양 끝을 아버지와 아들이 서로 당겨 잡고 와! 워이! 소리치며 냅다 뛰곤 했다. 그러면 무수한 꿩이며 메추라기들이 풀숲에서 날아오르다 그물에 걸려 후다닥거렸다. 그들은 또 목단강으로 흘러드는 개천의 황톳빛 나는 작은 지류들에서 어른 팔뚝보다 굵은 농어를 실제로 손으로 움키거나 몽둥이로 때려잡았다. 땅이 살아있던 시절이었다. 말리고 훈제해서 그들은 그 고기를 세 광주리나 장만해 놓았다. 그러나 삼월이 가고 사월이 와도 눈은 더 푹푹 쌓이고 봄은 오지 않았다.

그해에 뿌릴 종자조차 야금야금 먹어 치울 수밖엔 없던 나날이었다.

4월 중순 또다시 폭설이 쏟아지던 새벽 할아버지는 그의 어린 아들에게 말했다.

"돈우야. 내가 쌀을 구해 올 테니 니는 꼼짝 말고 여게 기다리고 있거라."

가장 가까운 마을조차 눈과 얼음 벌판의 지평선 너머에 있었다. 왕복 백이십 리 길이었다. 꼬박 하루 또 다음 날 새벽까지 광야의 한복판에 혼자 남겨진 그의 어린 아들은 열이 높아지며 앓았다.

열이 오를 대로 오른 한 밤. 어린 아들은 거적때기를 젖히고 밖으로 기어 나와 얼어붙은 눈을 입으로 핥아먹었다. 입술이 눈 얼음에 쩍쩍 달라붙었다. 별이 으깨어질 듯이 찬란히 빛나고 있었다. 아이는 가까스로 다시 움막 안으로 기

어들어 와 더운 기운이 사라진 방바닥의 솜이불 속으로 번
데기처럼 오그라들었다.

속이 익어버릴 듯한 뜨거움이 몸속을 휘젓다가는 또 뼈가
시린 한기가 머리끝에서 발끝까지 등뼈를 타고 지나갔다.

눈이 그친 밤하늘엔 은하가 북동에서 남서쪽으로 누가
입김을 부은 것처럼 부옇게 흐르고 있었다. 지붕을 덮은 거
적때기 틈으로 간간이 별빛이 비쳐 들었다.

별들은 극냉의 대기 속에서 노랗고, 푸르고, 붉은 각기
다른 제빛을 움막 위에다 마구 쏟아붓고 있었다. 아들은 무
서움도 잃어버리고 소학교 운동회 전날 굴렁쇠를 빌려서
굴리다 말고 우연히 아름드리 벚나무에 등을 기대고 하얀
벚꽃 사이사이로 핀 파란 하늘을 올려다보던 기억이 났다.
그때처럼 무언가 알듯 말 듯한 것이 느껴지는 이상한 시간
이 앓고 있는 아이의 고열과 극냉 사이사이에 찾아들었다.

광야 저편에서 짖는 소리가 나더니 곧 과히 멀지 않은 곳
에서 늑대들이 떼를 지어 '우우우'우는 소리가 들려 왔다.
어린 아들은 깜빡깜빡 정신이 돌아올 때마다 광야 어딘가
를 걷고 있을 아버지의 돌아오는 발걸음을 세었다.

"만 천하나, 만 천둘……, 만 천넷, 만 천다섯……."

3

초록색 납작 문 집이다.

동이 틀 무렵 깜빡 정신을 잃었던 아이의 머리 위에 무엇이 놓이는 기미가 났다. 이마에 놓인 물수건의 냉기 때문에 아이는 잠깐 소름이 돋으며 눈이 떠졌다.

할머니였다. 할머니는 아이가 3년 전에 마지막으로 보았을 때보다 많이 달라져 보였다.

"할머니! 할머니는 왜 얼굴이 하얘지셨어요?"

할머니는 아무 말도 하지 않고 아이의 손을 두 손에 모아 쥐고는 천천히 쓰다듬었다.

할머니의 어깨너머로 돌아가신 할아버지의 모자와 사진이 보였다. 할아버지는 검은 땡땡이 점이 박힌 황금색 바탕의 넥타이를 매고 흰머리에 기름을 발라 가지런하게 빗어 넘긴 모습이었다.

　다시 열이 올라와서 아이는 물기 밴 눈을 꼭 감았다. 감은 눈으로도 할아버지가 보였다. 할아버지는 아이를 향해 자꾸 웃기만 했다. 아이는 할아버지가 얼마나 자신을 아꼈었는지 잘 기억하고 있었다. 90년대 말 쫓기게 된 아빠와 함께 떠돌기 전, 서울 북한산기슭에서 다 함께 모여 살 때 할아버지는 할아버지들만 다니는 종로 3가의 파고다 공원 근처 커피점에 사흘이 멀다하고 아이를 데리고 외출했다. 할아버지는 보따리를 풀어서 자기만 아는 귀중한 보물을 선보이듯이 발을 척 꼬고, 의자 뒤로 꼿꼿한 등을 탁 소리 나게 부딪치고, 의자 등받이 위로는 한 손을 척 걸쳐 얹으면서 "우리 승계권자네!" 하고 말하곤 했다. 그 커피점의 이름이…… "그랬다. '용다방'이었다." 아이는 그 이름을 떠올리자 왠지 모를 안도감을 느꼈다. 아이는 할아버지 친구들과 항상 2차로 들르는 돼지 머리고기가 나오는 선술집에서 소주가 두 병을 넘어 나올 때마다 술병을 상 밑으로 감추었고, 그때마다 할아버지는 오른손 검지손가락을 똑바로 세우며

　"종성아. 딱 한 잔만 응! 종성아 딱 한 잔……." 했다.

　할머니가 미닫이문을 스르르 닫고 부엌을 통해서 바깥

으로 나가는 소리가 났다. 칠이 벗겨진 초록색 납작 문이 어디 아픈 것 같은 소리를 내더니 집안에서는 아무 소리도 나지 않았다. 아이는 그 일이 모두 다 지나가 버린 것이라는 사실을 생각하자 몸에서 힘이 빠져나가는 것을 느꼈다. 방안은 더 어두컴컴해지는 것 같았다. 할머니는 부둣가 어판장에 장사를 나가신 듯 한낮이 되어도 돌아오지 않았다.

아이는 아무것도 견디지 않기 위해 경사가 급한 미끄럼틀을 거꾸로 오르는 것처럼 어두운 잠 속으로 기를 쓰며 기어들어 갔다.

4

깁스를 한 아이의 젊은 아버지는 그 도시를 떠나기 전 그의 조상 3대가 모셔져 있는 선산에 서 있다. 떼가 아직 깊이 박히지 않은 그의 아버지 묘 곁에는 누군가가 부어놓고 간 반쯤 남은 소주병이 제상 기둥에 기대어 세워져 있다. 눈이 그친 다음 날의 새파란 하늘 밑으로 솔개가 날고 있다.

그는 그동안 외면해 왔던 그의 아버지의 묘 곁에 처음서 본다. 1964년경이던가? 그가 9살 나던 해 팔에 쇠갈고리를 매단 상이군인들이 아무 관공서에나 마음 내키는 대로 들어가 그 기관장의 책상에 연필이나 껌을 땅 소리 나게 놓고 아무 말 없이 새파란 눈으로 쏘아보던 시절.

송대호, 고재봉 같은 이들은 동해안 전역에서 당할 자가 없었다.

거진에서 속초, 주문진, 강릉, 묵호, 북평까지가 다 그들의 것이었다.

프로복싱 한국 웰터급 챔피언이기도 했던 송대호는 보통 사람보다 엄청나게 팔이 길었고, 고재봉은 여름만 빼면 언제나 똑같은 검은 가죽 잠바를 입고 다녔다.

"엄마, 밥!" 그들은 시도 때도 없이 묵호의 사무재에 높다랗게 서 있는 그의 집을 무시로 드나들었다. 자다 보면 그들 서넛이, 때로는 송대호의 아리따운 여동생(?)과 그 친구까지 낀 예닐곱이 형님, 형님 하며 아버지를 찾았고 대문을 들어서면은 무조건 "엄마, 밥."이었다. 왜 아버지에게는 형님이라면서 아버지보다 일곱 살이나 어린 어머니에게는 '엄마!'라고 했는지 그는 지금도 이해할 수 없다. 그들은 한솥밥을 다 먹고 무진장 시끄러운 코 고는 소리를 내며 옆방과 도장방에 흩어져서 잠들었다. 아침에 일어나 옆방으로 뛰어 들어가 보면 그들은 항상 거기에 없었다. 왔었던 흔적조차 찾을 길 없었다.

그는 연탄과 시멘트를 일본으로 수출하던 부둣가에서 딱 한 번 고재봉을 본 일이 있다. 고깃배가 드나드는 어판장과 화물을 수출하는 수출 부두의 중간쯤에서 한 젊은 사나이가 베인 상처에 잘 든다는 약을 팔고 있었다. 조잡

한 약곽이 쌓여있는 사과 상자 위에는 스텐쟁반이 놓여 있었고 그 위에는 나무 손잡이가 달린 작은 칼이 하나 놓여 있었다. 뭔가 붉고, 완악하고, 살벌한 어떤 것이 사람들의 발길을 꼭 붙들어 매고 있었다. 무어라고 악을 쓰며 약을 선전하던 사나이는 약곽을 사과 상자 위에 탁 소리 나게 내려놓고 러닝셔츠의 오른쪽 소매를 어깨 위로 걷어 올렸다. 그의 완강한 이두박근에는 장미꽃 문신이 새겨져 있었고 그 장미꽃은 수많은 칼자국으로 금이 가 있었다. 그의 시커멓고 붉게 탄 얼굴이 갑자기 굳어지더니 구경꾼들을 천천히 무서운 눈으로 둘러보았다.

어린아이인 그도 침을 꿀꺽 삼켰다. 젊은 사내의 바로 뒤편에서 해는 지글지글 끓고 있었고 해를 막 등지게 된 젊은 사내는 시커먼 동굴 속같이 어두워지고 있었다.

그는 대뜸 쟁반 위에 놓여 있던 작은 칼을 왼손으로 들어서는 그의 장미 문신에 갖다 대었다. 사내가 심호흡을 하자 아이는 저도 몰래 그 호흡을 따라 가슴이 싸하게 아파지는 것을 느꼈다. 사나이는 제 팔을 천천히 갈랐다. 칼이 장미의 중간쯤을 지날 때 고통에 그가 이를 앙다무는 게 보였고, 장미에서는 금세 붉은 피가 송글송글 맺히는 듯하더니 줄줄 새 나오기 시작했다. 그는 장미의 피가 묻은 칼을 천천히 사과 상자 위에 내려놓았다. 그는 곽에서 얇게 물기가 밴, 종이처럼 얇게 저민 나무의 결 한 장을 재빨리 끄집어내서는 이두박근에 딱 부쳤다. 피는 즉시로 멎었고 그는 다시 막 어려운 묘기를 끝낸 서커스 단원처럼 상기된 표정으로 바뀌면서 사람들에게 약이든 곽을 턱턱 하나씩 안겨주기 시작했다. 그때였다.

갑자기 구경꾼을 헤집고 고재봉이 나타났다. 고재봉은 더러운 티셔츠를 입은 사내에게 무어라고 몇 마디 하며 다가가더니 다짜고짜 장미꽃 문신 사내의 옆구리를 걷어찼다. 사나이가 그 충격에 머리를 수그렸다가 다시 고개를 들자, 고재봉은 정확히 그의 가슴을 또 한 번 강하게 걷어 찼다. 사내가 바다에 빠질 듯이 주춤주춤 뒤로 물러나더니 새파랗게 날이 선 칼을 집어 들었다. 아이의 목구멍에서 「아」하는 탄성이 흘러나왔다. 고재봉은 별것이 아니라는 듯 칼을 든 사나이 쪽으로 똑바로 걸어갔고, 그 사나이를 무시하듯 제대로 쳐다보지도 않고 그의 어깨를 스쳐 지나 장미꽃 사내의 약상자를 상자째로 집어 들어 폐유와 죽은 물고기가 떠다니는 부두 아래로 그냥 집어 던져버렸다. 그리고 뒤로 돌아서 곧장 칼 든 사나이에게 다가가 볼을 가죽장갑 낀 주먹으로 '쩍' 소리가 나게 사정없이 후려쳤다.

칼 든 사나이는 '어헉, 어헉' 하는 신음소리를 내며 울기 시작했다. 칼을 쥔 손이 부르르 떨렸다. 그는 구경꾼들을 뚫고 뒷걸음치더니 칼을 쥔 채 '묵호루'가 있는 오래된 벽돌 건물 저편으로 뛰어 달아났다. 어린아이는 고재봉이 알아볼까 봐 사람들 사이로 몸을 낮추었다. 귀가 먹먹해졌다. 정신을 차려보니 고재봉도 구경꾼도 없었다. 장미꽃 문신도 없었다. 그가 있던 자리에 다가가 바닥을 살펴보았다. 사내의 팔에서 떨어져 나왔을 성싶은 피를 머금은 얇은 나뭇결이 죽은 물고기의 내장 곁에서 흐물거리며 결이 풀리고 있었다. 그도 주춤주춤 뒷걸음질 쳤다. 바다에서 짠 내와 비린내가 먼 곳의 방파제를 넘어온 돌풍에 실려 확 끼쳐왔다.

아이는 가보지 않았던 골목길을 통해 언덕 높은 곳— 사무재에 있는 집으로 걸어가기 시작했다. 한 골목에서 갑자기 하늘색 격자무늬를 한 문을 밀치고 이 세상의 것 같지 않은 하얀 원피스를 입은 숏을 머리를 한 젊은 여자가 나타나 나무라고는 한 그루도 없는 시뻘건 야산에다 대고 무슨 손짓을 하더니 안으로 사라졌다. 파란 격자문을 가진 파란 건물은 '나폴리 다방'이었다. 그녀가 쳐다봤던 붉은 산에는 또 다른 붉은 산과 또 다른 붉은 산이 바다로 통하는 길만 빼고 그 도시를 빙 둘러싸고 있었다. 그녀는 마치 붉은 산을 사람처럼 사귀고 있는 것인지도 몰랐다. 어디에서나 말라 가는 붉은 흙이 햇빛에 번쩍거렸고 어디에서나 말라 가는 오징어들이 비린내 나는 물기를 땅에다 뚝뚝 피처럼 흘리고 있었다.

나폴리 다방 옆의 개천에는 전날 내린 비로 불어난 시커먼 흙탕물이 괄괄 소리를 내며 흘러 바다로 쏟아져 들어가고 있었다. 작고 큰 돌들이 저희들끼리 마구 부딪치며 넝마를 든 애들이 쇠붙이를 찾기 위해 갈고리로 미친 듯 긁어대는 시커먼 개천 속을 눈이 먼 검은 게처럼 기어다니고 있었다.

그의 아버지는 국민학교 저학년이었던 그에게 여느 아버지들처럼 자연스레 돈을 건네주는 법이 없었다. 학용품 값이나 무슨 미화비 명목 등의 학급비를 달라고 하면 그의 아버지는 언제나 방바닥에다 동전을 확 집어 던졌다. 동전은 방 구석구석 아무 데나 쫙 흩어졌다. 아이는 언제나 개가 된 듯한 굴욕감에 울면서도 눈물을 보이지 않고 방바닥 여기저기를 네발로 기면서 그 동전을 주어야 했다.

그의 아버지는 높이 선 채로 그의 아들이 방을 기어다니

며 마지막 한 닢까지 동전을 줍는 것을 다 지켜본 다음에
야 등을 돌려 방 밖으로 나갔다. 국민학교 고학년에 접어
들면서부터 그는 칼을 만지기 시작했다. 어머니가 안 계신
부엌에서 당시에는 귀했던 스텐 손잡이가 달린 긴 회칼을
넓은 마당 뒤켠으로 몰래 가지고 들어갈 때면 그의 마음은
비로소 편안해졌고 가슴이 설렜다.

칼을 들어 뒤켠 화단에 철마다 지천으로 핀 분꽃이며,
맨드라미며, 코스모스며 갖은 꽃을 겨누고 있으면 그는 새
파랗게 마음속에 날이 섰고 단칼에 꽃들의 목을 정확하게
날려 버릴 수 있었다.

한 번씩 섬광이 통과할 때마다 목이 잘리는 꽃들은 그것
이 당연한 길이었다는 듯 하늘하늘 거리며 허공을 내려와
그의 발아래에 목을 떨구었다. 중2 때부터 그는 학교 부근
의 화부산에 올라가 혼자 술을 마셨다. 워낙 키가 작았으
므로 어떤 구멍가게 주인도 교복을 입은 채 술을 청하는
그를 의심하지 않고 선선히 소주를 주었다. 안주는 한 번
도 사지 않았다. 그런 개념조차 없었으니까. 그는 다른 일
이 없으면 화부산정에 올라가 소주를 거의 매일 한 병씩
마셨다.

소주가 너무 독했기 때문에 그는 갑자기 자기 신세가 처

량해서 울었다. 중3이 되고도 한참이 지났다. 가을이었다. 술을 마시고 그는 검은 동복을 입은 채 그 자리에서 잠이 들었다. 잠든 새에 바람에 날려온 낙엽들이 그의 몸을 덮었다. 그는 검은 나뭇등걸처럼 보였다. 땅거미가 내려앉고 산속이 어둑어둑해졌다. 아까부터 소년의 귀에 꿈에서인 듯 아련히 먼 곳에서 도끼로 나무 찍는 듯한 소리가 났다. 그러더니 얼굴에 무언가 차가운 것이 툭툭 떨어졌다.

그는 눈을 뜨고 상체를 일으켰다. 그러고는 너무 놀라 소리도 지를 수 없었다. 손을 뻗으면 닿을 거리에서 거의 눈앞을 꽉 메운 것은 매였다. 더 놀란 것은 정작 매였을 수도 있다. 어두워가는 산정 여기저기 낙엽에 묻혀있는 검은 나뭇등걸처럼 역시 한 나뭇등걸인 줄만 알았던 것이 살아 일어나서 눈을 번쩍 뜬 셈이었으니까, 그들은 서로 상대방의 눈에 갇혔다. 소년의 눈에 꽉 찬 것은 매의 눈이었다. 숲속의 어둠도 매의 날개도 다른 아무것도 보이지 않았다.

세상을 꽉 메운 것은 진초록의 총기 어린 빛뿐이었다. 소년에게 매의 눈은 자기 반의 교실 전체만큼이나 컸다. 그들은 서로 꼼짝도 할 수 없었다. 1분도 더 넘어 시간이 멈추었다. 무와 빛뿐. 그 초록으로 꽉 찬 공간에서 탈출할 수 있었던 것은 당연히 소년이 아니고 매였다. 매가 산을 넘는 힘으로 우선 그 시선부터 뿌리쳤다.

소년은 그 매의 힘을 느꼈다. 산짐승의 머리를 통째로 몸에서 뽑아낼 만한 힘이었다. 뿌리가 뽑혀 나가듯 시선이 떨어져 나갔다. 소년은 비로소 매의 전신을 볼 수 있었다. 어둠 속에서 매의 두 눈은 초록의 문 같았다. 강한 두 날개를 활짝 펼쳐 든 채였다. 매가 다시 한번 형형한 진초록의 눈으로 소년을 내려다보더니 그때껏 걸쳐 앉아 있던 나뭇가지를 탁 차고 박차며 날아올랐다. 나뭇가지 위에 걸쳐져 있던 어떤 물체가 소년의 가슴 위로 툭 떨어졌다. 검은 새였다. 소년이 그것을 반사적으로 털어내고 자리에서 벌떡 일어났다. 얼굴을 손으로 훔치자 온통 새의 내장과 피가 묻어났다.

어두워가는 산정의 나무들이 모두 하나씩의 혼령처럼 그의 주위로 으슬으슬 모여들고 있었다. 소년은 그래도 책가방을 챙겨 들고는 나무 혼령과 움직이는 어둠의 혼을, 이를 악물고 박차며 산속을 뛰쳐나갔다. 팔에 장미꽃 문신을 새길 날이 가까워지고 있었다.

장미꽃 문신을 새긴 그는 자원했던 군에도 갈 수 없었다. 너무나 유치했기 때문에 소위 '조직' 생활도 할 수 없었다. 미대를 나온 초등학교 후배가 악다구니만 가진 조직의 보스가 되어 그의 앞에 나타났을 때 그는 웃었다. 그는 그 길로 그 나이트클럽을 나와서 다시는 그쪽을 돌아보지 않았다. 그는 제 피의 불을 발로 비벼 끄고 싶었다. 그는 점점 더 뜨겁고 차갑던 이 세상의 모든 피를 경멸했다. 그 보다 연상이었던 한 퇴기가 "당신 아들이에요" 하며 포대기째 내려놓고 간 그 아이를 볼 때에도 아버지가 주워가라며 던져버린 방바닥에 떨어지며 팽그르르 돌아가던 그 십 원짜리 동전의 금속성 같은 싸늘함 — 그뿐. 세상은 아무것도 아니었다. 면도칼로 팔목을 그은 애들을 만나면 그는 상대가 소녀든, 떠꺼머리든 거의 죽을 만치 두들겨 패주었다. 그는 허공에다 기관총을 난사하며 적들에게로 돌진하고 싶었다. 햇빛 꽉 찬 정오에. 그리고 그들의 집중 난사를 받고 시원하게 온몸의 피를 뿜어대고 죽고 싶었다. 그는 프랑스군 외인부대에 갈 수 없었고, 그래서 중앙아프리카의 정오 속으로 기관총을 난사하며 돌진할 수 없었고, 이 사회의 적들은 너무 약해서 상대할 수 없었다.

5

안개 냄새. 이 물의 쇳덩어리가 진저리를 친다. 바다는 소리 없이 으스스하다. 이천 년 여름. 밤 두 시. 중국 대련 항 근처의 공해상. 아이의 젊은 아버지는 늦은 밤참 설거지를 마치고 아침에 먹을 북엇국 재료를 준비하고는 식도를 도마 위에 콱 찍어놓고 제 침상에 돌아와 떠도는 배의 항로를 가늠해 보고 있다. 아이의 젊은 아버지가 부주방장으로 승선하고 있는 이삼천 톤짜리 밀수 전용(?) 화물선은 안개 때문에 공해상에서 물건을 넘겨줄 상대 밀수선을 찾지 못해 헤매고 있다. 중국 해상보안청의 감시가 부쩍 강화되었기 때문에 접선 장소에 다다르면 등화관제가 실시되고 있다. 30분 전부터는 엔진조차 꺼버리고 조용히 앵커를 내려놓고 기다리고 있다. 배에는 장물 소나타, 장물

그랜저가 가득하다. 속이 타 시커멓게 된 화주의 실루엣이 선창 밖으로 들며 난다. 관례를 깨고 이번에는 40대 초반의 젊은 화주가 동승해 있다. 그만큼 그로서는 이번 항해가 사업의 사활이 걸린 문제라는 것이 느껴졌었다.

선장 전용 식당 칸에서 선원들과 격리된 채 식사를 하던 그는 선장과 잘 아는 사이인 듯 농담 섞인 대화를 하면서도 가끔씩 입술 언저리가 파르르 떨리곤 했다. 아이의 젊은 아버지는 화주를 어디선가 본 듯했다. 그러나 아는 체할 아무런 이유도, 필요도 없다.

가끔씩 쿵 하고 큰 파도가 뱃전의 쇳덩어리에 부딪히고, 그때마다 배는 얻어맞은 것처럼 게걸음으로 주춤거린다. 검은 밤바다의 어디선가 느닷없이 중국 해상보안청 선박의 서치라이트가 쏟아지기라도 할 것처럼 선원들은 긴장해 있다. 바늘 끝 같은 선 내 분위기 속에서 소등한 선실 침상에 누워 검은 밤의 혼령처럼 나타나고, 짙어지고, 스며오는 안개를 본다. '혼자라면 돈 대신 안개로도 산다.' 그는 그런 생각을 하고 있다.

'안개 먹고, 토하고, 안개 먹고, 안개 입고, 안개 덮고. 하루에 감자 세 알, 물 한 대접이면 산다. 그리고 촌 계집애들이 그냥 촌에서 뼈가 굵어 버린 시골 아낙네가 되어 방

앗간에서, 주막집에서, 이랑 긴 감자밭에서 '와하하'하고 웃어 제껴 주기만 하면 된다…….'

밤 세 시까지도 상대측 선박과 접선이 되지 않으면 이 배는 다시 먼 공해상으로 되돌아가 새로운 밤이 오기를 기다려야 한다. 그렇게 되면 점점 더 해상보안청의 레이더망에 수상한 선박으로 점 찍히고, 결국 밀수는 실패해 버릴 확률이 높아진다. 그나마 붙잡히지 않으려면 인천항으로 되돌아가야 한다. 가서도 문제가 발생한다.

자칫하면 공해상에서 삼천 톤 어치 화물을 수장시켜야 될 수도 있다. 안개는 비로 바뀌어 선창을 툭툭 두드리며 금 긋고 있다. 갑판 난간의 미등 속에서 강한 바람에 거의 수평으로 날리는 빗방울이 보인다. 밀수가 성공한 후에 받게 될 특별 수당도 저렇게 수평으로 날아가 버릴 것이었지만 그는 이번 항해가 그의 인생 마지막 항해라는 것을 직감한다. 그는 바다를 버리려 한다. 아이와 헤어진 후 3년 이상 바다를 떠돌던 그에게 처음으로 땅의 느낌이 어떤 단맛을 띠고 돌아오고 있다. 동그란 선창 넘어가 마치 거울 속 세상이듯이 아득해진다.

젊은 아버지는 베갯잇 속에서 꺼낸 작고 예리한 칼날을 손끝으로 쓸어보다가 칼날을 자신에게로 향하고 심장 한복판에 그 끝을 슬쩍 대본다. 심장의 고동 소리가 마치 청진기를 쓴 것처럼 잘 느껴진다. 마음은 아득해지고 아무 생각도 일지 않는다. 그리고 피의 고동 속에서 무언가 묘한…… 할아버지도 아버지도 자기 자신도 비바람 거센 한밤의 바다 위에 모두 편안하게 모여 서서 함께 고개를 끄덕이는 어떤 모르던 약속 같은 것이 떠오른다. 그때 삼천 톤짜리 쇳덩어리가 쿵 소리를 내며 흔들린다. 이만 육천 톤짜리 태평양 횡단 화물선을 탈 때 같은 큰 파도가 이따금씩 생겨나 배를 밀고 있다.

뱃전에 갑자기 생겨난 거대한 삼각파도를 받으면 항로를 잃고 오 미터 이상 그냥 옆으로 밀려나고 만다. 그리고 그 충격이 배의 몸통 속으로 전해지는 진동 속에 쇠들은 끼잉 끼잉 운다.

스크루가 바다 위로 들려 나와 헛돌게 될까 봐 선장이며 항해사들은 눈에 불을 켜고, 선원들은 식사도 할 수 없는 상황이 닥치지만, 그 산이 와 부딪치는 듯한 '쿵' 소리와 충격이 퍼질 때면 젊은 아버지는 이상하게도 그때에야 마음속에 항상 벼려두고 있었던 칼날에서 슬그머니 비켜서 마음이 편안해지는 것을 경험하곤 했다. 그리고 그 칼날을 바라보면 그것은 예리한 끝이 사라지고 물러진 어떤 덩어리가 되어 마음의 심연으로 자꾸만 가라앉는다. 그러한 폭풍우 치는 밤이면, 파도의 물보라가 까마득히 높은 뱃전의 위에까지 부딪쳐 흰 손을 흔들 듯이 비산한다. 이제 사내는 선실의 독서등을 끄고 창을 긴 자기 침상에 가만히 누워 창밖을 바라본다. 비는 더 강렬해지고, 바다는 급작스런 돌풍과 난기류 때문에 큰 삼각파도를 형성하고 있다. 삼천 톤짜리 배가 갑자기 격하게 시동을 걸고는 공해상으로 달려 나가기 시작한다. 바람이 폭풍으로 바뀌고 있다. 배가 덜렁거리기 시작한다. 쇠 우는 소리도 간혹 시작되고 있다. 예기치 않았던 폭풍의 정점을 배는 넘어가려 기를 쓰고 있다.

그는 마치 피 대신 식물의 수액을 몸에 흐르게 한 나무 인간처럼, 풀처럼, 양떼처럼 그저 오도카니 자리에 누워있다. 한 시간 안에서도 한 계절이 보이고 또, 흘러가는 듯하다. 대양은 두려운 곳이다. 바다는 너무도 넓다. 그러나 이 밤, 대련항 근처의 물밀이 속에서 속도 겉도 시커멓게 타버려 증발하기 시작하는 화주의 실루엣 속에서 태평양과, 인도양과, 대서양과, 동해와 서해가 한 바다처럼 맞닿아 있는 것을 느낀다. 한 바다처럼 말이다. 그 대목에서 그는 문득 언제나 베갯잇 속에 간수하던 상아 손잡이가 달린 작고 예리한 칼을 그냥 손에서 놓아버리고 만다. 배가 속력을 더 높이며 폭풍을 피해 미친 듯 먼바다로 달려 나가고 있다.

쿵쿵 소리를 내며 물 덩어리들이 뱃전의 이쪽저쪽을 들어오려는 듯이 두드리고 있다. 마음속에서 무엇이 조금씩, 조금씩 쏟아져 나간다. 그리고 그 거품 속 비눗방울을 헤치고 들어오는 쿵쿵쿵 소리 같은 알 수 없는 이들의 존재감이 새로이 다가와 그의 곁에 선다. 그는 칼을 버린 그 손으로 그들을 받는다. 그러자 그들이 말하는듯하다. '나를 아느냐고. 내가 느껴지냐고. 나를 만져보라고.' 꿈에서조차 한 번도 나타나 본 적이 없는, 성장기 이후로 불목하다, 재회하다를 반복해 온 그의 죽은 아버지가 갑자기 그의 마음속에 나타난다. 헤아려보면 현재의 그와 나이가 거의 같을 그때의 아버지가 비산하는 파도의 포말 속에서 검은 밤바다 속에서 그의 앞에다가 다시 동전을 확 뿌려댄다. 그리고 눈빛으로 말한다. '그것을 하나도 남기지 말고 주어라.' 그는 줍지 않는다. 그는 이번에는 굴욕감도 없이 마음속으로 그 동전을 바라보다 말고 눈을 번쩍 뜬다.

그리고 팔꿈치로 침상을 누르며 머리를 벌떡 일으킨다. 아버지가 흩뿌렸던 그 동전이 확 빛을 일으키며 데구르르 구르기 시작했기 때문이다. '그래! 그렇다. 그 동전은 돈이 아니다. 학급비가 아니다.' 그가 불목하던 끝에 상하게 했던 죽은 아버지가 더욱더 그를 똑바로 바라본다. 파랗고 뜨거운 불이 눈에서 뚝뚝 듣고 있다.

이제 그는 똑똑히 안다. 그랬다. 방바닥에 뿌려진 그 동전은 돈이 아니고 '씨'다. 그의 아버지가 방바닥에 뿌려댄 것은 아버지 자신도 이해하기 어려웠던 난폭한 핏속에 숨어 있던…… 하얗고 노란 씨이다. 빛이다. 북만주의 할아버지가 입에서 소처럼 허연 입김을 토하며 지평선 저쪽에서부터 열매이면서 동시에 씨인 쌀을 짊어지고 아버지를 지나 손자인 그에게로 걸어 올라온다. 새끼를 동여맨 발로 얼음 벌판을 지나.

거칠게……. 거칠 것 없이……. 그들 집안의 피의 방식대로……. 지평선을 건너와서 그의 앞에 딱 멈추어 선다.

6

아이는 학교를 파하고 돌아오는 길이면 으레 큰바람이 부는 흰 등대가 있는 언덕과 그 아래 인덕의 움푹한 곳.

작은 소택지를 지나서 온다. 언덕 위에 띄엄띄엄 솟아 있는 — 바다에서 죽지 않았기 때문에 무덤을 갖게 된 이들의 봉분들 사이 — 가장 큰 무덤가 잔디밭에는 그날도 십팔기를 연마하는 도장 없는 수련생들이 그냥 맨발에 겉옷만 벗어부친 채로 야아, 하는 기합 소리를 육풍과 해풍이 교차하는 거 친 상공 속에다가 내지르고 있었다.

사범인 듯한 이십 대 후반의 청년이 봉분 위로 뛰어 올라갔다.

아이는 이상한 두근거림과 호기심을 느끼며 그 곁을 천천히 스쳐 지나가고 있었다. 새파란 바다 위를 높다랗게 스쳐 절벽을 타고 올라온 바람이 상공에 알싸한 기운을 뿜어내고 있었다. 맨발의 그가 수련생들에게 힘이 잔뜩 들어간 소리로 무엇인가 외치다가 갑자기 벽력같은 기합 소리를 내며 오른손에 쥐고 있던 흰 몽둥이를 정오의 타오르는 해를 향해 일직선으로 치켜들었다. 그 흰 몽둥이의 끝이 인 빛을 발하며 햇빛 속에서 쨍 소리를 내듯이 빛났다.

해풍이 '욱' 하는 소리를 내며 불어닥쳐 육풍을 순식간에 밀어제쳤다. 아이는 작은 배처럼 그 기운에 두어 걸음 뒤로 물러나다가 넋을 잃은 사람처럼 그 몽둥이에 시선을 고정하고 가만히 서 있었다. 그것은 희디흰 사람의 다리뼈였다.

무덤들이 들썩이고 무덤에 난 구멍 속에서 젊은 아버지와 정선의 노추산 기슭 어디쯤에서 노숙할 때 보았던 여우의 초록빛 나는 눈망울과 발걸음이 저벅거리고, 허공엔 뽀얀 소금 가루가 얼음 조각처럼 날아다니며 뺨을 쳤다. 무덤 위의 사람은 시커멓게 형체가 변해가고 있었다. 그 모든 것들이 비리도록 어울려 부릅뜬 눈길들이 서로 닿을 듯이 가까이 뭉쳐 들면서 아이의 시선 안에서 형체를 잃어갔다.

그리고 오직 희고 거대한 기둥 같은 사람의 뼈만이 발광체처럼 구름 한 점 없는 정오의 상공으로 인 빛을 뿜어내고 있었다. 아이는 눈을 떴는데도 눈이 감겨드는 것처럼 눈앞에 보이는 것이 모두 다 사라지는 이상한 광경을 보았다. 그 희디흰 뼈의 빛 때문에 모든 것이 어떤 헐떡일 것만 같은 숨소리 하나만 남겨 놓고 빛 속으로 꺼져 들어가고 있었다. 아이는 자기 자신도 빛 속으로 증발되며 아득히 깊고 동시에 높은 곳으로 상승하는 느낌 때문에 순간 정신을 잃고 그 자리에 주저앉았다가는 천천히 옆으로 쓰러졌다.

아이는 저녁 어스름 녘에야 깨어났다. 아이는 두 달 넘어 하굣길마다 지켜보았던 올챙이들이 자라나 하루는 발이 달리고 하루는 꼬리가 없어지던 웅덩이를 비척거리며 지나쳐 할머니가 계신 칠이 거의 다 벗겨진 초록색 납작문 속으로 들어갔다.

언덕의 작은 웅덩이 안에는 이제 아무것도 없다. 아이는 그다음 날 하굣길이 되어야 바위 웅덩이 안에 단 한 마리의 개구리도 없다는 사실을 확인할 것이다. 또 도약하다 웅덩이 밖의 키 작은 갈대에 걸려 목 껍질이 벗겨져 죽은 한 어린 개구리의 사체가 말라가는 것을 의아한 눈으로 바라보게 될지도 모른다. 각기 다른 야생의 시간이 각기 다른 바람의 결처럼 그들의 속으로, 겉으로, 옆으로 마구 스치며 지나갔다.

7

아이가 젊은 아버지와 헤어진 지도 삼 년이 훨씬 넘어서고 있었다. 열 살에 초등학교를 들어간 아이는 두 번 월반해서 삼 년이 흐른 지금 초등학교 오 학년이었고, 학급문집 '풍향계'의 책임 편집자이기도 했다.

오십 년도 더 되었을 미루나무가 있는 교정에서 아이는 아버지를 만났다. 모자를 벗어들고 굳은 주름이 생긴 얼굴에 머리가 윤기 없이 부스스한, 이제는 젊어 보이지 않는 아버지는 미루나무 곁의 철봉 틀을 한 손으로 잡고 발을 꼰 채 가만히 서 있었다.

아이는 6월의 해가 지글지글 끓고 있는 하얀 운동장을 머릿속이 하얘지는 것을 느끼며 걸어갔다. 이제는 젊어 보이지 않는 아버지가 그에게 다가온 아이의 상고머리로 치켜 깎은 머리통을 잡아당겨 자기 가슴안에 집어넣었다.

젊지 않은 아버지에게서 무슨 단내 같은 것이 났다. 그 냄새 때문에 아이는 갑자기 가슴이 뜨거워져서 몸을 부르르 떨었다. 그들은 한참을 그렇게 서 있었다. 소리를 뚝 그쳤던 매미들이 다시금 '쩌르르르' 울어대기 시작했을 때 그들은 미루나무의 길어지는 검은 그림자를 지나쳐 교문 쪽으로 걸어갔다. 거기에는 깨끗하게 세차를 한 흰색의 일톤 포터 화물차가 서 있었다.

"봐라. 이게 아버지의 차다."

아이는 잠자코 차를 들여다보다가 신형 뻥튀기 기계가 설치되어 있는 자동차의 화물칸을 손으로 가리켰다.

"아버지는 여기서 사셨어요?"

젊지 않은 아버지는 고개를 가로저었다. 아이는 화물칸의 난간에 두 손을 댄 채로 반대편 조수석에 이를 때까지 하얀 차를 천천히 한 바퀴 싸고돌았다.

젊지 않은 아버지가 뒤통수가 시원하게 드러난 아이를 바라보며 그 뒤를 따라 돌았다. 아이는 초등학교에 들어오기 전 삼 년이나 아버지와 함께 강원도의 시골을 떠돌며 그 세월의 태반을 기숙했던 0.5t 라보 화물차를 떠올렸다.

아이의 아버지는 젊은 나이이었음에도 굳이 사라져가

던 방앗간의 기술자를 고집하였었다. 사라져가던 떡 공장이며, 정미소의 기계를 돌리고 수선하며 떠돌아다닐 때의 길고 긴 배추밭과, 무서리 내린 아침 녘 들판의 뽀얀 안개와, 안개 속에 문득 무서운 꽃다발처럼 드러나던 못 가본 산길들의 갈래와, 내장이 꽉 찬 듯한 — 모자 쓴 허수아비와, 너무나 투명해서 오히려 마음 에이게 하던 평창강, 동강, 내린천의 초록빛과, 학교 가는 시골 아이들의 사과처럼 빨간 볼과, 산간마을의 불빛과, 시골 막국수집 아줌마들의 왁자한 수다와 웃음소리를, 전기도 아직 들어오지 않는 집들의 호롱불 냄새를 아이는 그의 아버지와 마찬가지로 가슴속에 새겨두고 있었다.

"아버지, 아버지는 언제 또 떠나시나요?"

젊지 않은 아버지는 다시금 머리에 눌러썼던 채양이 달린 보라색 야구 모자를 벗어들고 아이를 머리 위로 번쩍 들어 올렸다. 아버지의 머리보다 높이 올라간 아이는 머리숱이 숭숭 빠져 속머리가 훤히 드러나 보이게 된 아버지를 내려다보았다. 아버지는 새하얀 운동장처럼 환하게 웃고 있었다. 아버지의 그 웃음의 의미를 아이는 그냥 알 수 있었다. 아이는 가슴속이 하얘졌기 때문에 귀먹은 것처럼 아무 소리도 들려오지 않았다.

아버지의 하얀 웃음소리뿐이었다. 아이는 그 온통 희기만 한 세상이 친숙하면서도 생소했다. 아이는 소매가 걷어 올려진 아버지의 이두박근에 박혀 있는 장미꽃 문신을 만져보기 위해 술 먹은 듯 빙그르르 도는 눈으로 아버지를 향해 손을 뻗었다.

그레고르 잠자의 계산법

그레고르 잠자의 계산법

1

1994년 11월 6일 나는 '그레고르 잠자'이다. 내 키는 170.3cm이다. 나에겐 타인의 영혼을 보는 눈이 있다. 참고로 몸무게는 오늘 오후 58.64kg에서 58.96kg 사이를 쉴 새 없이 오갔다. 쉴 새 없이…… 오늘 난 나무 한 그루 제대로 보지 못했다. 눈으로도 만질 수 있건만 오늘은 기회가 없다. 갑자기 '없다'로 현재형이 된 것은 아직 오늘이 끝나지 않았기 때문이다. 아직 그 무엇을 만질 수 있을지도 모르는 일. 만지면 그 나무를 느낀다. 지난여름 이 강릉이라는 도시에서 유일한 구원은 소싯적의 추억과, 그 추억의 길 용강동에서 교동으로 넘어가는 오래된 골목 끝에 핀 백장미뿐이었다. 추억은 찌그러진 보안등에 드러나는 골목길을 선사했고 백장미는 그 길 어떤 담벼락 너머로 올라와 밤하늘과 닿아있는 달의 속에 자기를 열었다. 나는 그리 손을 가져간다. 가능한 한 달의 변신 속도를 거스르지 않는 꼭 맞은 속도로.

강렬하게 나는 백장미의 흰, 이미 달빛을 먹은, 혹은 맞은 피부를 보고 만지고 느낀다. 깊이 그것은 내 호흡 속으로 들어온다. 나는 반 식물이 되어간다. 내 몸의 사람 열기는 살 속으로 흩어지고 백장미의 체온은 시리게 뼈를 타고 더 가까이 온다. 그럴 때 얼음장같이 차고 두꺼운 정적이 온다. 1분 너머 2분. 와서는 깨어진다.

깨어질 땐 아무 소리도 나지 않는다. 다만 내 마음이 그 깨어짐 — 깨어져서 나와 백장미의 사이와 아래와 뒤를 차지해 주는 — 그래서 우리를 아예 거기에 있게 하는 그 정적의 호흡에 감읍하기 때문에 나는 아무 감정도 없이 눈에서 마음이 흘려내는 눈물이 고이고 있음을 안다. 나는 백장미에게 몸을 맞대기 위해 담벼락으로 다가가서 발돋움한 후 입술을 댄다. 대는 백장미는 이번엔 사람을 받아 본 백장미이다. 백장미는 백장미로서 내 입술이 미는 힘에 긴장하고 그것이 그저 아무런 사심 없는 사랑임을 알면서 한 번 진하게 나에 의해 너울거리는 것을 허락한다. 이제 우리 사이엔 냉소도, 편견도, 아첨도 없고 다만 우리의 만남만이 그 골목길을 채운다.

골목길엔 돌연히 눈이 날리고 이 밤 내내 그것은 내리며 인다.

나는 그곳을 떠나야 한다.

백장미는 내게로 오고 그러나 나는 또 가야만 한다.

진실한 것일수록 그것은 그 진실을 만든 장본인이 죽어 간다 해도 아랑곳하지 않고 어떤 것에도 얽매이지 않고 그 스스로 존재하고 욕망하며 그렇게 시작된 존재의 길을 다시 가야 하는 것이다. 처음엔…….

그렇게 나도 간다. 세 발짝, 다섯 발짝, 열 발짝을 가면서 나는 다시 타락해 가는 것을 느낀다. 세탁소와, 꽃순이 미니 슈퍼를 지날 때 위험하다가 야차 같은 큰길의 차 행렬 앞에서 나도 야차의 피와 뿔과 가시 달린 꼬리가 자라나는 것을 안다. 푸르고 푸른 것은 검고 검은 것 속에서도 백장미로 살고 그것을 경험한 그때의 푸른 인간은 십 미터도 채 못 가서 시꺼멓게 되고 눈은 붉게 타오른다. 타오르면서 아까의 눈물 자국을 '확' 말려 버린다.

최는 여기까지 일기를 쓰고 일기를 탁 덮는다. 그리고 캐비닛을 열고 캐비닛 속의 또 다른 금고 앞에 허리를 굽힌다. 64에서 좌로 두 번 돌려 15에 맞춘다. 그리고 금고

문을 반쯤 열다 말고 갑자기 금고 문을 다시 닫고 어떤 인기척을 느끼는 듯 귀를 허공 속에 들어 올리더니 갑자기 다이얼을 아무렇게나 획획 돌려 버린다.

바깥의 캐비닛마저 다시 조용히 닫아건다. 그는 벽시계를 올려다보고는 2층인 그의 서재 겸 침실인 컨테이너박스 바깥으로 나가서 사다리를 타고 아래로 내려간다.

개 짖는 소리가 난다. 사람을 두려워하지 않고 무시하는 소리. 그는 어디로 걸어가는가? 앞엔 바다가 있지만 철조망으로 막혀있다. 남쪽으로 길게 나 있는 빤히 보이는 산책로. 그는 그리로 걸어갔을 것이다. 이곳 인근 해변에서 유일하게 남아있는 황무지인 이곳에는 그의 상자 — 집 외에는 아무것도 없다. 나는 그의 침대에서 일어나 붉은 장미가 세 송이씩 그려져 있는 푸른 커튼을 젖힌다. 멀리 항구 쪽에 붙어있는 해녀횟집의 간판 아래로 그가 걸어가고 있는 것이 보인다. 천천히 기우뚱거리면서 걷는 그의 모습은 이 세상 사람 같아 보이지 않는다. 그는 가끔 사자의 모습을 보인다.

나는 그 모습이 좋다. 나에 대해서 궁금하실지도 모르지만 말 않는 편이 좋으리라 생각된다. 나를 그의 영혼이나 분신이나 반려쯤으로 생각해 두는 편이 나으리라. 그는 오늘 자신을 변신의 '그레고르 잠자'로 표현했으나 그것은 그의 사촌 여동생의 결혼식에 참석했던 것 때문이다. 거기엔 동물들이 있었다. 그는 오직 주례 선생 이마의 푸른 기운이 약간 마음에 들었을 뿐이었다. 게다가 그들 속에는 그의 고모와 고모부가 있었고 그와 목을 틀어쥐는 싸움을 벌였던 고종사촌도 끼어 있었다. 그들은 서로 모른 체 하기 내기를 하면서 피로연 식당에서 등 돌려 조용히 국수를 한 그릇씩 비우고 사라졌다. 증오하든 증오하지 않던 고집스레 자신의, 혹은 조상으로부터 물려받았다고 생각하는 피를 고집하는 것은 모조리 '카인'이거나 '짐승'(특히 티라노사우루스 같은 거대한 육식 공룡 앞에서는 숨고 그보다 작은 공격적인 짐승 앞에서는 티라노에게 가졌던 두려움의 양만큼 크고 둔중한 돌도끼를 손아귀에 쥐는……) 이라고 생각하는 것은 그의 최근의 버릇이다. 그는 짐승과 카인 속에 가끔 사람이 섞여 있는 것을 발견하는데 그 사람을 그는 카인이나 짐승과 구별해서 녹색인이라고 부른다. 그러니까 오늘의 그 자신을 '그레고르 잠자'라고 기록하는 것은 말하자면 자신을 은밀히 인간충으로 만들어서 은근히 자신의 컨테이너 집이 거대함을 과시하기 위해서이다. 최는 어떤 면에서는 카프카를 약간 깔보고 있는데, 그 이유는 거대한 저택을 가진 자만이 그 거대한 집 속에서 스스로 벌레 같아진다는 것을 카프카는 잘 몰랐으리라고 믿기 때문이다.

그것을 역시 은밀하게 — 일기장 같은 것 속에서 즐기려는 수작이다.

그는 작년 11월 4일 그의 92세 된 할머니가 돌아가셨을 때(할머니는 강산을 마시고 — 그에게 속죄하는 듯한 초록색 눈이 되어 돌아가셨다.) 약한 정신착란을 일으켰었다. 밤새도록 그는 돌아오지 않았었다. 몇 번 아래층(역시 서재 겸 주방 겸 침실)의 녹색 출입문이 여닫히는 소리가 났으나 그건 조용한 밤바다에서 돌출한 파도가 제 등을 쳐서 내는 딱딱한 파열음이었을지도 모른다. 바다는 언제나 기적같이 변화하니까. 2층의 컨테이너는 앞창이 사람이 누운 크기보다 더 크고 넓게 설계했기 때문에 새벽만 되면 푸르다.

밤엔 별이 주먹만큼 크게 보이고 별똥들이 악수하려는 것처럼 불쑥 흰 팔을 내밀었다가는 수줍게 팔을 뒤로 감춘다.

— 〈저희 가게에서는 이젠 치료도 해드리기로 하였습니다. 인형도 팔고 치료비는 받지 않겠습니다. 그러니 자주 와 주시기 바랍니다.〉

— 최는 헤어진 아내와 두 딸이 사는 집에 와 있다. 필시 비어있으리라고 예상했던 대로 집은 비어있었다. 형제가 많은 외가 쪽에서 누가 서울서 내려와 모두 콘도 하나쯤 세 내어 모여 있는 것인지도 모른다.

그는 좁은 거실 바닥에서 두 손을 맞잡은 채 쪼그려 앉아 있다. 그는 초등학교 3학년인 제 딸이 붙여놓은 '공고'를 한번 읽고, 재차 읽는다. '가게는 무슨 가게일까. 인형도 파는 확장되어 가는 가게인데 난데없이 치료도 해주겠다고 한다. 종합병원? 아마 못 고치는 병도 있을 것이다. 그러나 치료비를 안 받는다? 그러니 자주 와 달라고?······ 세상엔 이런 종류의 가겟방 안의, 인형 가게 옆의, 종합병원도 있다. 그러니까 우리는 가게에 담배 한 갑 사러 가는 길에 이빨이 아프면 이빨을 빼고, 술 깨는 약을 먹고, 외상할 필요도 없이 주머니에서 줄지 않은 동전의 무게를 인식할 필요도 없이 그냥 집으로 오면 된다. 어째서 이런 우스운 공고가 다 이 세상에 붙어 있을 수 있단 말인가. 딸이 오기만 하면 직접 문초해서 낱낱이 진상을 밝히리라는 헛다짐을 다져가는 재미에 그는 빠지고 싶어 한다.

최는 다져지는 재미를, 몸을 바쳐서 확인하기 위해 방바닥에 '엣' 하면서 나뒹군다. 두세 바퀴 구른다. 볼은 알밤을

문 것처럼 되고 눈은 삶긴 가재처럼 되어 있다. 그는 그 공고가 붙어 있는 한, 또 이 집에 아무도 없는 한, 그는 이곳이 어머니의 몸속과 같은 의미의 고향인 것을 느낀다.

그는 사람이기 이전에 알 수 없는 그 무엇이었을 것이다. 그리고 사람의 기미 ― 공고 ― 를 보고 그가 사람이 되어감을 어렴풋이 느끼게 된 때 그때가 바로 수태된 그때였을 것이다. 그는 이젠 어머니의 태 속에서 뒹굴고 있다고 생각한다. 그때의 '뒹굴음'은 실은 땅바닥을 뒹구는 것이 아니라 물속의 유영이 되고 그곳에서 '뒹굴음'을 그 자신에게 더 허용하기 위해 그는 폭소를 아끼고 또 아무 생각도 하지 않고 생각 이전의 그로 ― 인간은 되었지만 이 사회에 속하지는 않았다의 상태를 갖고 싶어 한다는 것을 그 역시 안다. 그러나 그는 단순히 그곳으로 돌아가고 싶다는 것이 아니다 라는 것도 안다. 그러니까 그는 그곳과 그곳의 그것 ― '공고' ― 의 의미를 이미 수십 차례나 어른이 되어서도 경험한 기쁨이 있기 때문이다. 그러니까 그는 노련한 그 공고 속 가게의 손님이다. 어른은 들어갈 수 없는 세계. 만약에 어른이 된 짐승들이 그 가게로 들어가면 그 분순이, 서희, 지수, 경은이들은 파랗게 파랗게 언다. 고드름이 되다가 그 어른이 제법 재치 있는 농담이라도 하면 ―

그 고드름은 그제야 조금 녹으면서 낙하하여 그들 자신에게로 떨어진다. 그 충격으로 지수는 콧물을 훌쩍이기 시작하고, 경은이는 눈물이 맺히고, 서희는 그 사실을 골똘히 궁리하고, 분순이 '공고'의 집필자는 또 한 번 자기 자신을 포기하고 그들을 ― 이방인을, 아이들의 세계 속으로 허용해 주기 위해 ― 그 재치 있다고 스스로 믿는 어른들에게 아프지도 않게 고개를 끄덕여 주는 것이다.

아이들은 모두 없다.

그들은 모두 실종자처럼 어른의 세계 사이를 통과해서 학교에 갔다. 그러나 아직 학교 갈 나이가 안 된 아이들은 돌아온 어른들 ― 할머니나 할아버지와 함께 있고 그렇지도 않은 아이들은 아프다. 그들은 분순이의 가게로 와야 한다. 와서 치료비도 없이 이빨을 서너 대씩 빼거나, 목구멍을 서로 자세히 번갈아 들여다보거나, 틈틈이 인형을 사면서 침 없는 플라스틱 주사를 서너 대씩 양쪽 엉덩이에 맞아야 한다.

그것은 그들의 어떤 제의에 속한다. 아픈 몸이 아프지 않을 때까지 가자는 김수영 시인의 아픔은 맞는 말이긴 하지만 그것을 낫게 하는 방법은 아프지 않을 때까지 계속 가기보다는 서로서로 이빨을 빼주거나 목구멍 속을 들여

다보는 게 낫다. 그럴 땐 사람에게 다른 분비물이 생겨난
다. 이빨이나 목젖을 파고드는 손가락을 통해서도 그 액체
는 나오고, 그냥 구경할 차례인 이들의 눈망울을 통해서도
나오고, 침도 없는 플라스틱 주사기에서 쑥 삐져나오는 맹
물에서도 나온다. 하여간 그것은 '접촉'에서 더 잘 나오고,
그때에 자기 자신에게도 그것이 나올 수 있는 기관이 있었
구나! 하는 것을 안다. 어른들 또한 어른은 되었지만, 그것
을 위해서, 그것에의 향수 때문에 술을 마시지만 술은 정
작 그들을 죽일 만큼 강할 뿐이다. 술은 사랑이 아니다. 술
은 만화책과 같이 그것을 보는 자들의 자기 자신이란 것을
부채질해서 바람에 흘러가게 해줄 뿐이다.

어느 때엔 자신만을 남게 하지만 그때의 자기 자신은 주
위를 다 잊었기 때문에 어쩔 수 없이 남게 된 전리품이다.
그 전리품은 술을 마시지 않아도 나이가 들어 사회에서 은
퇴하기만 하면 통째로 곧 돌아오게 된다. 그때는 또 그 골
치 아픈 '자기 자신'을 어떻게 할 것인가? 'self service'!
'self service'의 지향은 강함이다.

— 강함 — 그것은 술이다. 그 자체로서 그냥 강할 뿐이
다. — 철기시대의 철의 논리이다. 철 — 강함은 토목공사
의 미덕일 뿐이다. 이런 시대는 끝나야 한다. 사람은 죽고

술과 철과 강함만 남는 시대정신이 인간에게 무슨 의미가 있단 말인가. 꽃은 철이 아니지만 강하다. 특히 보라색 꽃, 큰 꽃. 보라색의 큰 꽃들은 너무나 강한 나머지 낮에도 밤을 보는 것과 같다. 그것은 괴기하게 생긴 얼굴이면서도 너무 크고 코도 없고 눈이 없으면서도 나를 본다. 그 꽃 어디에 피었더라? 아이들과 함께 무서워하고 싶다. 서로서로 소리쳐서 그 무서움을 조금이라도 덜고 싶다. 어디에 피었더라. 그 꽃. 무서움 한번 그 숲에 던지고 씨 뿌리고 사라진 꽃.

그 꽃.

최는 잠이 든다.

2

〈일념〉1994. 11. 10

보슬비가 내린다. 이 밤 남대천 제방 옆, 비가 내린다. 최는 동산여관 203호실에 쓰러져 있었다. 아니, 아니 쓰러졌었던 자는 나다. 내가 쓰러져 있었다.

최는 아무것도 모르고 돈을 세고 있었다.

은금당 고 씨, 유리점 안경 박, 체육 교사 피, 건축업자 김이 벌이는 판이었다. 따뜻하고 쌀쌀한 밤이다. 군용 담요에 딱 소리가 난다.

'피박'하는 소리. 최가 숟가락으로 맥주병을 따는 '뺑' 소리. 저 진절머리 나는 소리. 이어서 최가 무엇인가 찢을 준비를 한다.

'짜악짜악' 마른오징어 찢는 소리가 밤늦어 문 닫은 시장

바닥의 어두운 비 흔들리는 소리를 괴이하게 찢고, 보슬비의 소리는 전신주 보안등에서 수평의 허공으로 네댓 발짝 건너 하얗게 빛나는 2층 형광등 불빛이 새어 나오는 열린 창으로 흘러 들어간다. 보안등과 203호의 형광등 빛이 놀부와 흥부네 집의 지등처럼 매달려 있다.

보슬비가 온다. 와서는 버드나무 가지 회초리처럼 후려친다. 이 시간 그 누구도 이러한 보슬비를 사랑하지 않는다.

이 시간. 정확히 밤 11시 47분 35초. 보슬비는 동산여관 옆 보안등 빛 아래 양방에서 S 자와 S로 달려와 서로 겹쳐지며 허공에 '픽'하는 소리를 내며 진공상태를 이루는 시범을 보여주었건만 강릉시민 중 그 누구도 이러한 장터 위 허공의 비밀을 관찰하지 않는다. 유유자적 보슬비는 일없다는 듯 그 비밀의 입을 싹 씻고 인간의 아래로, 위에서 내리고 있다.

나는 너무 지쳤다.

최는 정신이 나갔나 보다. 화투도 칠 줄 모르면서 그 판에 끼여 판돈을 무릎 밑에 끼어 보관해 주는가 하면, 허겁지겁 잔돈을 바꿔주고 있다. 또 '뻥' 소리를 내며 따는구나. 아까는 허둥지둥 잔돈을 바꾸러 동명극장 옆 야식집 담뱃가게 겸 슈퍼로 뛰어가는 꼬락서니를 보이더니 지금은 '뻥'

하고 GAS 뛰어나가는 맑은소리를 듣는다. 약간은 시원해하면서. 건축은 이미 최를 포기하고, 은금은 다만 웃고 있고, 유리 박은 아예 안중에도 없고, 피만이 그저 몰락하는 친구 정도로 최를 대하고 있다는 걸 나의 최는 까맣게 모르고 있다. 최는 오랜만에 만난 친구들과 끝까지 있어 줘야 한다는 일념뿐이다. 일념. 강릉시에만 5,200개의 일념 자가 쓰인 액자가 식당에, 하숙집에, 용봉주유소 사무실에, 대학도서관의 고시 준비생 지정 책상 칸막이에, 교장실에, 도장에, 송정 들판을 지나 심야의 횟집으로 질주하는 연애 중인 어떤 불안하고 창백한 아낙네가 탄 택시 기사의 실내 백미러 곁에 흔들리고 있건만 그는 5,201개째의 일념으로 이 밤 오징어를 '짜아악' 찢어대고 있다.

나는 그에게 무슨 일이 오늘 일어날지 안다.

나는 너무나 지쳐 쓰러졌다가 그냥 외면한 채 길 밖 남대천의 검은 물굽이로 나와 버렸다. 인간은 그러나 저들대로 아름다운 저의 길을 가고 있다. 그러나 나는 나대로 그러나 어쩔 수 없이 그들의 그림자로 살아야 한다.

최여, 안녕! 오늘은 아무 일도 일어나지 않고 무사할 것이다. 비로 그 무사함이, 5,201개째에 이르는 당신 일념의 힘이다.

1994. 11. 11 AM 2:30 컨테이너

최는 바다에 돌아와 '친구들은 나완 다른 불모지'라고 쓴다.

그리고…… 쓴다. 고통스럽게 나는 그의 고통에 의해, 모르게 고통을 유지하려는 그의 악착스러움에 의해 밀려나 버려지고 있다. 최여! 그것을 아는가?

"나는 내 고통을 믿지 않는다."

그것은 미치는 것쯤으로도 극복할 수 있다. 그것도 안되면 그 고통을 그저 제거하거나, 버리면 된다. 그것은 아주 쉽다. 왜냐하면 고통은 저 홀로 오지 않는다. 그것은 그 자체가 대상으로서도 오고, 상태로서 오고, 하여간 무엇에 업혀서, 씌워서 온다. 돌처럼 저 홀로 존재할 수 있는 고통은 거의 없다. 무엇이든 고통스러워할 수 있겠지만 그 생각이 곧 고통 자체는 아니다.

고통을 존재하게 하려면 그 고통의 대상이나 상태를 새기면 된다. 우선 마음에, 그리고 걸음걸이에, 돌에, 오선지에, 허벅지에, 피에, 백지에…… 그러니까 새기지만 않으면 고통 자체로서 고통의 생을 유지하는 건 없다. 있는가?

고통의 숙주가 되지 말자고 나는 마음 판에 새긴다.

그 숙주의 기억의 유전인자의 코드에도 속지 말자고 한다면, 가능하다면 나는 새 기억을 안 받은 채 한 이백 년간 숙성된(부패한) 술과 같으리.

혹은 불모지! 나는 그래서 239세 된 불모지이다.

그러나 이백여 년이나 각오하느라 이를 악물고 입을 닫았기 때문에 내 속은 거의 다 녹아 버렸다. 결국, 나는 고통을 견디느라 惡을 낳았다. 그 악은 지독함이다.

지독함을 끝내는 게 나의 숙제다.

끝낸다는 건 또 다른 지독함.

산화가 낫다. 산화. 산화하면 이제 인간의 일은 끝난다. 자유를 느끼고 그때 봄처럼 겨울처럼 운명을 본다.

보는 자가 된다. 보는 자는 나의 누구인가? 할 때의 그 나는 그래도 안 끝났다. 그는(나는) 욕망이다. 견자에게 점점 죽어지내게 된 욕망이다. 육체를 길들인 욕망은 수백 세기에 걸쳐 나에게 이른 생명의 이름표.

그 이름표를 떼어낼 때까지 욕망은 심지어 그의 욕망의 친자식 — 내 딸년들의 천진난만함까지 고통의 상표를 붙여서 생명을 이용할 줄 안다.

그는 대천사의 궤도를 벗어난 루시퍼이고 생명을 담보로 활동한다.

그의 계략은 무궁무진. 어느 땐 외경스런 어깨가 튼실한 든든한 친구로 변하기도 한다. 그러나 친구여, 착한 친구여! 위선자는 나였다. 학수야 — 너희는 어쨌든 아무것도 나와 최를 속인 것은 없지 않으냐. 네가 최에게.

"네가 페인인 건 너 스스로 알겠지만"이라고 말했을 때 그 다음 말까지 내 귀에 들리리라고 상상해서인지 계속 녹음실의 아나운서처럼 입을 쫑긋거릴 때 무슨 말끝에 "안 그래?"라고 하면서 최의 어깨를 '탁' 칠 때 나는 알았다. 실은 내가 너희들을 속였다는 걸. 우둔한 친구여, 시민이여, 시민이여, 시멘트 바닥이여. 내가 나 뒹굴기에 아주 적당한 단단함이여. ……겨울이 오고 있다. '최는 겨울잠에 빠져들어야 한다. 그와 나 모두를 위해. 여름의 혼과 가을의 몸이 피의 불이 그에게서 이제는 빠져나가야만 한다.' — 그는 계속 쓴다.

견자는 자기 길을 갈 수가 없다.

견자는 사람이 아니고 사람에게 깃들게 된 순수한 정신이기 때문에 사람의 육체와, 두뇌, 혹은 마음으로라도 생각하면 백전백패. 오직 정신의 사람으로 다시 일어서지 않으면 안 된다. 그 외엔 방법이 적다. 왜냐하면 두뇌 — 육체의 인간을 저버린다고 하자. 그럼 내가 누구인지 어떻게 알고 계속 그로서 존재할 수 있겠는가?

그러나 이것 또한 욕망의 수작. 가능한 한 정신의 편에서 생각하라. 정신의 편에서 육체의 생각(두뇌)을 이용하라.

할 수 있겠는가?

그것이 불가능하다면 다음엔 자연 자세히 보기와 기도 뿐이다.

그것도 안 되면 그때엔? 그때엔 그런 정신의 사람들이라도 생각하라.

그것도 안 되면? 그때엔 호랑이 굴에 끌려다니더라도 정신이나 잃지 않도록 애쓸 일.

그것도 안 되면? 그때엔 너의 힘은 끝났다. 그러나 한번 견자였다면 그것은 언제고 네게 다시 나타난다. (꿈에서일지라도)

그때를 기다려!

생명은 생명이기 때문에 욕망이라는 이름표가 붙어 있다고 해도 그래도 가슴이다. 그것은 욕망보다 더 본질적이어서 우주의 마지막 날까지 계속된다. 그 가슴 위의 이름표를 뗄 때까지 견자 또한 죽지 않는다. 기회는 다시 온다.

컨테이너 창틈 사이로 들어온 첫 겨울의 차가운 바람이 잠든 최의 새치를 흔들고 있다.

내게도 기회는 다시 온다.

술에 취해 잠이 든 최의 에고를 비로소 내려놓고, 나는 이제야 자유로워진 최의 혼과 함께 양양 남대천으로 간다. 그가 원했으므로. 이럴 때만 나는 한없이 기뻐진다. 그의 꿈을 타고.

수확이 끝난 사과나무밭을 지나, 강을 지나, 강이 바다로 풀리는 해안에 이르자 연어들이 보인다. 그들이 해안 가까이 몰려와 청색에서 붉은빛이 되는 갈색으로 몸을 바꾸고 있다. 바다에서 염기 없는 강으로 뛰어들기 위해. 바다로 밀려드는 강물을 조금씩 삼킬 때마다 몸은 변하고 그들은 강의 수원지 냄새를 맡는다. 그리고 그 끝에서 이슬 같은 첫 물방울의 냄새를 느낀다. 세상이 그 물 한 방울에 모여 있는 이상야릇한 울림 속에서 연어들은 푸른 기억도, 흰 기억도 다 증발시키고 있다. 그들은 태평양 건너편에서부터 오호츠크해를 지나 북한해류를 타고 왔다. 그들이 동해안에서 양양 남대천을 찾는 지주는 그들의 회귀본능을 뛰어넘어 그들의 몸에 깃들어있는 일군의 새파란 별(우주의 중앙인 북두칠성에서 약간 북서쪽에 치우친)의 힘이지만 금강산 해안을 지나면서부터 지표는 설악산의 대청봉으로 바뀐다. 그 누구에게, 왜, 그 산은 그리도 큰 푸르름이겠는가? 대청봉은 연어와 같이 새파란 별의 힘에 무저항으로 자신을 투신한 생명들이 붙인 이름이다. 그 산에서는 연어들의 몸에 실려 있는 것과 같은 별의 힘이 푸르도록 빛난다. 최의 혼은 연어의 몸을 빌려 혹등고래의 '뿌우우' 우는 소리를 경험하고, 연어를 삼키는 범고래의 입속을 경험하고, 큰 빙하보다 훨씬 더 큰 수면 하의 빙하의 새파란 밑동을 경험하고 있다. 기쁘다. 그것은 모두 남대천수원지의 끝. 이슬 같고, 비 같은 첫 물방울의 울림 속에서 형언할 수 없는 방식으로 온 세상을 향해 열린 채 깃들어 있다. 그것은 오! 정기 그 자체의 나타남이다.

그렇게 한 것은 터무니없이 새로운 텅빔 — 고요한 '현재' 속에서 우주 전체가 다만 집중한 결과이다. 연어들은 그들의 경험 전체를 첫 물 한 방울에 바치고 싶어 한다. 그것이 그들 생의 의도이고, 그것이 연어고, 연어의 운행이며, 그들의 역동 그 자체다. 남대천수원지 — 어성전을 지나, 부연을 지나 삼산의 고개 너머 오대산의 '에우 두름' 속에서 그것은 이 시간에도 태어나고 있다. 강은 거기서 시작한다. 최의 혼이 한 연어에 실려 반짝 물 밖으로 고개를 든다. 그의 변신이 신기해서 나는 한 인간이자 연어인, 그들 둘이

하나일 수 있는 강력한 섞여 듦에 매우 호기심이 인다. 그들을 쓰다듬어 보고 싶다. 하나이면서도 둘인 그들에게 쓰다듬어지는 것은 연어의 피부다. 나는 백장미의 체온으로 연어 그 자체를 쓰다듬는 이상한 시도를 한다. 내 손에도 백장미의 체온 속으로 연어의 물이 뚝뚝 듣는다.

3

〈죄와 벌〉 1995년 1월 16일

　지상에 남아있는 나의 것이 줄어들고 있다.

　생활비 17만 원, 집 ― 컨테이너 두 개, 자동차세도 못
넣은 21만km 뛴 프라이드와 10리터쯤 남은 휘발유. 애들
은 아름답게 커가고 있다. 분순이는 내일 안경을 맞추어
주어야 한다. 생활할 수밖에.

　프라이드는 누굴 주어 버리면 그만이지만 안경은 맞추
어 주어야 한다.

　이러한 생활 선으로는 곡예밖엔, ……못한다. 이러한 빈
곤으로도 나는 무리한다.

　나는 어디로 가야 하는가?

PS : 어렵게 생각하지 말자.

일하면 될 일…… 그런데 왜 일하지 않는가?

무슨 정신?

무슨 혼?…… 귀신이나 돼라. 혹시

이미 귀신이 된 건 아닐까?

최는 의심하고 있다. 그는 이미 9년째 접어드는 시간강사로서 생활의 빈곤이란 새로운 게 아니다. 또 그나마 17만 원이라도 있고 또 그는 아직 구걸할 곳…… 예를 들면 소설가 복문구 같은 사람하고도 아직 교분을 유지하고 있다. 또 그의 잠재의식 속에서 시간강사란 본래 겨울방학엔 소주나 마시면서 또 소주를 가끔 사기도 하면서 '닭 삼십 마리를 고아 먹지도 못하고 생목숨이 찢긴' 김유정 같은 이와 그의 정인 — 이상같은 이들의 선혈 냄새에 진저리치면서 — 그러나 이상의 시 '꽃나무' 같은, 꽃나무를 기다리는 기다림 때문에 아름다워지는 꽃나무를 한숨을 푹푹 쉬며 기다리다가 말다가 하면 되는 것이다. 그러니까 학기가 시작되는 3월을 기다릴 일이다."

그러나 최는 내가 볼 땐 아직 과거의 노예이다.

빈곤의 노예. 노이로제를 지나 그 길에만 접어들면 언

제나 새로이 칼을 맞아 쓰러지는 강박, 편집, 학대 주고받기…… 혼자선 끝낼 수 없는 상상의 사자에 가깝다. 더 깊게 그는 그의 원죄를 확인한다. 그는 자신을 용서하지 않는다. 용서하지 않는 자세만이 그의 죄에 대한 벌이다. '자세'란 그렇듯 편리한 것이다. '죄'와 '벌'이 서로 평화는 몰라도 균형을 찾을 때까지 그는 자신을(실은 죄를) 벌준다. 어떨 땐 석 달 이상 그렇게 자기 자신이 아니라 자신으로 인해 발생한 죄를 벌준 적도 있다. 나는 그를 잘 안다.

그것은 그러나 스테레오 타입의 혐의는 있지만 박진감이 있다. 생활은 장난이 아니니까. 그러니까 오늘 그가 원하는 것은 '라스꼴리니꼬프'이다. 어쨌거나 그렇게 애써 (석 달이건 삼 년이건) 균형을 맞춘 죄와 벌에서 그가 원하는 건 오직 평화일까? 아니다. 그가 원하는 건 "작열하는 새로운 평화"이다. 그의 두뇌가 죄를 벌주는 동안 그의 마음은 한편으론 벌을 견디면서 다른 한편으론 지금까지 마음이 경험해 봤던 모든 각기 다른 평화들을 아마 그가 못 가본 오백 개의 담쟁이 잎같이 많은 마음의 방 어느 컴컴한 방 한 칸에 모아놓고 각각 다른 평화의 카드를 각각 펴보이게 하고 있을 것이다.

그리고 채찍으로 맞고 있는 마음은 불이 되어서 그 평화들이 그동안 어떻게 성장했는지 바뀌었는지 난데없는 패가 나와서 판을 엎지나 않을는지 매우 긴장되는 평화의 심판정을 이끌어 가고 있을 것이다. 어떤 평화의 패는 '죽음'이다. 어떤 패는 '맑은 겨울 하늘'이고 어떤 패는 '고니 두 마리' 어떤 평화의 패에는 아무것도 나타나 있지 않다. 간혹 어떤 패에 '따뜻한 진짜 네 벽을 가진 방'이 나타난다면 그것은 좋지 않은 징조이다. 왜냐하면 그것은 그 벽 바깥의 추위, 빈곤, 다시 말해서 그의 길이 택한 생활의 — 어처구니없는 한기들이 따뜻한 방으로 말미암아 재확인되는 결과가 되고 그보다는 겨우 그 한기나 없애는 것이 "평화 생활의 완성"이거나 한 것처럼 되는 것은, 그가 의사 라스꼴리니꼬프가 되어가는 것보다 더 나쁜 결과이기 때문이다. '죽음'의 패는 달콤하고 '맑은 하늘'패는 그런대로 상상이 열리는 패이어서…… 나는 최소한 그가 그런 쪽에 머무는 것을 차라리 원하지만, 내가 정녕 원하는 것은 '아무것도 나타나 있지 않은' 패이다. 아무것도 안 나타난 평화의 패가 그래도 상기한 중에서는 가장 낫다. 그러니까 그 패의 의미는 386밖에 못 가져본 자가 586 컴퓨터 앞에 처음 앉아서 불을 들어오게 해 본 기계와 맞장구치면서 기계의 성능이 사람의 성능과 통합될 때의 쾌감으로 비틀거리는 일종의 '춤'이다.

아무것도 없다는 것은 그러니까 그 자체가 아무것도 없다 이기보다는 쓸데없이 꽉 찬 죄와 벌 속에서의 아무것도 없음이기 십상이다. 그러니까 그 없음의 중심은 바깥의 죄와 벌의 세계이고, 그 세계 속에서 아무것도 없는 평화를 누리는 것이 아니라 다만 죄와 벌이 없기 때문에 평화롭다 하는, 다시 수갑을 차야 하는 라스꼴리니꼬프에게 화장실에서 허용된 손의 자유가 주는 평화에 불과하기 때문이다. 그는 수갑을 풀고 변기에 걸터앉아 휴지를 쥔 손의 움직임에 주의하면서 휴지를 안 쥔 손이 쥔 손과 멀리 떨어질 수 있음의 자유를 행사할 수 있다. 안 쥔 손을 화장실의 천장 쪽으로 멀리 보내고서 안 쥔 손이 새의 목처럼 되어서 쥔 손 ― 새의 발을 느낄 때 그의 몸은 거의 새이다. 그 평화는 구원에 가깝기는 하다. 그러나 그 구원이란 적극적이지도 않고, 그 스스로 존재하는 것도 아니다. 그것은 다만 죄와 벌의 수위와 열도에 따라서 그 죄와 벌 없음의 상태가 수은주처럼 오르내리는(수은주는 낡은 기계이니―그냥 온도계로 바꾼다.) 죄와 벌의 변온에서의 '일탈'이다. 강대국 간의 완충역으로 침략을 모면한 작은 왕국에 강대국의 수뇌들이 찾아와서 호랑이와 사자와 토끼가 함께 제 영역의

왕이랍시고 서로 어깨를 세우고 기념사진을 찍는 위험한 평화이다.

"여보게 최여! 그때 당신은 그러한 한계 내의 구원 내지 평화로서의 아무것도 없음을 넘어가야만 한다. 그리고 진정한 아무것도 없음의 바다로 항해해 가야 한다. 진정 아무것도 없다고? ― 그것은 '다 있음'이 바치는 가장 거대한 기도이지 않은가. 그 기도인 아무것도 없음 속에, 그 속에 비로소…… 들려오지 않나? 그 숨의 기운. 자! 그러니 다시 해 보게." 그는 시작한다. ― 그러니까 그 기도는 '다 있음'의 바다 위에 꽉 차는 눈발이다. 경포 앞 바다의 북방인적 없는 동해안으로 떠나보자. 당신은 그러한 바다의 눈을 만날지도 모른다. 바다에 나리는 눈은 수평선과 해안선과 수평선의 공간과 해안선의 공간을 허문다. 보이지 않던 공간의 칸칸이 무너지는 것이 보인다. 한꺼번에 수십억 개의 눈송이가 먼 데를 보는 자에게는 피아니시모로, 가까운 데에는 포르테로, 그러다가 전체를 보게 된 사람은 이제 눈을 감아 본다. 눈을 감고 전체를 느낀다. 그러면 전체가 움직일 차례가 된다. 당신은 그 전체 속에 포함된다.

아니 전체가 당신을 갖는다. 전체는 서서히 당신의 한복판에다 터널을 뚫는다. 당신을 제대로 차지하기 위해서 전체는 전체답게 행동한다. 시공간 자체가 터널로 화한다. 점차 광속보다 빠르게 뚫리는 — 별이 서서히 뒤로 밀리는 우주 터널에 놀라서는 안 된다. 그것이 당신 자신의 깊이니까. 더 더 전체는 나아가지만 당신의 능력만큼, 당신이 그 속력을 견딜 수 있을 만큼만 그 터널은 뚫린다. "그렇다. 과연 그렇다. 나라면 자유롭지만 최는 그렇지 못하다. 최는 견디어야 한다. 우선 공포를. 새 자유를. 오! 최여! 당신의 혼이 당신 모르게 참가한 연어의 장정의 최종착지 어성전 위 상류에서 알을 슬며 무수한 자기 자신을 낳는 '창조' 그 자체를 경험한 후, '뚝뚝' 가슴을 두드리며 지나가는 절정과도 같이 그 한계 내의 정점에서 최여! 이제 그것은, 생은 더 이상 견디어야 할 것이 아니다. 눈을 뜨시오. 그러면 그 속력의 현실 — 전체로서의 눈 내림이 있다. 그때에야 눈은 눈답게 날린다. 비로소 그만한 깊이를 갖게 된 가슴과, 전체로서의 눈 바다가 천천히 재회한다. 격하게 사무치게 펄펄펄 눈이 날린다. 살아있는 눈이 살아있는 당신에게 쏟아진다, 밤의 빛처럼. 오! 당신은 그때부터 나와 섞여든다. 내 입장에선 비로소 당신 자신이 나의 육체로 느껴진다." — 안 뒹굴 수 있겠는가? 거기서 어떤 소리라도 낼 수 있겠는가? 그러나 그 자리에서 그 기쁨의 압력은 저절로 폭발되어 그것은 바깥으로 '파하하하하!' 소리 나게 되어 있다. 그 눈밭에서 뒹굴어 본 자는 안다. '파하하'가 자기 자신이 내는 소리가 아니라는 것을, 그 소리는 압력으로 몸이 울리는 내장이 대신 내 준다. 이 지경에서 '문득 멈추고'라든가 '시나브로'라든가 하는 것은 다 거짓말이다. 그런 것은 있을 수 없다.

"잘못되었다. 나의 최여. 지금 당신이 막 접어든 파하하하하!의 길은 — 오! 연어의 길이 아니다. 사람의 길도 아니다. 그것은 실체가 없다. 나는 갑자기 소외되어져서 최와 분리되고 또 내동댕이쳐지는 슬픔을 느낀다. 오, 최여! 나는 퇴장해야만 한다. 최는 점점 더 자신의 에고를 자신의 혼으로 착각한다. 그는 멈출 줄을 모른다. 그의 사유의 로켓에는 브레이크가 없다."

— 전체란 무엇인가? 전체에겐 그런 건 없다. 전체는 그야말로 전체이지만, 무엇인가? 따위에는 대답하지 않는다. 전체란 말해지지 않는다. 말해지려고 하는 순간 전체는 다음 순간을 꿀꺽 받아먹기 때문이다. —

"바다에 나리는 눈이나 보시오."

나는 피곤하다. 이것은 최가 나에게 남기고 간 흔적이다. 나라면 이런 피곤 따위는 없다. 최의 뒤늦기만 한, 어둠을 싹쓸이하려는 듯한 그의 깜깜하고 막막한 집중에 끌려다니기란…… 오! 최의 어둠이 마를 때까지 나는 피곤하다. 나는 잠들어야 한다. 그와 나의 얽힘은 흰 바탕에 검은 얼룩이 진 개의 무늬처럼 점박이다. 점차 피곤을 느끼는 내가 잠들면 최는 그의 관성대로 떠돈다. 그렇게 되면 그 역시 떠돌다가 지쳐서 쓰러질 것이다. 그도 나도 쓰러지면 그땐? 둘 다 점박이를 모면할까? 아니다. 그것은 최의 요망사항일 뿐. 그는 깊게 타락하고 나는 손 쓸 수 없게 된다. 어쨌든 나는 그라는 얼룩으로 무거워진 채 졸음이 온다. 산 위에서 잠들고 싶다.

투명하게 노란 꽃이 파묻혀 있는 눈 밑을 나는 안다. 그곳에 코 박고 싶다. 신이여! 한번 부르는 것을 용서하소서.

이마저 그가 준 얼룩인 것을……

4

라스꼴리니꼬프의 세 개의 촛불

나는 최가 극단적인 어둠과 고독 속에서 저도 몰래 빛을 찾아 초를 한 개, 두 개, 세 개 켜던 것을 기억한다. 세 개가 되었을 때 나는 그에 의해, 촛불에 의해 밝아지던 ― 윤기가 되어 나타나고 흐르던 기억이 있다. 나의 슬픔 때문에 최는 저도 몰래 그 촛불의 이미지를 떠올린다. 그러나 그가 쓰려는 글에는 촛불의 '겉'만이 있다. 그래서 그는 아마 이 글을 쓰면서 더욱더 고독해질 것이다. 가화(假火)를 피운 생나무처럼. 있을 수 없는 길 속에서 한없이 겉돌 것이다. 앞에도 또 그 앞에도 아무것도 잡히지 않을 것이므로……. 그는 시작한다.

첫 번째 촛불

"1995. 1. 18.

모든 것이 동시에 있다.

그러나 그 동시를 보는 사람은 거의 있을 수 없다.

앞을 보면 앞이 있고 뒤를 보면 뒤가 있다. 빙빙 돌면 앞, 뒤, 옆이 언제나 대기하고 있었음을 알 수 있다. 그 앞, 뒤, 옆은 그냥 있기만 한 것이 아니라 동시에 있다.

동해안 강릉 북쪽 사천 앞바다는 지금도 사람이 없다. 틀림없이…….

이곳은 고대 앞이기 때문에 거의 언제나 사람이 있다.

사천 앞 바다와 고대 앞 250km를 사이에 둔

이곳과 저곳

이곳과 저곳은 그러나 동시에 있다.

모든 것은 동시에 이곳과 저곳에 있다.

위와 아래를 잊었구나…….

예수를 만나서 놀러 가자."

최는 지금 사천 앞바다 그의 컨테이너 2층에서 노트를 탁 덮는다. 그는 스스로 사람이 그리운가 보다고 어설픈 정신과 의사처럼 진단한다. 그러나 더 깊은 쪽은 그렇지 않다. 그는 잡히는 것이 없으므로 더 더……. 그는 심지어

나를 위장하기에 이르고 있다.

그는 나아간다. — 내가 그를 잘 안다는 것은 정말 지겨운 일이다. 늘 그를 알아야만 한다는 것은 말하자면…… 각설하고 계속 그를 알아 보이겠다. '위와 아래를 잊었구나. 예수를 만나서 놀러 가자.'를 보면 그 점은 특히 잘 드러난다. 천지에 부를 사람이라곤 예수밖에 없다는 이야기다. 그는 좀 위험하다.

그렇다고 최는 크리스찬도 아니니 예수를 불러서 함께 있기를 기대한다는 것도 무망한 일이다.

"누구와 만나 술 먹든 탈출하고 싶다."

최는 오늘 아침에 전화로 전해 들은 수현의 말을 떠올린다. "최에 의해 나 자신도 조금씩 흔들린다. 그의 강화된 에고로 나는 조금씩 흘러 들어가고 있다. 이럴 땐 가끔 내가 최의 에고인지, 나 자신인지 그 정체성마저 조금씩 흔들린다. 그가 곧 잠들지 않는다면 그의 에고는 예전처럼 다시 봉인되어야만 한다. 그 선택은 오직 그에게 달려있다. 나는 그의 할 말속의 '누구' 속에 숨어서 '누구'로서 나자신을 지킬 수밖에 없다. 지금부터 그의 글에 표현되는 나는 나가 아니다." 아무도 만나지지 않는다는 말을…….

그때 최는 수현에게 묻고 싶었다.

"당신은 그 누구와도 만나 보기를 한 기억은 있는가?"

누구는 울고 있다. 누구도 수현을 포기한다. 만나지지 않으므로.

누구는 울고 있다.

그 울고 있는 누구란 무엇인가?

'누구'는 존재이다. ― 존재란 무엇인가?

수현인 어렴풋하게 밖에 모른다. 존재의 기미밖에. 알 필요가 없다고 생각할지도 모른다. 그러나 수현이도 존재이고 존재한다. 누구도 마찬가지이다. 그러나 정말 존재란 무엇인가? 고개 끄덕거릴 대상이긴 한가?

― 자 여러분 이 말은 함정이다. 존재는 대상이 아니다. 최의 톤으로 따라가 봅시다. "지겨운 놈!"

"존재라고?"

"응! 그래 나야."

"그만두자 그만두자."

최도 이젠 그가 헛소리하고 있다는 걸 안다. 그것은 그의 병적인 집중력이 나라는 ― 존재를 조금씩 흔들어 놓은 것의 결과이다. 방치했었더라면 나의 거의 최의 잠재의식 수준으로 변해갈 수도 있었다. 그의 흑암으로 된 의식의 집중은 그 이상 계속되어서는 안 된다. 그리되면 그의 에고는 파괴될 수 있고 그의 혼은 봉인되어야 한다. 모두에게 가장 좋은 방법은 그가 깊이 잠드는 것뿐이다.

최는 펜을 꺾는 시늉을 할 듯하다가 일어나서 그 자신의 찢겨도 좋을 한 부분을 '박박박' 찢는다.

"그는 잠들어야 한다."

그는 두 번째, 세 번째의 가화(假火)마저 일으키고야 말 것이다. 나는 그보다 더 그를 안다.

1995. 2. 11 AM 2:00 사천 컨테이너

'그는 저항한다.'

— 바람, 바다, 소리를 따라 걷는다.

계집들이 단란주점에서 울부짖는다.

바다 앞에서 단란주점에서 나오면서 네 명이서. 대절해 놓은 택시를 타고.

그년들이 사라지면서, 어색하게 두 팔로 풍차를 돌리면서 주먹을 쥐고서. 그년들이 어색하게 떼를 이루고서, 그년들은 밤을 안다. 밤도 그년들을 안다.

풍차는 어색하게 선다. 택시는 간다. 그년들을 태우고서 또 우주 저쪽에는 좋은 모텔이 있겠지. 내 집에 돌아왔으니 자자. 밤이 늦었고, 밤은 추워진다.

깜깜하다.

이 벌판엔 별도 있지만 광인도 없고, 사나이도 없다.

싸움질만 한다. 계집애들과 보이지 않는 사나운 수컷들의 싸움.

별 아래 바다 앞에서 사나운, 남, 여의 싸움.

남과 여. 중년의 남과 여.

숫별과 암별처럼, 깜깜한 바닷속에서 소리 지르며

오징어 더러 보란 듯이, 게 더러 들으란 듯이,

더러운 치정의 싸움을 한다. 말 같이.

말미잘 더러 구경하라는 듯이 싸움질이다.

구경꾼은 나 혼자니까. 나는 드러난 구경꾼. 나는 집으로 걸어갔다. 집에는 천장으로 별이 막히고 창으로 어둠만이 열려있다.

최의 꿈속에서 큰 눈이 온다.

그는 집에 돌아갈 수 없다.

죽은 그의 친구 '오영'이가 예전 꿈속에 나타났을 때 내리던 그런 함박눈이다.

오영이는 나체였다.

눈썹도, 머리카락도, 치모도 없는 알몸뚱이였다. 녀석과 흰 커튼이 있는 창가에서 밤새도록 퍼붓는 함박눈을 한없이 바라보았다.

나는 나체가 될 수 없으리라.
아니, 나체가 될 수 있으리라.

최와 관련해서 이제 그만.

"나는 사라져 버리고 싶다. 우리의 얼룩진 관계는 이제 거의 검어져 가고 있다. 나의 흰 빛은 얼마 남아있지 않다. 내가 할 수 있는 일은 그가 온통 검어지는 것조차 그저 수용하는 것밖에는 없다. 그에게서 이제 나는 다시 한 번 죽어간다. 그는…… 스스로 검은 봉인으로 변해가고 있다.

오늘도 지옥 같은 술집 순례를 마치고 돌아와서 그는 분열적인 글을 쓴다.
— 바다에서 4km도 떨어지지 않은 곳에 강이 있고, 나이트클럽, riverside, profile이 있고 저 너머 관대 언덕에는 부가티가 있다.

술집들은 잘 안 돌아가고, 평화도 없고, 부나방 같은 불만이 몇 개 떠돌고, 춤추고 있다.

위험은 나타나지 않았으나 교란되는 나의 원칙들. "오! 우리의 일생은 일식처럼 어두워지고 있다."

파괴되기 직전. 나는 교동을 떠나고 그 밤 어린이의 길을 스치고, 하얗게 서리 낀 경포 들판이 밝아지는 것을 보고, 혜성이 머물다 가면서 봄에서 겨울로 되돌려지는 계절을 상상하면서 일종의 지옥 순례를 그친다. 그러려고 이 세상에 나는 왔다.

욕망도 사랑도 상처도 아니면서 부유하는 알 수 없는 자의 눈이여. 생의 힘을 태반 알 수 없는 눈에게 주고, 나머지 반으로 무슨 사랑을, 상처를 주고받으랴.

어디에도 실감은 없다. 지옥에는 힘든 지옥 불. 사천에는 고장 난 원칙의 메커니즘이 빙빙 돌고 하늘은 흐리다.

어디에도 있는 것이 없구나.

아이들만이, 등짐 진 노동자들만이, 식물만이 돈처럼 있다.

돈, 돈처럼 있다. 있다는 귀중함. 돈이 있고 돈이 만 원 있고

돈, 돈이 지옥 같은 술집에 있고 번쩍이는 상인들의 눈

에 있고

　돈에 신기가 흐르고 돈에 강이 비치고

　돈이 돈을 먹고 게우고

　돈이 돈을 사고, 팔고 밤을 지새우면서 돈을 주고

　돈 곁에 파도가 치면서 날이 흐리고

　500원짜리 주화 곁에는 담배와 시계가 닿았으면서

　10원짜리도 금색으로 빛나는 배지.

　배지는 상징이다. 10원짜리 상징. 500원짜리 — 학이 나
는 상징.

　'푸르스트에서 까뮈'까지는 문지에서 발행한 만 삼천 원.

　수정구는 이십만 원. 밀린 세금도 그 정도. 없는 전셋집
은 천만 원. 돌은, 신산에서 가져온 저 돌은 돌이구나. 돈
이 아니라니.

　돌이라니 양초, 커피, 양말, 내 몸의 때까지도 이천 원짜
리에서 이천사백 원 사이에서 씻겨 나갈 때, 태양도 돈이
다. 돈의 에너지원. 태양과 빛과 열기는 물론, 계산될 수
있다. 돈으로, — 빛도, 열도, 돈도 돈으로 계산 가능. 이
억지까지도 계산 가능. 시력이 잠시 떨어지는 것도 — 미
쳐버려. 알맞게 미치는 것만이 생존의 비결.

　헤아려라 돈이 다 닳을 때까지

전진하라. 돈을 뚫고. 돈 냄새를 풍기면서

돈에 다 씻길 때까지 가라. 냉기뿐인

문지방에 삭풍이 더 하도록 가라. 겨울이 되돌아오더라
도, 가라.

가지마라. 가지마. 가지마.

그래도 가라. 아주 가거라.

올 수 없는 곳은 빼고

올 수 있는 끝까지만. 거기서 헤아려라. 그리고 돌아오
는 길에

죽으면 된다. 끝까지 헤아리면서 별도 돈으로, 돈도 명
왕성으로.

헷갈리면서 죽으면 된다. 그렇게 일단은 휴식이 온다.

생에 끼고 싶어 몸살을 앓는 휴식이 온다.

죽은 자만이, 오는 봄의 '옴'을 본다. 옴이 실체인

오는 것을 본다. 그 곁을 아에 같이 흐르면서 실처럼 가
느다랗게 토해놓은 한숨을. 떠도는 숲속으로 반쪽이라도
가자. 반몸으로 온몸이듯 가자. 몸이 없을 때까지 온몸으로
'옴'이 되려고. 오는 것은 봄이지만 '옴'은 신의 어머니.

'옴'이 풀어지는 '오는'이 되기 위해 '오는 것'을 맞으러 가자.

돈은 거기까지 가는 데 드는 비용일 뿐. 돈도 원할 것이다

올 수 있는 끝까지 돈은 따라와 줄 것이다.

그렇지 않다면, 돈이여 너는 헤아리기를 그친 무용지물.

생명조차 없는 것이 되고 만다.

돈이여 나를 따르라. 정복해라. 그리고 거기에서 올 수 없는 것인 '오는'의 입구에서 나를 떠나보내라. 거기에서 '살아서도 죽고 싶구나'

살아서도 죽어서 살아있음으로 흐르고 싶구나.

'오는'이 되어서 '가는' 이 없는 온통 '오는'이 되어서

안 되면 '오는 것'이라도 되어서 오고 싶구나.

살아서도 죽은 자처럼, 배에서 등까지 대기를 통과시키며

바다를, 내 혼이 내 몸을 통과시키며,

잡초를 통과시키며 흐린 날을 통과시키며 개도 통과시키며, 길을 통과시키며 돈 속에 든 것도 통과시키며 평소에 싫어하던 까치 소리도 통과시키며 열목어며 산천어의 열목, 산천도 통과하면서 특히 소녀들의 가슴을 통과하면서 신의 열목이 되고 산천의 어목이 되고 신령하게 되고 청계천 같은 데도 이따금 가고 헌책방 책 속의 일제 때 고보생들 무심코 그은 본문보다 귀한 낙서도 밑줄도 있게 하면서 온갖 산의 이백만 개의 꽃, 나리꽃으로 동시에 터지면서 터져나가고 싶구나! 터질 때까지 가자 다 터질 때까

지 가자 가고 또 가자. 터지러 터지기 위해 부풀지는 말고. 가자, 견자여 너도 가자 앞장서 가라 내 몸이 내 혼이 따르고 싶구나! 날쌘 듯이 그 순간 속으로 슬며시 들어가라. 견자여

폭풍에 담배 연기 풀리듯 터져 나가는 그 순간이 시작되는 곳

달리는 밤 배의 갑판에서 들려오는 비의 내음이 울렁거릴 때

최는 쓰러진다. 조금만 더 스스로에게 압력을 행사했다면 그는 더 이상은 정상적인 자아로 존재할 수 없었을 것이다. 그와 나는 먼 훗날 매우 어색한 법정에 — 판관도 없는 법정에, 밤새도록 퍼붓는 함박눈만이 판관인 이상한 법정에, 흰 커튼이 있는 법정에 서야 했을지도 모른다.

이제 두 달간 최는 잠들 것이다.

잠든 채로 이따금 깨어나 사흘에 한 번씩 지어놓는 밥솥을 열고, 닫고 식탁에 앉아 부러진 옥수숫대 사각이는 소리, 뒤 야산의 붉은 갈대가 「우우우」하고 눈을 부르는 소리를 들을 것이다.

지난여름의 해변에 버려진, 문짝 떨어진 간이 화장실에

걸터앉아 또 다른 강설이 바다에 내리려는지 어쩐지도 모르고 더 깊은 잠이 가슴 속으로 침전하는 것을 마음으로 받을 것이다.

바다는 심해로 내려앉고 나의 겨울 짐승은 더 깊이 잠이 든다.

한밤 겨울 안개 속에서 이따금 무적이 울릴 것이다. 나에게도 긴 휴식이 찾아올 것이다.

〈또 다른 최. 최 과장. 조그만 사람〉

풍악이 운다. 풍악이 울어, 이 방 저 방에서 양풍금이, 전자기타가 짜릿하게 운다. 317호의 문이 열리고 풍악 소리가 뛰어나오다 되레 닫혀버리고 만다. 감미로운 '화채' 안주와 골타르 빛의 화주는 밀어 넣어졌지만 대리석 깔은 복도에는 그러나 냉기가 감돈다.

냉기는 색등의 크리스털을 감싸고 출입문의 금박 스핑크스를 건드리고 거리로 흘러 나간다.

겨울. 추위 속으로. 겨울 추위도 거리에 뛰쳐나온 룸살롱 '람세스'의 복도의 냉기에는 화들짝 놀라며 길을 내어준다. 적당히 사람의 무릎높이로 사람들의 무릎을 감싸며 흘

깃 허벅지를 올려보다 말고 람세스의 냉기는 그냥 겨울 속으로 뱀처럼 고개를 들고 기어간다. 겨울도 안아주지 않는다. 찐빵집의 푸근한 온기조차 람세스를 개의치 않는다.

또 다른 최. 컨테이너에서 동면하는 최의 막내동생 최 과장은 룸살롱 람세스에서 들었다. 머리에 붉은 넥타이를 질끈 동여매고 테이블 위에서 춤추는 차 차장의 말을 들었다. 그가 내뱉는 구호 속에서 들을 것을 들었다.

"야! 아무 걱정 마. 내가 있잖아 임마. 내가⋯⋯."

그는 오늘 승진했다. 그는 최 과장의 고교 4년 선배이다. D보험 부동산 개발팀에서 그는 아주 늦은 승진을 했다. 그날은, 그러니까 그날은 최 과장의 퇴사 기념 파티와 차 차장의 승진기념 파티가 동시에 열리는 날이다.

최 과장은 1억 4천만 원의 개인 부채를 갚지 못했다. IMF 시절이라고 하는 시절이 아니어도 그랬겠지만 최 과장은 오랜 신용불량자로서 그날 퇴사하게 되었다.

처음엔 퇴사 기념 파티였다.

최 과장의 부채는 사실 자신이 무슨 돈을 유용한 것도 아니다. 장남이 먼저 동면하는 최와, 최 과장과는 또 또 다른 최, 최 과장의 작은 형 사업에 온갖 방법으로 개인 신용 대출을 이루어 준 것뿐이다. 작은형 사업이 부도가 나고 자신의 이름으로 빚을 얻어준 그도 신용불량자가 되어 이젠 그만, 퇴사를 기념하는 파티에 나오고 말았다.

처음엔 이심전심의 고통이 모두를 절로 소박한 순대국밥집으로 모이게 했다. 여직원들도 눈물을 보이는 이가 많았다. 37세의 총각에 연애도 안 하는 조그마한 사람 최 과장을 사람들은 바보라고 느꼈었지만 모두 신뢰했다.

그는 매우 몸이 빠른 D보험 산악부의 리더이자(리더는 사실 사람들에게 바보라고 느껴지게 하는 구석이 있다) 축구팀의 빼어난 드리블러로서 매주 무릎이나 허벅지가 까지곤 했다. 그의 믿을 수 없이 빠른 몸놀림과 이상하게도 덩치 큰 수비수의 공간을 공격수인 자기 자신의 공간으로 만들어 가는 감각에 공간도 수비수도 반짝이며 혀를 내둘렀지만, 그의 필사적인 태클링과 옛 70년대 국가대표팀인 청룡 팀의 RW 박이천이 몸을 90°로 꺾어 올려 차는 센터링을 방불케 하는 센터링. 그리고 그 동작 끝에 공중을 한참이나 날아가다가 짐짝처럼 나가떨어져 대퇴부 깊숙이 살이 찢기는 것을 본 사람들은 어이없어하면서도 다들 박수를 쳤다. 그리고 대부분 현실적이고 머리가 좋은 여사원들은 까딱했으면 사람을 잘못 볼 뻔했다고. 그는 역시 미쳤다고. 역시 남자는 그 행위의 마지막까지 관찰할 필요가 있다고 살짝 안 보이는 한숨을 쉬면서 마음속으로 고개를 절레절레 흔들었다.

그러한 살신성인의 최 과장이 그날 순댓국집을 나와 동료들이 이끄는 대로 여사원들과 함께 직행한 곳은 룸살롱 람세스였다. 나이트클럽 2차를 생략한 채 3차로 건너뛰게 한 힘은 역시 분노였다.

이러한 분노는 가끔 여성들로서는 참가하기 어려운 자리에 흘러들게 하는 힘이 있다. 적어도 그것은 냉기는 아니기 때문에 분노는 술에 불을 붙이게 하고, 여사원도 남사원도 불타는 폭탄주를 들이켜게 만들었다. 그러자 밴드가 들어왔고, 누구나 자신 있게 여사원들의 몸을 우악스레 일으켜 춤을 추게 할 수 있었고, 여사원들은 누구에게나 거부하지 않고 자신의 몸을 최 과장이 운동장에서 했듯이 공중에 털썩털썩 집어 던졌다.

이제는 차장인 차 차장은 테이블 위로 뛰어 올라갔다. 붉은 넥타이를 글러 이마에 동여매고서 그는 이글거리는 고통과 기쁨에 붉게 흔들리면서 그렇게 외쳤던 것이다.

"내가 있잖아. 인마. 야! 내가 있잖아"

최 과장은 그때에야 모든 것을 알아 버렸다. 그 모든 것을!

그리고 그 모든 사람들을! 그 모든 충혈 된 돼지의 열린 창자의 김과도 같이 그들 모두를 감싸안았던 도회의 한복판의 찢어지는 짐승의 냄새와 비명을! 그리고 뇌리 저편으로 스러져 가는 그들의 소리를 바라보며 한자 한자 마음에 새겨지는 글자를! 그는 따라 읽었다.

"그들을 절대로 비웃지 말자."

2

최 과장은 그들 삼 형제가 다녔던 동해시 묵호 국민학교의 교정을 둘러보았다. 그는 그동안 간과했던 백두대간의 남동부 영남 산악지방을 한 달간 밟고 다녔다. 퇴직 기념으로 그는 40일간의 여행 예정을 세웠고 지금 동해의 한 부분인 묵호에 있다. 그는 묵호에서 울릉도로 가지 않을 예정이다. 왜냐하면 40일간의 여행은 그에게 오히려 바다에서 이제 막 항구에 도착한 것 같은 느낌을 주었기 때문이다. 너무나 익숙한 바다 비린내 속에서 그는 오히려 긴 바다 여행을 마친 듯이 느껴졌다. 대개의 속 깊은 퇴직자들처럼 그는 그가 졸업한 시골의 초등학교(최 과장의 유별난 점은 초등학교를 요즘처럼 초등학교로 부르지 않고 계속 국민학교로 기억되고 있다는 사실에도 드러나지만)를 방문

하는 것으로 새 시작의 어떤 신호를 포착하려 한다. 그러나 그는 그다음이 있는 사람이다.

내가 보기에 저 최씨 삼 형제의 특징은 그 점에 있다. 즉 모든 것이 끝난 그다음의 계획이 또 있다는 — 마치 죽음이 전부가 아니라는 듯 일견 역설적인 '그 다음' 말이다. 그 결과 셋 다 패배하고 말았다. 동면하는 큰 최는 끝 다음을 저도 몰래 현실에 앞당겨 놓고 가는 것 때문에 망했고 둘째는 다음을 현재의 배후에 깔고 필요할 때 꺼내 쓰고는 다시 배후에 두고 지나치게 낙관하는 능력과 버릇 때문에 망했고 셋째는 그 다음도 알고서 나아갈 수 있는 여유 때문에 시험받다가 떨어졌다. 결국 언제나 현실에서 시험받는 것은 낙관과 여유이다. 그들은 패배했지만(지금 이런 말을 하고 있는 나의 세계에서는 그런 말 — 패배라는 말은 없다. 다만 시험이 있을 뿐이다. 그것도 스스로 선택한……)강한 자에게는 강한 시험이 아니면 안 된다. 이러한 정보는 안 퍼뜨리는 게 좋지만, 그러나 또한 우리 세계에서는 뱉은 것을 주워 담지 않는 것 또한 불문율이다. 본론으로 돌아가자. 셋째는 지금 묵호 역전 보니수 커피숍에 앉아 있다. 그는 별 감동도 발견하지 못하고 모교인 묵호국민학교를 한 바퀴 휘둘러 본 다음 예전 두 개의 하학

310

길 중의 하나 그러니까 집으로 가는 길과, 시내로 가는 길 중에 시내로 나가는 길을 따라 당시의 읍장 관사가 보이는 작은 광장(묵호역 광장)까지 걸어 나왔다. 그는 저도 몰래 그의 형(또 다른 최) — 그리고 최 과장 자신도 사춘기 이후를 보냈던 강릉의 바다로 가는 눈에 보이지 않는 어떤 강으로 향할 것이다. 그 강의 시발점은 망상과 묵호 사이에 있다. 그 강은 망상과 묵호 사이의 소실점이 있는 곳이면 어디나 무엇에나 있다. 그는 그곳을, 혹은 그것을 발견할 것이다.

눈이 멎는다. 두터웠던 눈구름이 빨리 이동하고, 갑자기 햇살이 반쯤 얼어붙은 강상을 때리고 있다. 한 떼의 아이들이 두 떼로 갈라져서 뛰어나간다. 눈이 부셔서 최 과장은 바지에 찔러 넣었던 손을 이마에 갖다 댄다.

얼음 한 조각을 떼어내어 올라타고 강하로 밀려가려던 아이들이 얼음 위에서 강릉 남대천을 가로지른 철교의 교각 위쪽을 바라보며 일제히 "야아" 소리친다. 다른 한 떼의 아이들이 철교 위를 나무 타는 다람쥐처럼 건너뛰고 있다.

철교를 뛰는 아이들과 얼음을 타고 흐르는 아이들의 시선이 한 방향으로 모이고 있다. 철교를 따라 흐르는 전선의 한 지점에 무엇인가 걸려있다. 최 과장은 저도 몰래 모래톱 때문에 강폭이 좁아져 있는 그곳의 교각 아래쪽으로 걸었다. 한순간 강한 바람이 최 과장의 허리를 베일 듯이 스치고 지나갔다. 철교의 중심부에 있는 대피소 직전의 레일에서 한 아이가 긴 막대기로 전선에 걸린 것을 걷어내려 하고 있다. 군화였다. 군화가 최 과장의 머리 위 거의 수직 상공에서 흔들리고 있다. 검고 오래된 괘종시계의 추처럼……

대관령 쪽에서 '우욱우욱' 하고 대기를 통째 흔드는 바람이 다시 몰아쳐 왔다. 강상과 강하의 아이들이 일제히 빠른 새처럼 "야" 하고 소리친다. 군화는 아이들의 들어 올린 막대기 짓과 강한 바람의 힘에 허공에서 한번 널뛰어 햇살에 번득이고는 좀 느린 듯한 속도로 철교 위의 전선에서 최 과장의 발밑으로 툭 떨어졌다.

화천 인근 야산의 독립소대에서 3년간 면회 한 번 받아보지 못하고 군 생활을 마쳤던 최 과장은 천천히 허리를 굽혀 군화를 집어 들었다. 낯익고 낯선 뒤축이 헐은 검은 군화 속에 시뻘건 물체가 들어있다. 사람의 발이다. 가슴 어디쯤에서 쿵 하는 소리가 울리는 것을 최 과장은 들었다. 발이 함께 들어있는 군화는 다시 최 과장의 발아래로 툭 떨어졌다. 최는 천천히 교각을 따라 아이들이 있는 철교 위를 올려다보았다. 세상이 까맣다가 하얬다.

그 순간 두 달간 겨울잠을 자던 컨테이너의 최는 막 겨울잠에서 부스스한 첫눈을 뜬 짐승처럼 정신을 차렸다. 언뜻 무슨 소리를 들은 듯했다. 그는 그날 일기장의 흰 부분을 펼치고 그 소리를 남대천 연어 새끼가 처음 바다냄새를 느끼고 바다 쪽으로 고개를 돌리는 순간의 소리라고 쓸 것이다. 그것은 사실이었다. 양양내수면연구소에서 그날 그 시각 3월 16일 오전 11시 연어의 치어를 방류한 것도 사실이었다. 어두운 곳에서 첫 봄의 요동을 그가 느낀 것도 사실이었다. 그러나 그는 어떤 집중력이 봄을 태어나게 한 것인지는 모른다. 겨울에서 봄으로의 변신이 어떻게 가능한 것인지를 그는 모른다.

최도 최 과장도 그들 자신이 곧 그 무엇의 변신일 수 있는가를 알지 못한다. 그의 집중력에 의해 할 수 없이 글 위로 이끌려 나왔던 나는 이제 본래의 영역으로 복귀하려 한다. 나는 최와 최 과장에게 만이 아니라 그들이 이틀 이내에 모두 경험할 그 맵싸할 정도로 자욱한 첫봄의 향기를 숙성시키러 초당 숲의 매화밭으로 달려가야만 하기 때문이다.

한마디만 더, 아마도 최 과장은 컨테이너도 최도 찾지 않을 것이다. 같은 상처와 다른 자존심 때문에. 그러나 그들은 무엇이 그들을 나누었는지를, 왜 우연처럼 서로의 영역을 스쳐 지나가야만 하는지를, 실은 그들이 그들 혼의 어떤 의도로 갈리고 나뉠 수 있었는지를 깨달아야 한다. 매년 늦가을마다 수많은 연어 떼가 온몸으로 경험하는 그 절정을. 그들은 깨달아야 한다.

최 과장은 왜 자신도 모르게 묵호에서 망상을 거쳐 강의 무덤인 강릉까지 굳이 기차를 타려 했는지, 왜 그 길의 끝에 발목이 고스란히 들어있는 잘려 나간 군화를 가슴에 안았어야 했는지조차 자신의 혼에게 차분히 물어보아야 한다.

그들은 상처에 순종하지 않는 것이 살아남는 길이라고 알고 있지만, 한 사람은 그래서 자기 자신을 방에 가두고, 한 사람은 그래서 자기 자신을 세상에 풀어놓고 있지만, 길은 — 언제나 열린 — 가슴속의 호흡 같은 길은, 언제나 일정한 시간마다 그의 닫힌 방문과, 그의 차가운 세상을 두드리고 있다. 차원을 오르는 바람이 내릴 때마다 바람은 어제의 낙엽을 두드릴 때도 싸락눈 내리는 소리를 낸다.

조슈아 트리

조슈아 트리

1

나는 네게브 사막에 가본 적이 없습니다. 그러나 그 사막의 여호슈아 나무(Joshua tree)에 대해 ─ 그것이 사람보다 조금 더 큰 선인장이고 내면은 물로 가득 차 있어서 사막에서 물이 없는 사람들에게는, 언덕 위에서 마치 신이 두 팔을 벌리고 환히 반기고 있는 형상으로 보인다고 해서 붙여진 이름이라는 것을 들었을 때 나는 그 나무를 맨 처음 만났습니다.

아참! Arizona dream이라고 해서 키 큰 선인장이 있는 사막 위로 도마뱀같이 생긴 ─ 열대어인가요? 물고기가 떠다니고 있는, 환상적인 그 그림이 기억나는군요. 그 선인장이 바로 Joshua 나무입니다. 그 아리조나의 꿈은 온몸이 불덩이가 되어, 그렇게 Joshua의 물을 온몸에 받아

마시고 그 힘으로 사막에 그리도 시원하게 넘어져 본 사람만이 느끼는 광활함이겠지요. Joshua를 마셔서 생기는 또 다른 평원의 — 그 물맛!

불이 물에, 물이 불에 다가가기 위해서 그들은 또 왜 어떤 경로로 그 사막으로 자기 자신을 이끌었을까? 인간신체의 크기는 대개 2m 안쪽에 100kg 미만 아닙니까? 불타는 몸으로서는 이슬 한 방울로 목을 적실 수 없고 북극에 무진장 빙산이 놓여 있어도 사막에서 북극까지 단숨에 뛰어가서 빙산의 물로 목을 적심 수 없는 몸의 길이. — 우선 그렇게 나는 몸을 일으킵니다.

1

광화문에도 Joshua tree가 있다.

세종문화회관 뒤쪽 분수대에서 건물 안쪽 깊숙이 벤치로 둘러싸인 30평 정도의 작은 광장 중심에 ― 그 등나무. 지금은 가지 끝이 잘려 멀리서 보면 성난 시골 아이들의 더벅머리처럼 위쪽이 더부룩해져 화가 난 나무. 이젠 어디로 어떻게 더 커져야 할지 막막한 나무.

그러나 97년 늦여름에서 98년 늦가을까지의 그 나무는 잘리지 않았었다. 잘리지 않은 등나무의 가지 끝 ― 그 끝이 별 속에서, 해 속에서 뻗어나가는 대로 보여주는 그 가지 끝의 흔들림이 없었다면 나는 ― 그때나 지금이나 살아 있는 나를 상상할 수 없다.

그 방향. 그 가지의 끝. 춤추듯 일어나는 그 푸름이 달뜨는 밤에 살짝 자신을 지상으로 내려놓기도 하는 그 밤 ―

나는 거기에 있었다. 등나무의 가지 끝 거기에. 그 손끝에
심장을 잡힌 채.

타클라마칸사막에서 돌아와 사막에서 — 이야기할 수
도 없는 상황에서 탈출하여 북악산 아래 광화문에서 — 인
간의 마을에서 다시 15년 공부의 첫발자국을 시작해야 한
다는 것을. 티베트의 그 고원에서 창탕고원에서 슬픔 속에
깨우쳤을 때 그때 나는 광화문의 저 등나무가 나의 Joshua
tree인지는 몰랐었다.

자 나는 그때의 인천항으로 돌아간다.

이별 따위는 없다. 오직 출발이 있을 뿐이다.

2

1996년 4월 23일 저녁 6시 30분 뉴골든 브릿지 호로 인천항을 먼저 출발한 사람은 지선생이다. 그의 나이는 56세. 적당한 키에 왠지 서역의 피가 조금은 있을 것 같은 고대 가야의 왕 같은 풍모가 있다. 그는 배를 타고 외국엘 가는 것은 이번이 처음이다. 20년 가까이 그는 꽤 많은 여행을 해 왔지만(심지어 70년대에 리우데자네이루와 상파울루를 여행할 수 있었을 정도로 인정받는 기업인이었으므로) 언제나 땅을 박차듯 솟아올라 허공을 나는 것으로 시작해서 비행기가 착륙했을 때는 이미 낯선 외국 풍경과 외국 사람들 사이에 있는 단절감과는 아주 다른 편안함을 배에서 느끼고 있다.

1996년 1월의 어느 날. 그는 자주 그랬듯이 종각에서 전철을 내려 조계사 가는 길에 있는 여시아문이라는 책방에 들렀었다. 이책 저책 구경을 하다가 최초의 서양인 티베트 라마승이 된 고빈다가 쓴 '구루의 땅'이라는 책을 사 들었다.

구루의 땅은 저자의 영적 체험과 티베트의 영적 풍토가 섞여 녹아드는 한 도가니이지만 무엇보다 지선생은 그 책에서 종교적 상징으로만 여겨지던 수미산과 아뇩지가 티베트에 실재하는 산과 호수일 수 있다는 것을 처음 알았다. 그리고 거기에서 질문보다 더 깊은 대답이 그에게 뭉클 쏟아졌다. "그래. 그래, 그래!" 하는 이미 그것은 알기를 넘어서 체험이 가능해지는 그러한 것의 의미와 무게를 그는 받았던 것 같다. 그것은 미래의 현재 영역이라고나 할까?

그는 종교인이 아니다. 그는 Y대와 K대 대학원 법대를 나오고 국비유학생 시험에 선발된 적도 있는 인텔리다. 그는 그해 4월 10일 어머니를 잃고 또 불과 2년 전 사업에서 은퇴한 전직 사업가이기도 하다. 그는 현재 독신이며, 미술을 전공한 아들과 아무것도 전공하지 않은 딸이 각각 한 명씩 있다.

배는 다음 날 아침 8시쯤 위해 항에 도착했다.

이제 중국과 결코 중국일 수 없는 티베트, 그리고 한 외국 라마승이 쓴 책의 몇 페이지에 설명된 것밖에는 아무런 것도 모른 채 그는 수미산을 찾아 나섰다.

이럴 수가 있느냐고? 56세에? 글쎄! 알 수 없는 것은 신이 아니라 인간의 선택이다. 게다가 논리적 관점에서 본 우주적. 종교적 신념들이 만족할 만한 것이 못 되는 것처럼 영적인 관점에서 본 현재의 과학적 사고 역시 만족할 만한 것은 못 된다고. 지선생이 생각하고 있는 바에야……

그는 로맨티스트일 수도 있다.

그러나 똑같은 생활, 고스톱치고 술 마시며 지저분한 얘기로 분위기를 혼탁 시켜 오히려 그 속에서 편안함을 느끼는, 이런 나날들 천 개를 모아 본들 어느 한 의미 있는 Happening이 주는 감동의 무게를 이길 수 있겠는가? 하고 역시 지선생은 생각하는 사람이다.

여하튼 그에게 중국은 따분했다.

하루 종일 비가 오다 말다 한다. 낙양을 떠나면서부터 비가 오기 시작해서 한 2, 3일 맑았을까? 두 주일 이상을 부슬부슬 내린다. 꼭 그의 기관지염 증세와 똑같아 영 끝이 나질 않는다. 그는 티베트로 가는 관문인 '꺼얼무'로 가는 기차 시간을 맞추느라 영화관엘 가서 'The Bridge of

Medison County' 를 중국어 토키로 보았다. 그곳에서 모든 남자들의 한때의 꿈이었을지도 모를 사흘간의 지순한 사랑과 그 사랑의 기억으로 일생을 사는 여인네의 삶 속에서 일종의 Happening의 무게에 대해서 생각하고 있다. 그리고 그는 생각했다.

세상에는 많은 종류의 로맨티스트들이 있다고. 가난한 시인도 있고, 살림을 거의 안 하는 주부도 있다. 돈을 거의 안 버는 장사꾼도 있고, 많이 배웠으면서도 스스로 노가다를 택한 이도 있다고.

꺼얼무는 고비사막 안에 티베트로 가는 길의 통제소와 같은 역할을 하기 위해 건설된 황량한 도시로 해발 2,800m에 인구가 10만을 넘는 기지촌 같은 곳이다. 그리고 사막⋯⋯.

각설하자. 이 이야기는 한없이 길다. 그가 지나게 될 낯선 고개와 도시들을 대강 짚어 봐도 돈황, 투르판, 우르무치, 카쉬가르, 타시, 타시고르칸트, 파키스탄의 파밀고원, 수스트, 훈자패스, 카리마바드, 길기트, 이슬라마바드, 라호르, 마날리, 파탄고트, 잠무, 카길, 다름살라, 카트만두 그리고 다시 티베트의 수도 라사에 이르게 된다. 수미산 순례에 앞선 예비 순례라고 할까. 무엇을 돈다는 행위는 그 안에 중심을 세우는 것이고 신을 지향하는 것이다, 라고 그는 알고 있다.

그는 그 길에서 한국에 두고 온 그의 친구들이 그의 여행계획을 들을 때마다 물었던 그 몇 마디 물음조차 이젠 까마득히 흘려버렸다. "혼자가?" "둘이가?" "위험하지 않아?"

광화문 등나무 곁에는 지금 맑은 바람이 있다.

매일 밤 둥나무 곁에서, 벤치에서, 혹은 덤불 너머 문화회관 벽 쪽 깊은 곳에서, 바라다보이는 등나무 가지 끝으로 파란 바람이 인다. 아무것도 상상할 수 없고 하고 싶지도 않다. 오직 가느다란 가지가 뻗어나가는 그 끝. 허공의 한 점에 그리도 열렬히 맺혀 있는 그 끝 이외에는 아무것도. 그 누구도 위로도 도움도 되지 않는다.

영혼을 상했다는 자각 앞에서. 그 가지 끝만이 그 상처에 유일하게 다가온다. 아프지 않게. 바람 한 번 올 때마다 가느다랗게 끄덕이는 그 흔들림. 그러나 언제나 분명한 그 순수한 뻗어나감. 오직 그것의 현재 많이 찢어진 나의 혼을 만나준다.

죽음의 신인 '이담 야만탄가'에 대한 전설이 있다.

"내려오는 전설에 따르면 은둔자 한 사람이 일생동안 홀로 동굴에서 명상을 하며 살았다. 그가 막 완전한 깨달음을 얻으려는 시기에 몇 명의 도적들이 소를 훔쳐서 그 동굴로 들어왔다. 그들은 그곳에 은둔자가 있음을 알지 못했고 훔친 소를 머리를 잘라 죽였다. 나중에 그들은 거기서 자신들의 소행을 본 목격자가 있음을 알았고, 그 은둔자 역시 죽여서 머리를 잘랐다. 하지만 그들은 그 은둔자가 일생동안 명상을 해서 초자연적인 힘을 얻었음을 미리 알지 못했다. 그들이 그 은둔자의 머리를 쳐다보고 있는 동안 은둔자의 몸이 일어나 황소의 머리와 결합되었다. 그리하여 무서운 야마의 형상이 탄생하게 된 것이다. 그 은둔자는 자신의 지고한 목표에 도달하지 못한 대신에 무서운 분노로 가득 차게 되었다. 그는 도적들의 머리를 잘라 그들의 머리를 화환처럼 이어서 목에 걸었다. 그리고 죽음을 가져다주는 악마처럼 세상을 돌아다녔다."

죽음의 신은 교묘하다. 그러나 죽음의 신은 그저 강렬한 어둠일 뿐이다. 새벽 직전의…….

한밤 3시. 등나무 근처의 광화문은 동굴로 바뀐다.

동굴로 — 그곳이 동굴인 줄 이미 알고 찾아온 사나이들이 슬슬 자리에서 일어날 시간. 나와 같은 노숙자 친구들의 시간. 그래서 여긴 광화문이다. 서울역과는 다르다. 서울역에는 자정이 새벽 네 시까지 이어질 뿐이다.

새벽 2시 30분. 마지막 취객들의 고함소리가 세종문화회관 주차장 광장을 울리며 모범택시와 함께 빠져나가면 이제 다른 시간이 온다. 서울역처럼 잔혹한 서울 낮의 시간이 이곳에서도 한참을 더 버텨보지만 새벽 3시 그 힘의 마지막마저 소음인 그 힘이 사라지고 나면(이곳이 광화문이다) 그리고 한참을 더 밤이 밤을 쏟으면 이 광장에서는 깊은 허공이 살아난다. 광장이 서울을 버리고 광장으로 살아난다.

그럴 때 분수대 곁으로 줄지어 선 활엽수들이 먼저 짙은 어둠 속에서 으쓱으쓱 거리며 자신을 드러낸다.

어둠이 한결 더 짙게 드리울 때마다 나무들이 여기저기에서 그들만의 신호를 주고받는 듯이 불규칙하게 몸체를 일으켜 세운다. 몸이 아픈 사람이 기지개를 켜서 아픔을 떨어내는 것처럼.

그들이 깨어나 그 어둠 속에서 비로소 찾아온 어둠 속으로 제자리에 선다. 제자리에 서는 나무의 자리 때문에 광장은 또 깊어진다. 광장에 다른 기운이 퍼져나간다. 나무들을 제자리에 세우는 힘이 우리들이 잠들어 있는 벤치와 화강암 깔린 바닥, 덤불 속. 5호선 지하철 입구로 번져 나간다.

걸친 몸과 생명밖에는 없는 나무와 같이 아무것도 없는 자들. 우리의 생명이 이번에는 나무와 같이 그러나 짐승처럼 일어나서 우리는 어슬렁거린다. 두 발과 두 팔 오장육부가 모두 일어나서 우리는 일어난다. 우리에게는 그때 머리도 달려있다.

낮엔, 낮의 서울의 힘은 우리의 머리를 잘라 갔으나 그래서 우리의 오감을 버려야 했으나 이 시간 우리의 머리는 죽음의 신 이담 야만탄가와는 다르다. 죽임을 당한 황소도 우리였고 이제 다시 살아난 사람도 우리였다. 황소의 머리라도 우리의 몸에 붙게 되었으므로 우리는 분노도, 복수도 없다. 오히려 신기하다. 머리가 붙은 것이. 지금 이 시간 우리는 그저 스윽 일어서는 야성일 뿐.

우리는 한낮의 사람들을 저주하지 않는다. 그렇다고 우리 자신을 저주하지도 않는다. 저주하고 저주받는 그런 시간은 이미 지났다.

애가 끓는 그러한 시간은 노숙 3개월이면 다 씻은 듯 사라진다.

나와 또 인사 나누지는 않지만 서로가 서로를 아는 우리들은 우리가 우리인지 서로들 다 안다. 불행 속에서만 상처 속에서만 고여 드는 새로운 물을 이제 맛보는. 그 물에 의해 이상하게도 다른 사람의 이야기처럼 자기 자신의 생애가 아득히 멀어져 가버리고 말 것을, 그렇게 또 3개월이 가버린 자의 자유의 맛을……

오늘은 내 친구 이재성 시인을 만날 날이다. 광화문 전철역 화장실에서 대충 씻고 오전 11시 30분에 파고다 공원에 갔다. 가서 먹어야 하니까. 우리는 밥 주는 사람에게 고마워하지 않는다. 분노하지도 않는다. 그런 건 기준이 있는 사람들의 몫이다.

우리는 다만 밥에게 고마워한다.

고마운 밥에게. 밥을 멀리 보면서부터 고마워한다. 그리운 밥 냄새. 먹고 나면 그 밥이 뱃속에서 든든히 머물러 있는 것에 걸으면서도 고맙고, 땅바닥에 앉아서도 그렇고 하늘을 쳐다보아도 고맙다. 밥이 모자라 차례가 안 온다 해도 우리는 아무도 원망하지 않는다. 원망받을 사람은 오히려 밥보다 더 많은 우리들 때문이라는 것을 알기에 그리고 우리는 그러한 우리들을 이해하기에 우리는 아무도 원망하지 않는다.

우리들 대부분은 집에서 나오기 전보다 하늘이나 허공

을 많이 쳐다보는 편이다. 땅도 가끔씩은 우리를 기이하게 쳐다보는 것 같다. 상, 하, 좌, 우도 가끔은 자리바꿈을 하는가?

재성이가 온다. 벤치에 누워서도 느낄 수가 있다. 시인 재성이가 번갯불처럼 온다.

번개. 곰바위체 산은 라사를 둘러싸고 있는 — 서울로 치면 북한산과 같은 곳이다. 높이는 4,300m에 이른다. 북한산과 태백산을 합쳐놓은 것처럼 온통 바위로 동체를 이루지만 머리 쪽은 너그러운 육산이다.

나는 수미산이 어디인지도 몰랐었다. 그 산의 이름이 산스크리트어로 수메르(sumer)인지도 몰랐고, 그 호수가 아녹타 인지도 몰랐다. 눈만 감으면 떠오르는 그 산이 어디에 있는지도 몰랐다. 다만 티베트이라는 강한 확신뿐이었다.

몇 년 전에도 그런 식으로 나는 히말라야를 헤맨 적이 있다. 그리고 그때에도 그 이상한 마음의 영상을 찾아냈었다.

이번에도 마찬가지였다. 그래서 나는 티베트의 4대 성산을 하나하나 찾아 나서기 시작했다. 지선생과 또 다른 시간에 New Golden Bridge 호를 타고서 그 첫 번째가 곰바위체였다. 그러나 그 산은 내 마음속의 산이 아니었다.

곰바위체는 거대하게 너그러웠다. 거대한 어머니이자 아버지와 같이……

하산 길에 바라본 그 이상한 노을. 하늘을 반을 갈라 한쪽은 평온한 노을이 지고, 한쪽은 천둥번개가 휘몰아치는 그 믿기지 않는 광경 속에 나타난 또 다른 신비는 말할 수 없다. 아무도 믿지 못할 것이기에. 말해서는 안 된다고 나는 생각한다.

재성이가 가까이 왔다. 나는 벤치에서 일어나 앉아 광장 저편에서 떠올라 다가오는 그를 본다. 역시 번개와 햇살이 동시에 그의 후광으로 빛나고 있다.

2년에 걸쳐서 나는 그 산을 찾아 헤맸다. 티베트는 광활하다. 가기도 멀지만 가서는 더 멀다. 인생은 이상한 것이다. 한반도의 사람들은 자기의 방에서 자기의 밥을 짓고, 밥을 짓다가 한숨을 놓지만, 중국의 사람들은 자기의 방에서 자기의 밥을 짓고, 밥을 짓다가 무표정하게 이따금 닫힌 문밖을 뚫어볼 수 있는 것처럼 바라보지만, 티베트의 사람들은 자기의 방에서 자기의 밥을 짓고, 밥을 짓다가 쑥 같은 식물이라도 된 것처럼 멍청하게 대지의 속에 귀를 기울인다.

아침은 푸르다. 야생의 말들이 초원에서 창살도 고삐도 없이 깨어나고 그러다가 작열하는 햇살에 난데없이 산의 그림자가 뛰는 말보다 빨리 움직이는 것에 놀라듯 — 또한 그러한 모두가 동시에 일어나는 순간처럼 인생은 이상한 것이다.

등나무 바로 밑을 둘러싸고 있는 네 방향의 의자 가운데에 등나무가 있다. 사람들은 일단 나무 아래에 자리 잡으면 대부분 그 나무를 의식 못 한다. 그러나 멀리서 보면 사람들의 머리 위를 드리운 그 나무는 말없이 햇빛을 받고 있다. 인생은 이상한 것이다. 재성이가 가까이 다가오는 동안 꺾쇠로 꽉 끼인 의자 저편에서 여자 말소리 하나 건너온다.

"좋아하는 걸 떠나서 생을 걸만한가?

……거부할 수도 있어…….."

남자 말소리는 가라앉는 소리. 가라앉아서 그 여자의 주변이 — 공기가 된다.

"당신, 당신, 당신! …… 그리고 난 그 사람에게."

아프지 않게,

아프도록,

시끄러운 교향곡이 문화회관 내에서 멈춘다.

길이 많이 막혔나 보다. 재성이는 광장에서 나를 발견하기 전까지 뛰어왔나 보다. 이마의 땀을 닦으며 온다.

또 다른 교향곡

지상의 시간은 12시 50분.

하늘은 언제나 새벽빛

지금 내게 보이는 하늘은 지상에서 얼마나 먼가?

내 담배 연기에 꺾쇠 저편의 여자가 진저리를 친다.

이 순간의 굽이치는, 달리는, 폭포와 같이 수직으로 떨어지며 빛나는 절정들 세계 도처에.

우주는 그 절정을 먹고 사는가? — 행복한 건 세상뿐인가?

재성이 옆에 와 앉는다.

번개는 진정된다.

두 번째 성산은 감포리 산이었다.

라사에서 버스로 세 시간 떨어진 '제탕'에서 얼마 떨어지지 않은 곳.

감포리 — 아주 낯익은 이름.

인생은 이상한 것이다.

재성이는 광화문에다 자꾸만 김수영 시인의 동상을 세우자고 한다. 여럿이 돈을 모아서 이순신 동상에서 바라보이는 쪽에 동화면세점 건물 앞 보행자 도로에 좌대 없이 의자에 비스듬히 기대앉아 머리에 팔을 괴고 있는 사진 속의 김수영을.

그 러닝셔츠 바람의 시인을 말복을, 말복의 여름 뜰을 — 옛 금강 상류 유역을 흘렀을 햇빛의 추억을 쓸고 지나가는, 기나긴 백사장을 달리는 비시간속의 흐름을 말복의 제 앞뜰에서 바라보고 있는 김수영의 눈을 누구더러 조각하라고 그러는 것인지 그 호수를. 누구더러…….

재성이는 광장 옆 중화관으로 나를 데려간다.

이과두주를 두 병 시키고 팔보채를 시키고 웃옷을 벗는다. 그러자 그의 몸에서 또 번개가 친다.

감포리 산은 지금 재성의 번개와 겹친다. 인생은 이상한 것이다.

창탕고원의 각기 다른 온도의 유황온천이 겹쳐 터져 나오듯 일정한 장소의 여기저기에서 각기 다른 들끓음과 폭발력으로 어느 날에는 과거와 미래가 겹쳐서 간헐적으로, 현재로 올라온다.

인생은 이상한 것이다. 재성이 자꾸 45°짜리 술을 권한다. 중화관 주인은 자꾸 찌푸린 인상을 준다. 한낮의 음주는 자꾸 사람을 외부에서 도망가게 한다. 내부로 잦아들게 한다. 쨍그랑 소리도 멀어진다. 아득하게 세상이 멀어진다.

모든 게 까마득하다.

까마득한 곳에서 누가 온다.

거미줄 쳐진 동굴 입구에서 지나가는 갑충을 재빨리 집어 든 한 사내가 그것을 입으로 가져가 '와자작'깨뜨려 먹는다. 옷도 아무렇게나 무슨 가죽 같은 것을 걸쳤다. 그가 나를 빤히 쳐다본다. 꽤 낯이 익다. 그의 이름은? 잘 모르겠지만 강과 관계가 있다.

또 누가 있다. 시간의 지편 언덕에 광야에서 한 남자와 한 여자가 제관복장을 하고서 광개토대왕비라도 세울 듯한 거대한 혈옆에 서 있다. 그리고 한 번도 본 적이 없는 그러나 초록 이끼로 뒤덮인 거대한 산군에 매달려 있는 광야에서 사막이 흘러나온다.

강과 함께 흘러나와 광야를 적시다 돌연히 강도, 광야도, 설산도 사라지고 사막만이 남는다.

네게브일까? 고미일까? 동해의 망상쯤의 백사장일까? 돈황 근처일까?

한 여자가 보인다. 병원이 있다. 사막에 난데없이 초록색 십자 표식을 한 병원이 나타난다. 영어 알파벳이 보인다. 외줄기 포장도로가 한없이 지평선을 넘어가고 있다.

도로에는 도마뱀 한 마리 태양을 쬐고 있지도 않다. 길만이 있다. 병원에서 그 여자가 나온다. 병원 옆으로 일망무제로 트인 사막이 있다. 여자가 계속 걸어간다.

모포 한 장을 챙겨 들었을 뿐이다. 그녀가 사막 속으로 자꾸자꾸 걸어간다. 이젠 병원이 보이지 않는다. 한나절을 계속 걸어간 어떤 곳 얕은 웅덩이 속에 들어간다. 눕는다. 해가 지려 하고 있다. 해가 넘어간다. 넘어가면서 붉게 한 물체를 비춘다. Joshua tree다.

마치 십자의 좌, 우를 비대칭으로 마음대로 꼬부려 펴들고 있는 듯 사람으로 화하기 전에 우선 식물로 변한 망부석 같기도 한. 그 여자가 제 키보다 훨씬 큰 선인장에 다가간다. 포옹하듯 두 팔 벌려 선인장을 쓸어본다. 그러다 한쪽 팔이 반사적으로 내 튕긴다.

큰 가시가 몇 개나 박혀 버렸다.

그러나 별일 없다는 듯 그 선인장을 올려다보고 탑돌이하듯 선인장 주위를 몇 바퀴 천천히 걸어서 돈다. 천천히 걸어서 돈다. 지선생도 돌고 있다. 도는 기간 동안 북두칠성도 서서히 서에서 동으로 옮아간다.

그 여자가 천천히 제자리로 돌아온다. 인디안 같기도 하고 한국인 같기도 하다. 이름을 물어보자 웃기만 한다. 그리고는 자신의 방이듯 웅덩이 주변을 자기 자신의 속으로 바꾸어 간다. 성궤가 천천히 회전한다. 살에 박힌 가시에게 그 여자가 말한다.

"애기야. 애기야⋯⋯. 나야⋯⋯ 나다. 애기야. 얼마나 아팠니."

그 여자는 살 속 깊이 숨어버린 가시를 입술로 쓸어준다.

밤이 밤을 쏟아내고 있다.

별 너머 별들의 운행이 서로 어울려 밤하늘도 크게 회전하고 있다.

밤이 밤을 그 밤이 또 다른 밤을 쏟아내고 있다. 물기운이 밤하늘에 가득해진다. 밤의 바다와 같이 하늘이 하늘 물로 꽉 찬 바다가 되어 그 여자의 방을 에워싸고 있다. 폭풍칠 때처럼 그 바다가 짙은 청색과 남빛으로 엇갈리며 투명한 어항 같고 밝은 그녀의 방을 이리저리 관통하기 시작한다. 그 여자는 자기 자신인 검은 자아로 팔다리를 수평으로 쫙 펴고 하늘의 물을 맞는다. 물은 끝이 가시처럼 좁혀지거나 혹은 그 여자를 관통하고 난 뒤에 가시처럼 좁혀지다가는 그녀의 방 바깥의 하늘바다에 합쳐 다시 시퍼래진다.

그 여자의 검은 자아는 변하지 않았지만, 청색의 자아가 하나 더 생겼다가는 사라지고 오래오래 아무 소리도 없이 파도가 친다.

폭풍이 멎는다. 새벽이 다가오기 때문이다. 그녀의 방에서 향내 맡아본 적 없는 기이한 향기가 일어난다. 가시 가지까지 투명한 꽃 하나 피었다.

까마득한 곳에서 누가 부른다.

까마득한 곳이 가까워진다. 색다른 중력으로 외부의 밀도를 꽉 채운 세계가 온다. 느낌이 온다. 광화문이다. 눈을 떴을 때 등나무 가지가 보이기를 바라면서 나는 눈을 떠본다. 역시 등나무 바로 아래의 벤치다. 마음속에서 안도하는 느낌이 두려움을 떨쳐버린다.

이 세계는 저 세계와 등나무 가지 끝으로 연결되어서 서로 송·수신한다.

그 접점이 저 가지의 끝 발산점이다.

등나무는 땅속 깊이 지구의 핵과 연결되어 있다. 그리고 가지 끝으로 모든 밤하늘과 낮의 태양과 연결되어 있다. 서늘한 바람이 가지를 흔들고 있다. 나는 다시 눈을 감는다. 그런데 누가 또 부른다.

아무도 없다. 누가 다시 부르는 듯해서 눈을 떠보지만…… 그러나 그가 있다. 키 작은 사람. 머리가 짧고 두터운 잠바를 입었지만, 왠지 갈매기 깃털 같은 사람. 갈매기 깃털을 붙잡고 함께 절벽에서 뛰어내리자면 그렇게 할 것 같은 사람.

나는 그의 이름을 모른다. 그러나 그의 입가에 먼저 실바람 같은 미소가 걸리는 듯하다. 나는 손짓으로 갈매기 깃털 인간을 부른다. 그가 온다. 나는 주머니에 손을 넣는다. 그러다 퍼뜩 생각이 떠오른다. 재성이가 넣어주고 간 십만 원권 수표 두 장. 그러나 나는 그것을 다가오는 이에게 건넬 생각은 없다. 나는 처음에 하려고 했던 대로 자리에서 일어나 커피 자판기로 다가가 율무차를 한 잔씩 뽑아 그에게 건넨다.

깃털 인간은 소리도 나지 않게 율무차를 마신다. 나도 마신다. 마시고 나서 한참을 멍하니 앉아 우리의 앞을 바라본다. 그가 먼저 같은 벤치의 내 발끝 아래에 팔베개를 하고 스르르 눕는다. 나도 따라 누워본다. 머리, 발, 머리, 발이 연결되어 버린 2인 1각을 그도 나도 느낀다. 따뜻하다. 그가 있어 무섭지 않다. 무섭지 않다…… 않다.

모르게 무서워하는 것이 내 일생이었나? — 이 부드러운 따뜻함 속에서 — 처음으로 느낀다. 기대 없는 속에서, 살기 위한 배려도 없는 속에서 도대체 율무차 한잔이 무슨 일을 한 것인가?

무서움을 모를 때에도 실은 무서웠나 보다. 무서워할 그
자가 있었나 보다. 무서움도 모르다가 또 알기도 하는 무
서움을 모르다가 또 무서워하는 자가 있었나 보다.

무서움은 무엇인가?

무서움은 훈훈한 율무차 한 잔이 — 아닌 것이다.

무서움은 다인 일각이 아닌 것이다.

세상이 간단하게 바뀐다. 훈훈한 율무차 한잔과 그것이
아닌 모든 것으로…… 율무 1진법의 세상으로……. 좋아.
따져보자.

등나무는? 율무차다. 시원하게 훈훈한.

바다는? 아니다. 율무차는 아니다. 바다는 맑거나 탁하
거나 끈끈한 물질성일 뿐. 그런가? 그 이상인 것도 같다.

고등어 떼에 쫓기는 은빛 멸치 떼는? 율무이기는 하다.
그러나 멸치에겐 바다가 율무다!

이 바람은? 율무다. 이 바람은 율무다. 여기는 율무 1진
법 세계의 발원지. 이곳에 있는 것은 무엇이든 율무권이
다. 훈훈하고 따뜻하다.

그렇담 상한 내 혼은? 혼도 따뜻해진다.

무서움. 인생은 이상한 것이다. 인생은 참으로 이상한
것이다.

내가 이 세상을 무서움과 무서움 아닌 것으로 구별하게 된 계기는 이번이 처음이 아니다. 태어나면서부터 이 게임은 시작되었다. 나는 똑똑히 기억한다. 산파에 의해 강릉시 홍제동의 붉은 언덕에서 태어났을 때 그 며칠 후 엄마도 곁에 없었을 때 누군가 처음 활짝 열어놓은 방문 밖으로 비치던 구름 한 점 없던 파란 하늘. 붉은 흙의 대지. 강렬한 태양 빛에 뚝뚝 굵은 물방울을 떨어뜨리던 그 고드름. 그 광경 앞에서 쿵 하고 전심에 떨어지던 그 충격. 그 충격파를 받으며 전력으로 뚝뚝 떨어지는 그 굵은 물방울이 새로이 태어난 자에게 이 세계의 물질성을, 이 세상이 무시무시한 인력권 내에 있다는 것을 단적으로 증명해 주고 있는 광경이 아닌가!

　나는 이 세상의 아름다움에 매혹되어 본 적이 없다. 단 한 번 초등학교 운동회 전날 운동장에 금 긋기 전, 물을 뿌리던 살수 차량(소방차)의 물받이가 되던 애 시절. 세찬 물길을 피해 벚나무 기둥 뒤로 몸을 숨겼을 때 위에서 뚝뚝 떨어지는 물방울 때문에 쳐다본 하늘에 벚꽃! 벚꽃 사이사이의 하늘. 그때도 그랬다. 그 벚꽃, 그 하늘은 무엇인가를 어렴풋이 기억나게 해주는 징검다리 같은 것이었을 뿐. 그 모를 느낌 속에서 그 벚꽃 사이사이를 오래 쳐다보았을 뿐.

그때에도 황홀은 없었다. 언제나 모든 것은 황홀 그 접경 어딘가에 있는 자신의 위치만을 알려줄 뿐. 아! 젊음 또한 그러한 것이 아니었던가. 다만 개화한 꽃일 뿐. 그 벚꽃과 사이사이의 푸른 하늘이었을 뿐. 나에겐 젊음마저 추억이 되지 못한다. 이 혼의 상처만이 ― 지금 막 치유 받고 있는 이 혼의 상처의 치유의 순간만이 내 진정한 추억의 전부이다. 그 전부가 지금 진행되고 있다.

이제는 느낀다. 또다시 내일은 잊을지라도 내일에도 있을 내 혼은 느낀다. 치유받기 위해 치유 받는 이 순간을 갈매기 깃털 사나이와 나누기 위해. 나는 이 생애에서 오히려 상처를 택했을지도 모른다는 걸. 그것이 태어나 처음 외계를 보던 그때의 그 각오의 쿵 소리의 의미였을지도 모른다는 걸.

쿵! 쿵쿵쿵쿵쿵쿵쿵쿵쿵

그렇게 나의 인생은 지나갈 것이다.

지나가지 않는 것 앞에서 지나갈 것이다.

사위가 멈추어 선다.

깃털 사나이와 내가 함께, 멈춘 사위 속의 흐름에 잠기어 있을 때

이번엔 세상이 돈다.

네게브 사막의 성궤와 같이

광화문 등나무를 중심으로 세상이 돈다.

　지선생은 우르무치, 키르기쉬를 지나 파키스탄을 넘어 인도 북부의 '라닥'에 돌아와 있다. 산악등정대원같이 콧잔등이 벗겨져 있다. 몸은 바짝 말랐고 수염은 어지럽게 자랐다. 목욕한 지가 근 한 달이 돼가고 벌레에 물린 피부는 여기저기 붉은 반점처럼 남아있다. 건조한 공기에 피부는 갈라졌고 발은 맨발로 돌아다니는 인도 아이들처럼 변했다. 그러나 그의 마음은 맑다. 그는 사원 라마유두라는 티베트불교 곰파(사원)에 투숙해 있다. 그는 사원 바로 옆의 열일곱 살 난 이웃집 소년 '타시'와 산보하고 있다.

　타시네 가족은 20마리의 양, 서너 마리의 당나귀와 그 새끼, 두세 마리의 검은 조* 그리고 8마리의 새끼 양과 함께 실내의 1층 가축우리의 온기로 한겨울을 넘기고서 이제 5월에 접어들어야 시작되는 봄 채비를 하고 있다.

　지 선생은 본래 애들과는 잘 통한다. 한마디 말도 통하지 않지만 그들은 산보도 함께 다니고 방에서 그가 찍은

---

* 조는 완전한 티베트 토종소인 야크가 아닌 일반 소와의 교배종이다.

사진들을 보고 장난도 치고 논다. 지 선생은 공연히 미래의 어떤 사람에게 하듯 자기 자신에게 웃고 있다. 그는 난생처음 이곳의 사원에서 절이란 것을 해 보았다. 그것도 오천 번을……. 그는 몸이 이곳저곳 결렸지만 이제 몸은 풀리고 마음은 평화스럽다. 기쁨이 흘러넘치는 것이 아니라 아무런 부족함을 느끼지 않는다. 하루하루를 다 들이는 절함은 그렇다. 하루의 사이사이 책을 보고 싶다거나 하는 생각은 나지 않지만 그렇다고 집중이라는 말이 주는 힘의 모임 같은 것은 아니고, 오히려 흩어져 구석구석을 메운다고 하는게 보다 더 가까운 것이리라.

그는 그해 음력 4월 4일 스스로 불제자가 되었다. 계를 주는 스님도 없었고 부처의 환영을 보았거나, 알지 못하는 신비한 기운이 전신을 감싸거나 하는 일은 없었다. 모든 것이 그가 비워내는 과거 속에 물 스미듯 스며들었고 모든 것은 평화스러울 뿐이었다. 그리고 기념으로 무스렘들의 도시인 '카질'로 짧은 여행을 떠났다.

그는 이 모든 것을 진지한 연극 속에서 다시 연극을 하는 것처럼 이런 작은 여행조차 꽤나 참신하게 받아들이고 느끼고 기다리고 실천할 줄 아는 사람이다. 그는 며칠 후 다시 티베트로 들어서는 관문 네팔로 들어갈 것이다.

인생이란 참 이상한 것이다. 네팔. 그에게 네팔은 세 번째이다. 십수 년 전에 방콕에서 비행기로 왔었고 2년 전 사업에서 은퇴하고 곧장 떠난 인도여행 중에도 다녀갔다. 처음에는 세 명이 일행이 되어 비행기를 타고 여행용 가방을 들고 면도도 매일 하는 여행이었다. 룸비니와 포카라로 택시를 며칠씩 대절해서 다니며 좋은 호텔에서 지내며 식당에서도 일행들과만 얘기를 나누었었다. 이름 그대로 관광이고 네팔의 모든 것은 지 선생의 내면과는 무관한 저편에 있는 볼거리들일 뿐이었다.

그러나 이제 그는 두 살이나 더 나이 들었음에도 56세가 되었음에도 자신이 누구인지 의식조차 하지 않는다. 그냥 사람으로 사람을 만나고 사람들 역시 그를 사람으로 받아들인다. 그는 맑고 동그랗게 되었다.

인생이란 참으로 이상한 것이다. 그것은 성궤와 같이 제가 가는 대로 그어지고 회귀 되는 한 원 인지도 모른다. 노랗거나, 푸르거나, 투명하거나 간에.

나는 그 후로 깃털 사나이를 만난 적이 없다. 어디선가 그가 나를 한 번쯤 주시한 적이 있는 줄은 모르겠다. 그는 군중 속에 섞여 들면 일반적인 노숙자 친구들과는 달리

거의 눈에 띄지 않는다. 그는 노숙자가 아닌 평범한 서울 시민보다도 더 실존성이 없다. 낮이면 한국 풍토의 노숙자들은 조금은 흥분이 되어서 더 드러나게 마련이었음에도……

그 대신 철학자 한 분이 가끔씩 커피 자판기 옆 벤치에 몸을 누인다. 그 역시 때절은 차림이지만 두툼한 오버와 초가을에 어울리지는 않지만 굵은 털목도리와 모택동 모 비슷한 모자가 그의 흰머리와 어울려 그가 예사 노숙자가 아님을 알게 한다. 그는 낮이든, 가스등 켜지는 밤이든 언제나 두툼하고 오래된 책을 비스듬히 누워서 정독하고 있다. 누구에게도 눈길을 주지 않고 소주도 마시지 않는다. 며칠에 한 번꼴로 그의 잠든 머리맡에는 'OB라거' 한 병만이 안주도 없이 비워진 채로 놓여 있다. 그래서 다른 노숙자들도 그에게는 왠지 경외감을 갖고 그냥 저만치 마음에서 떨어뜨려 놓고는 한다.

그건 나도 마찬가지다. 나 역시 노숙자들과 말하지 않는다. 말걸리는 것도 꺼린다. 그렇다고 이 사회의 서울 시민을 차별 대우하는 것도 아니다. 나 역시 아무에게도 말하지 않고 말 걸지 않는다. 그러나 왠지 나는 다른 노숙자들에게 경쟁자로 의식 받고 있다.

나는 매일 마시지는 못한다. 재성이가 준 돈은 이혼한 처가 거느리고 있는 아이들에게 보내버렸다. 나에게는 돈이 없다. 가끔씩 둘째 동생이 모시고 사는 가난한 부모님 계신 집에 가서 아버님 몰래 밥을 얻어먹고 또 어머니가 몰래 쥐여주시는 기천 원을 들고 광화문으로 돌아오곤 한다.

나는 잃은 게 물질뿐이라면 좋았으련만 그들과 또 다른 그들과의 또 다른 여행. 그 산을 서울 하늘에, 서울 땅에 연결하고파 시작한 다큐멘터리 촬영 기간 내내. 이해할 수 없다. ─ 모두 다 나의 탓이라기엔 ─ 우리 모두 다 인간이라는 생각하는 짐승 탓이다. 나는 혼을 다쳤다.

이것은 예정된 길이기도 하다. 아주 어린 날부터 ─ 견디어야 할 대상으로 세상을 받아들였을 때부터, 또 내 생애조차 그러한 세상을 견디어야할 시간으로 받아들인 날부터 어김없이 약속되어진 미래이기도 했다. 고통이 고통을 부른다. 나는 거의 그 정점에 와 있는 것을 느낀다. 이 정점에서 실제로 죽을 수도 있다는 것을 느낀다.

나는 거의 완벽한 실패자다. 그것이 나는 약간 마음에 든다.

나는 모 지방신문 신춘문예에 당선한 적도 있는 소설가이자, 중·고교 시절 3년 연속 큰 대회의 대상을 내리받아

보기도 한 미술학도였고, 14세 때 스스로 ― 오히려 말리는 부모님들 몰래 철학자 칸트를 찾아내서 그의 수학 공식 같은 저작들을, 뜻을 알든 모르든 6개월에 걸쳐 독파한 독서광이었고, 공인 수영 인명구조요원이며, 태권도 2단으로 대회에 나가기도 했고 70년대 중반엔 입에 대마초 냄새를 풍기며 클럽에서 돈을 받고 노래 불렀고, 광주에 끌려갈 뻔도 한고비를 아슬아슬하게 충남대학 진주로 넘긴 공수부대원이었다. 모 미국인 신부에 의해 다년간 그리도 절실히 사제가 될 것을 권유받기도 했던 신실한 자였으며 어떻든 대학에선 문학 박사학위를 받았고 또 그 대학에서 10년이나 강사로 학생들을 지도해본 적도 있다. 나는 9공수여단 재직 시 폭동 진압 관람차 우리 여단을 방문하기로 되어 있던 전두환을 암살하기 위해 유서 써놓고 총알을 끌어모았던 열혈한이었으며(당일 무슨 이유에선지 전은 오지 않았다), 시 쓰는 몇 선량한 자들을 위해 내 모든 것을 평생토록 다 받칠 각오를 했던(4년밖에 그렇게 못했지만) 자이기도 하다. 자 누가 전쟁을 겪지 않은 43년의 생애에 이만한 이력을 갖고 있는가?

그 생애의 사이사이는 또 어떠했던가?

나는 버림받았고, 버렸고, 되돌렸고, 버림받았으며, 애걸

복걸했으며, 두들겨 됐으며 그보다 더 두들겨 맞았으며 팔이 4번이나 부러졌으며, 갈비가 부러졌으며, 머리와 이빨, 허리가 깨졌으며, 굶었으며, 울었으며, 비통으로 며칠 새에 머리털이 홀딱 빠져나가는 걸 경험했으며, 두 번이나 동사 직전에 구조되었으며 세 번의 대형교통사고로 그때마다 차가 폐차되었으며(한번은 배추밭에, 한번은 고속도로에, 한번은 둑길을 날아 얼음 얼은 저수지에 처박혀서), 집안 어른들과 처의 결국 누군가의 자살로 끝난 불화 끝에 이혼했으며, 눈물이 ─ 마르지 않는 눈물이 다 흘러 나갈 때까지 울었으며, 나가떨어져 또다시 거꾸로 쑤셔 박혔으며, 폭풍 칠 때만 골라 바다에 뛰어들었으며, 봄을 알기 위해 40살에 두 해 겨울이나 ─ 냉동고 같은 컨테이너에서 겨울 내내 난방을 하지 않고 버렸으며 ─ 그 바람에 중풍이 들이닥치다 나갔으며, 호흡을 오래오래 중단해 봤으며, 친구들을 위해 나팔 팬츠로 명명된 통이 넓은 팬츠를 입고(내 다리는 새처럼 매우 가늘다) 껑충껑충 뛰어 그들을 웃다가 쓰러지게 했으며, 쓰라린 결혼생활 속에서 고통으로 미쳐 대낮에도 헛것을 피해 제자리 뛰기를 하다 이번에도 쓰러졌으며, 동생의 사업 부도로 인한 보증 탓에 친구들을 다 잃었으며, 유일하게 믿던 친형이나 다름없는 분으로부터 말도 안 되는 오해를 받고 절교당했으며, 그저 저 잘될 욕심밖에 없었던 몇 후배들로부터 보기 좋게 연합전선으로 왕따당했으며, 산신에게는 전기 고문을 받고 산에서 쫓겨났던 것이다.

그리고 이제는 혼마저 상했다. 나는 도보로 계획한 창탕고원 횡단 길에 죽을 줄 알았다, 행복하게. 그런데 이렇게 살아나 혼을 상한 채 여기 이렇게 새로운 — 지금도 일없이 과거의 끝으로 밀어 올려진 죽은 현재 속에서, 머리에 이가 끓을까 걱정스러워 보이는 나를 피하는 사람들 속에 — 예쁘장한 동네 꼬마들이 "거지야! 거지야!"하고 장독대 위에서 돌을 던지는 아프지도 않는 돌을 맞고, 여기서 나는 이렇게 히죽이 웃고 있는 것이다. 그리고 왜 웃음이 나오는지는 나도 모른다. 광화문 내자동 근처 옛 한옥이 있는 골목길에서 돌을 맞고, 발길을 돌려 파고다로 가고 있는 지금 왜 웃음이 나오는지는 나도 모른다. 조금 전 현대 빌딩 앞을 지나며 아무렇지도 않게 주워 피운 담배꽁초 때문인지, 불을 좀 빌려 달라고 한 젊은이에게 공손히 부탁했었고, 불을 붙여주던 그 청년의 하얗고 건강한 손이 약간씩 떨고 있던 것에 미안해서 그러는지 어째서 그러한지는 모르겠다. 자꾸 스멀스멀 웃음이 나온다.

광화문 지하도를 빠져나와 비각을 지나 교보 후문 쪽으

로 걷고 있을 때 누가 걸어온다. 고모 집 조카다. 며칠 전 결혼했다는 소문은 들었던 것 같다. 나는 차도 쪽으로 택시라도 불러 세울 듯이 몸을 튼다. 부끄러움에 그들을 등 뒤로 돌려세우면서. 왠지 아까와는 다른 웃음이 교보빌딩보다 거대하고 시꺼먼 기괴한 나무의 가지 끝에서처럼 풀려나온다.

고통이 고통을 부른다. 부르다 못해 아예 키운다. 물을 주고, 밥을 주고, 피를 주고, 몸을 주고, 정을 주고, 돈을 주고, 오랜 시간을 주어 고통은 제대로 큰다. 이젠 고통이 밥을 부른다. 물을 부르고, 돈을, 피를 부르고, 오랜 그들만의 옛 시간마저 불러낸다.

나는 종로 2가가 끝나는 횡단보도를 바삐 걸어치운다. 파고다에 가자 휠체어에 탄 흰 모자 쓴 사나이가 있다.

나는 그의 눈길을 안다. 그는 바위 속에서 눈을 뜨고 있다. 그는 통달한 사람이다. 그는 나보다도 한두 살 젊게 보인다. 그러나 그는 지 선생보다 사고 없이 현상에 더 진지하고 본질에도 사고 없이 더 진지하기 때문에 나는 그를 피한다. 그래서는 이 종로라는 연극판을 그가 의도하지 않았다 하더라도 우스개 판으로 만들 수 있기 때문에 나는 가급적 저런 사람과 접촉하기를 피하려고 한다. 과정이 끝난 인생은 인생이 아니지 않는가? 또 그 앞에서 과정 중인 인생은 뭐란 말인가?

탑을 등지고 일회용 공기에 든 밥을 반쯤 비웠을 때 탑 옆면으로 불현듯 그가 나타난다. 그러고는 코앞에다 천 원이나 이천 원에 사주는 모나미 볼펜 다발을 쑥 내민다. 그는 나를 시험하고 있다. 피할 수 없다는 건 나도 안다. 어떤 관념적인 제스처도 그에게는 통하지 않는다. 그는 깃털 사내와는 다른 쪽의 극점이다.

나는 잠자코 밥을 먹는다. 입을 우물거리면서 그냥 하늘을 한번 쳐다보고 다시 밥으로 숟가락을 가져갔을 때 그는 보일 만큼 한번 웃고 휠체어의 앞바퀴를 허공에 약간 쳐들더니 방향을 바꾸어 사라진다.

또다시 나는 나를 느낀다. 그가 가르쳐 주고 갔다. 조금 전 그냥 하늘 한번 본 순간. 나는 하늘 한번 보겠다는 순간적인 생각에 나를 애매하게 맡겼었다.

파고다 정문을 걸어 나오면서 나는 다시 생각한다. 그래 그때 하늘은 잘 보였는가? 구름은 있던가? 대기의 순도는 느껴지던가? 그의 시선의 세상 속에 들여놓을 내가 있었던가? 없으면 없는 대로 정직하기라도 했던가?

내 발길은 번다한 종로 2가 대신 인사동 쪽을 택한다. 지금만큼만 자유로웠더라도 나는 아까 미동도 하지 않았을 자신이 있다. 그러나 시험은 이미 끝났다. 다시 달려가서 시험받고 싶지는 않다. 그렇게 서둘지 않을 만큼은 나도 자랐다. 광화문에서……. 언젠가는 그를 광화문으로 초청하고 싶다.

구름 한 점 없는 하늘 아래에서 비를 맞아 본 적이 있는가?

지 선생도 나도 젖고 있다.

나는 그 산에 바로 그 산에 기어오르고 있다.

지 선생조차 모르는 길로. 길이 아닌 길로.

45° 정도의 경사면에 30cm 부피로 덮인 자갈 지대. 자갈 밑으로는 1m 깊이도 더 될 얼음층이다. 내가 걷고 있는, 거의 절벽을 이루고 있는 곳에서 그 바닥까지는 200m는 족히 된다. 나는 그 벽을 횡단하고 있다.

1km를 넘어 흐르고 있는 벽의 반쯤에 이르렀을 때 나는 결정을 내려야 한다는 걸 안다. 힘이 있어도 힘을 태울 산소가 평지의 반도 안 되는 6,000m가 넘는 이 고도에서 게다가 한발 한 발을 재겨 디딜 수도 없는 상태에서 체력은

급격히 소모되어 갔다.

지금 돌아가지 않으면 어떻게든 그 산의 본체에 닿을 수는 있겠지만 그것은 돌아갈 힘을 다 써버렸다는 걸 의미한다는 걸 직감으로 안다. 처음부터 이러한 길은 ― 산악인이면 절대로 택할 수 없는 길이었다는 것도 안다. 그러나 내 마음속 영상에 보이던 길은 이 길이었다. 이 길이 아니면 내게는 아무런 의미도 없다.

그렇게 택한 길이었다. 나는 잠시 생각한다. 그러나 한자리에 10초 이상 머무를 수도 없다. 그랬다가는 내 무게에 발밑의 자갈층이 밑동부터 넓은 면적으로 미끄러져 내리기 시작하기 때문이다.

나는 나아가기로 한다. 그러자 허공이 제트기류에 밀릴 때 나는 압력 같은 것이 머릿속에서 쌔액 소리를 내며 맴돌기 시작한다. 결국 나는 그 벽의 끝에 이르렀다. 의식할 수 있는 체력은 끝나 있었다. 이제는 돌아가고 싶어도 돌아갈 수 없다. 두려움은 없다. 그러니 두려움과 싸울 필요도 없다. 다만 이해할 수 없이 건강하고 오랜 남성의 가슴팍 같은 그 산의 품이 눈앞에 다가왔을 뿐이다. 잠시 그 자리에서 검은 산을 바라보았다.

설무가 서서히 피어올랐다. 그러나 빤히 바라보이는 설

원을 가로지르는 길 또한 멀고도 멀었다. 난데없는 돌풍 속에서 우박과 싸락눈이 뒤엉켜 쏟아졌다.

산의 본체에 다가갈수록 눈은 허리 위까지 차올랐다. 경장비밖에 갖추지 않은 온몸에 눈이 꼭꼭 들어찼다.

내가 무엇으로 어떻게 걷기는 했던가? 추위도 열기도 느낄 수 없었다. 어떻게 버둥거렸는지도 모른다. 정신만 한없이 또렷해졌다.

30m 앞까지 접근했을 때…… (내 어찌 이해할 수 있었겠는가?) 산의 꼭대기 어디쯤인가? 알 수 없는 곳에서 돌이 떨어지기 시작했다. 바둑판의 꽉 짜인 길처럼 그렇게 포위하듯이 그 산의 본체까지의 30m 공간에 자욱이…. 어디에서 어디까지 떨어져 내리는 것인지 '우욱우욱' 허공을 찢는 소리를 내며 그 돌들은 마구 퍼붓듯이 포화처럼 떨어졌다.

전·후·좌·우에 뻥뻥 뚫리는 구멍 속으로 어깨를 넣어 손을 밀어뜨려보면 집히는 것은 아이들 주먹보다 큰 돌이었다.

나는 알고 있었다. 1m도 안 되는 간격으로 수도 없이 돌이 떨어지고 있었지만, 그 돌은 나를 맞추지 않는다는 걸. 더 남은 감각이 있었다면 산이 나를 인식하고 있었다고 느꼈을지도 모른다.

아마 그 축포를 받는 희열을 에너지로 삼아 나는 더 전진했으리라. 그리고 나는 산의 본체에 닿았다. 그다음은 말할 수 없다.

아무도 믿지 못할 것이므로. 그것은 죽음 이후로 가져갈 지상에서의 몇 안 되는 선물로 남겨두어도 좋으리.

술에 취해 벤치나 덤불 뒤에 쓰러지는 때가 많아져서일까. 과거와 현재와 미래가 순서 없이 나타나기 시작하고 있다. 15년 후를 지금 살기도 하고 지금을 2년 전으로 가져가 살기도 한다.

누가 벤치를 툭툭 걷어찼다. "야! 일어나."라고 하는 것을 들은 것 같다. 눈을 뜨자 공익근무요원 복장을 한 사나이가 위에서 세종문화회관의 화강암 직벽에서 내려온 듯이 수미산 정상에서 내려온 듯이 내려다보고 있다. 시신경은 열어 놓았지만, 그가 어떤 사람의 실체로 잡혀지지가 않아서 그저 가만히 바라보고 있었던 것 같다. 그것이 그의 부아를 돋웠나 보다. 그러나 싸락눈이 양철지붕을 '싸라락 따라락' 때린다고 해서 양철 지붕더러 '야 조용히 해!'라고는 할 수는 없는 일이 아닌가 하고 지금은 생각하고 있다.

여하튼 그는 아무 거리낌 없이 내 배에 한쪽 무릎을 올려놓더니 두 손으로 갑자기 목을 조르기 시작했다. 새벽 3시쯤이었다. 지금은 그의 증오를 이해한다. 새벽 3시였으니까. 새벽 3시는 노숙자가 아닌 그에게도 불을 일으킬 테니까. 그도 6개월 이상을 버틴 그 광장의 사람이니까. 그래서 그것은 증오가 아니었을지도 모른다.

그러나 그는 본색이 무엇인지는 모르겠으나 그러한 쪽으로 그리 경험이 있는 자가 아닌 것은 확실하다. 그는 얼마큼 목을 조르면 사람이 죽는지 감을 잡지 못하고 있다. 불현듯 나에게도 순식간에 대응할 불이 일어나는 것을 느끼자마자 나는 즉시 그 불을 잠재웠다.

비굴하지 않게 — 광화문에서 — 비굴하지 않게 — 나는 아무 저항도 하지 않았다. 그의 힘에는 그의 힘 아닌 것이 있었다. 그의 번뜩이다 말고 번쩍이는 두 눈과, 증오가 사라지며 더 강력해지는 팔뚝의 힘에서 나는 뜻 모를 내 인생의 또 다른 쿵! 소리를 들었다.

그리고 퍼뜩 사진에서조차 뵌 적이 없는 고고조 할아버지가 강렬하게 느껴졌다. 그분의 강렬한 '일으킴'을 나는 느꼈다. 직벽에서 곧장 내 몸속으로 쏟아져 들어오는 폭포와 같이.

최 형 현(崔 亨 顯) 할아버지

그렇게 해서 나의 광화문 시대는 끝이 났다. 목을 졸리기 며칠 전 나는 내 가슴께까지 내려온 등나무의 가지 끝과 아니, 이제는 가지 시작이라고 하자. 그 시작점에 가슴을 가까이 대고 춤을 추었다.

사람 하나 없고 바람 하나 없는 밤 두 시 반과 세 시 사이의 아름다운 정적 속에서 일곱 번, 여덟 번 태양이 '시익시익'거리며 아이들의 깡통 속에 담겨 정월 대보름날 밤 언덕에서 원을 그리듯 나는 내게 내려온 등나무 가지와 함께 춤을 추었다. 그 가지도 함께 원을 그리며 춤을 추었다. 일곱 번, 여덟 번 새로이 다가갈 때마다 똑같이 그 가지는 원을 그리며 춤을 추었다. 네게브 사막의 Joshua tree.

그 환상 속의 여자. 인디안 같기도 하고 한국인 같기도 한 그 여자가 실제로 어디에 살고 있는지 나는 안다. 그러나 거기가 더 실제인지 여기가 더 실제인지 그 여자가 피워낸 투명한 꽃 한 송이가 더 실제인지는 더 생각해 보아야 하겠기에 그녀에 대해서 더 밝히지는 않는다. 지 선생님과는 40시간 후에 제일은행 본점 앞에서 만나기로 하였다. 내가 티베트에서 받은 상처는 지 선생님과는 아무 관련이 없다. 그것에 들어있는 또 다른 비밀에 대해서도 노력했으나 더는 밝힐 수 없다.

인생은 참으로 이상한 것이다. 누구나 태어나면서 줄곧
받아왔을 고통은, 그 고통의 이유는 그 고통을 받은 사람
이 바로 — 태양이기 때문이다 물속에 잠긴…….

인생은 참으로 이상한 것이다. 그러나 태양은 또 하나의
관문에 불과하다.

얼마 전 어느 조용한 날, 광화문에서의 노숙 생활을 끝낸
나는 친구의 카페 설치 일을 돕다 말고 밤 두 시에 광화문
으로 택시를 타고 나가 보았다. 등나무 아래에는 철학자 선
생이 봇짐을 베고 또 그 위에 보시던 책을 얹어 베고 잠들
어 있었다. 모자가 벗겨져서 그의 흰머리가 그의 의지와 관
계없이 갈대밭의 갈대처럼 바람에 마구 흔들리고 있었다.
살아있다는 사실이 그냥 그대로 갈대의 뿌리였다. 나는 그
의 머리맡에 OB라거 두 병을 두고 한참을 깃털 사내와 한
것처럼 아무런 기다림도 없이 그저 환한 나무 밑에 가만히
앉아 있다가는 다시 택시를 타고 광장을 빠져나왔다.

작가의 말

첫 창작집을 이제 내다니…….

나도 참 어지간히 둔하지만, 한편으로 의외로 질긴 놈이라는 생각도 든다.

특별한 감회는 없지만 좀 후련하기는 하다.

이일환 원장님의 독촉이 없었다면 이 책은 안 나왔을 것이다.

나는 책이라는 것을 아예 안 내기로 오랫동안 마음먹었었기 때문이다.

독촉받을 땐 속상했는데, 그 결과는 이런 뜻 있는(?) 해프닝이 되었다.

대우주엔 '불가사의(不可思議)'라는 차원이 있다고 한다. 그 차원에서는 때
론 욕먹을 자에게 큰 상을 주기도 하고, 상 받으려는 손에 난데없이 모진
가시 채찍을 휘두르기도 한다. 이제는 안다. ― 그것이 사랑이다.

생각만 해도 가슴 저 끝까지 경건하게 만드는…….

겨울 끝에 봄을 주는, 열매 끝에 혹독한 겨울을 주는, 겨울 속에도 여름 같
은 뜨거움을 주고, 여름 속에도 주먹만 한 우박을 때리는.

농사짓는 분들이 들으시면 화를 낼까?

그러나 일 년 사계절 중에 그러한 불가사의의 뜻이 들어있지 않았던 해는
역사상 한 번도 없었을 것이다.

그 가시 채찍의 가슴 저려옴.

또 그 가슴 저려옴 이전의 — 가시 채찍이 생살에 박히는 고통. 상 받을 일을 한 적이 없으므로 — 내 경우는 당연히 맞을 놈이 맞는 것뿐인데도 요즘은 살짝 그 불가사의의 차원이 엿보이긴 한다.

윤후명 선생님이 흔쾌히 발문을 써주셔서 행복하다.

발문의 내용은 내게 과분하지만, 그분의 정신과 詩心에서 나오는 시원한 향은 소설 속의 Joshua tree처럼 나를 더 이 땅에서 불같이 살게 할 것이다.

이 책을 내주신 노용규 사장님, 노현숙 팀장님께도 감사한다.

그들은 어느 쪽 별에서 오신 분들인지…… 푸르다.

나는 그들을 녹색인이라 부른다. 신대철 교수님은 이 모든 것을 아실 것이다.

2007년. 12월. 최 규 익
날치를 재 발간하게 되었다. 모든분께 그저 감사할 뿐이다.

날치

1판 1쇄	2007년 12월 10일 발행
2판 1쇄	2025년 3월 5일 발행

지은이	최규익
편집	삼산책방
기획	삼산책방
디자인	하정민
펴낸곳	삼산책방
ISBN	979-11-989501-0-9 03810
가격	14,000원

samsanbooks@naver.com